# 风起草莽

张锐强◎著

中国文史出版社

**图书在版编目（CIP）数据**

风起草莽 / 张锐强著 . -- 北京 ：中国文史出版社，
2023. 9. --（锐势力·名家小说集）. -- ISBN 978-7
-5205-4955-4

Ⅰ. I247.7

中国国家版本馆 CIP 数据核字第 2024D0D209 号

责任编辑：全秋生

出版发行：中国文史出版社
地　　址：北京市海淀区西八里庄路 69 号　　　邮编：100142
电　　话：010-81136602　　81136603　　81136606（发行部）
传　　真：010-81136655
印　　装：廊坊市海涛印刷有限公司
经　　销：全国新华书店
开　　本：787 毫米×960 毫米　　1/ 大 32
印　　张：8.125
字　　数：248 千字
版　　次：2025 年 1 月北京第 1 版
印　　次：2025 年 1 月第 1 次印刷
定　　价：58.00 元

# C目 录
ontents

# 上 刺 刀

## 一

搭着大学毕业还分配工作的末班车，我进了栖霞市林业局——那时县刚改成市不久。听说局里要派人巡查各个护林点，立即主动请缨，要求去最偏远的那个。反正我就是从山里考出来的。

那时国家对林业生态抓得越来越紧。要求逐级转发，难免层层加码，到达县市就严肃得有点儿瘆人。所以这些原本不大管的护林点，每年春秋两季都得派人督导，每个点为期一周。春季看植树造林，秋季查护林防火。护林点么，肯定都在山里头。护林员也不是在编职工，而是当地农民，每月补贴六十块钱。山区农村，谈不上条件。有些建了简易看护房，有的只能借住护林员的家。所以这活儿总让人牙疼，只能派给年轻人。那时还没实行双休制，但他们可以率先享受。周六上午回城，那天算是路途。

简单的培训动员之后，大家分别跟随各个乡镇的林管站长出发。路上站长向我介绍情况，说护林员牟金财是个老光棍，年龄已经七十好几，照说不能再干，但苦于无可替代。这人很奇怪，不大说话，跟哑巴似的，脑子似乎不大灵光。据说当过八路军，还是个排长。胶东的老八路不少，算不得稀罕，稀罕的是八路军排长慢说县团级地师级，连个正式工作都没有。

我跟的这个站长曾是川藏线上的汽车兵，复员回来后给局长开了几年车。那时还不查酒驾，中午喝了两杯，酒精恰似汽油，驱动他把那辆破吉普在山间公路上开成赤兔马。车在飞，他的唾沫也在飞。不像介绍情况，倒像作报告。我不好插话，只能听着。摩擦阻力其实也是动力。站长得不到足够的反馈，有些动力不足，便转头看我一眼，话里有话："你小子行嘛，稳重。"我说："我刚来，啥都不懂嘛。"站长道："啥球不懂，就该多问嘛。"我飞快地笑道："我连该问啥都不懂。"站长道："八路军排长，为啥现在不是领导干部嘛。"我说："对，请站长说说。"站长道："我估计是吹牛。不过这都是村里人说的。他自己不说。反正我从未听他说起过。"我没有应答。站长叹道："你这小子，去那里合适。一对闷葫芦！大家都喊他老木，是木头的木！"我说："这倒是不错，木头对林业，不跑题。"站长道："我喝了酒，容易犯困。你不跟我说话，我要是上了迷糊劲，咱们俩可都得掉沟里去！"我笑道："站长命大福大，不会的。再说即便掉下去，那沟也归咱站上管，怕啥！"

站长哈哈大笑，一踩油门，吉普猛地向前，把我丢了个一趔趄。


# 二


护林点叫陡沟崖。在山上头。山下头的小村庄里，有四十几户人家。远看植被还行，但进入树林，并没有层层落叶铺地，土地多呈裸露状态，说明都是近年来的造林成果。林管站送给每个护林员四十斤面粉、十斤食油、二十个午餐肉罐头，算是我们这五天的伙食费。面粉自然得我扛着。等我扛上去，一条命已经累掉半条。站长手里的东西虽然轻省很多，但几十年喝酒吃肉积累的固定资产雄厚，比我更加狼狈。

一条大黄狗扑面而来，摇头摆尾。老木从房前的海棠树下起身，跟在后面。他的面相可真是奇特，鼻子上有个明显的结疤，凸凹不平，黑黢黢的，简直就像直接从故事书中下来的怪物。黄狗冲到我跟前，不断地兴奋起跳，围着我打转转，但却不大理会站长。中午他吃了不少狗肉。老木呵斥黄狗一声，从我肩上接过面粉，另外一手从站长那里抓起网兜，身子却一个忽闪。我见状赶紧要接回面粉，但他不肯，只把网兜给了我。

站长气喘吁吁地说："老木、领导上、安排、小张来、督查护林。"老木继续向前走，并不答话。站长停下脚步，左腿拖在后面，右腿前出弓起，双手撑在上面道："那、我、就不、进屋了。"老木依旧没有反应，脚下不停。我停顿一下，转身迟疑道："站长不进来歇歇，喝杯茶？"站长摇头笑道："喝、茶？不了。你、你自己喝吧。"

我觉得站长的笑容有些猥琐，后来才明白是嘲讽。老木家里是没有茶喝的。他只喝生水。水是从山下村前挑上来的。这么高的落差，这么费劲的山路，水就不是普通的一氧化二氢，而像观音菩萨手中柳枝上的甘露。不过虽则如此，这屋里屋外并不算脏。可能比我的学生宿舍还强些。点点异味儿还是有的，不过在长期抽旱烟的浓重气息遮蔽下，并不明显。直觉告诉我，这并非因为邋遢，而是阴阳失调。没有女人调理的房间，难免如此。尽管门前那几树四季海棠开得正艳，阴柔之美浓烈，但终究人物有别，隔着一层。

东西不多，四壁冷清。墙上已经黯淡的年画，流淌着锅灶味之外最强烈的生活气息。年画下面有个小相框，装着一张底色泛黄、影像淡化的老照片，是三个蹲着的小伙子。老木应该在右边，左边那个看起来年龄最小，但手里却有一顶礼帽。本来我就从他的姓氏联想到了牟氏庄园，这顶礼帽自然强化了我的怀疑。人嘛，总会本能地自作聪明。

从衣着看，这张照片至少有五十年的历史。面对如此年深月久的物件，我当然不能无动于衷。然而老木不是不大说话，而是不说话，根本不给我大发感慨的机会。他始终没有问我姓名来历目的，啥都没问。我们首次对话，还是因为狗。那条黄狗很给我面子。一般而言，绝大多数狗都给我面子。无论烈狗如何咆哮，只要我多召唤几声，多半也能安抚下来。根本原因应该在于我喜欢狗。真心喜欢。自然，从不吃狗肉。

黄狗围着我打转转。我一伸手它就够着舔，同时腰杆儿慢慢弯下，侧卧于地，露出肚皮。这是它的最高信任。把最软弱也最贴心的地方袒露给你。我伸手挠挠它的肚皮，它顺势调整身姿，四爪朝天，舌头还费劲地转过来试图舔我，恨不能剖腹捧心。

我顺口道："这狗真好。乖巧通人性。叫啥？大黄？"

"皇军。"老木的声音瓮声瓮气，好像鼻腔的共鸣有问题。他看着狗，表情就像孩子受到夸奖后的母亲，眼里竟有一丝温柔。

我吃了一惊。好像不是因为这个称谓，而是因为他突然的开腔。他的回答就像一粒子弹，劈面将我射中。我条件反射般地问道："你真当过八路军的排长？"

这个疑问自然比牟氏庄园更有张力。但回答我的，只有吧嗒吧嗒抽旱烟的动静。后来才知道，老木抽的并非总是烟叶，也有桃叶。


# 三


我这任务其实跟休养差不多。每天跟着老木在林子里转一转，拿现在看就是健身运动。反正山势陡峻，无人盗猎盗伐。老木还可以顺便看看他的庄稼。这些庄稼大抵也是自生自灭型的，撒下种子便基本不管，有几滴雨水就吃几口饭。至于地，都是他们自己像打补丁那样开出来的。先前还有三户人家，后来受不过苦，慢慢都搬到了山下，留下门窗里长出野草的房屋，在日复一日的平静中，散发着惊心动魄的荒凉。我觉得，真正能让人体悟感触到生命的，未必总是孩子的活泼与鲜花的热烈，也可能是墓地的死寂与眼前的荒凉。

我们巡查的时候，皇军都跟着。这是条老狗，毛发已不再油亮，干枯粗糙，还经常脱毛。上了岁数，自然都没有太多劲头，因而一夜过后，它对我的态度便不再热烈。对于它而言，我已经不再是新客上门，得按照过日子的思路对待。当然，信任与亲近一如昨日。我招呼一声它便会立即过来，效力等同老木。巡查途中，一旦我跟老木的距离拉得稍远，它便会停下脚步，甚至回来找我。

老木种在山上的苞米蔬菜可以靠雨露滋润，但饮水不行。只能下山去挑。第三天吃完饭洗好碗，我看见水缸要空，便抄起扁担水桶，招呼皇军，准备下山。我做这一切时并未请示或者通报老木，但我知道他一直作壁上观，等着看我的笑话。我理解，他很难相信来到这里的机关干部大学生会真心主动下山挑水。退一步说，即便真正有心，也未必有力。平地挑水便需要点技巧，主要得掌握平衡，否则水会泼出来。挑水爬山，自然更难。不过对我来说，这是童子功。头一天背面粉之所以那么狼狈，主要输在体能，并非技巧。读大学之前，高中时期我便开始住校，很少干农活，只是偶尔打打篮球，体力难免会有衰减。

皇军跟我出门来到坡前，见老木没有跟上，停下回头叫了几声。老木冲它摆摆手，它也就跟了上来，一直将我带到水井旁边。一袋面粉四十斤，一担水更重。我当然可以少挑点儿，但并不是分量越轻越好挑的。这是外行的想当然。最省力的是水桶有个八九成满。这样平衡最好掌握，半桶水以下反倒容易打飘。所以山里人嘲笑那些似懂非懂不懂装懂的家伙时，有这样一句俗话：满桶水不晃，半桶水咣当。

有了面粉的预演，挑水尽管很累，但已不再狼狈。低头爬最后一道弯时，我见皇军越过我奔上前去，便知道老木肯定迎在上头。果不其然，我上去一站稳，他便接过了挑子。

这担水拉近了我们的距离。老木竟然开了金口。虽然只有两个字："不赖。"

我笑着擦擦汗，也逗能地回敬了两个字："小菜。"

把水倒进水缸，老木随即开始生火。我以为他要烧茶犒劳，结果证明这是自作多情。他要擦澡。水烧热之后，他径自脱光衣服，好像四周无人，身处野地一般。不过震惊我的并非这种纯粹自然的态度，而是他浑身的伤痕。我数了数，大小九处。包括贯穿伤。

我突然意识到，老木鼻子上的那个结疤并非怪胎，多半也是战伤，不禁满怀感慨，仿佛看到无数的故事扑面而来，冲击着语言与文字的堤坝。但我忍着，什么都没问。我知道故事决堤就在眼前，但这不是说相声，而我也未必能成为一个合适的捧哏者。等待更为明智。

老木擦完澡，水并不泼掉，留着浇地。安顿下来，一老一少在盛开的海棠树下相对枯坐，皇军卧在跟前。山里天黑早，海棠虽然香雾空蒙，老木却没有高烛相照。不过这没什么。花香如同光束，将我的感觉照亮。我觉得星星好近好近，从未有过的清晰，随手便可攀摘。我突然意识到已经很久没有抬眼看过星空。我很想打开随身听，听听克莱德曼的同名钢琴曲，但很可惜，这里没有电。即便有电，那乐声恐怕跟旱烟——也许是桃叶——难以协调，多半会破坏气氛。

"我就要死了。你有文化，把我连长的事情记下来吧。"旱烟一明一暗间，老木的眼睛看着前方，似乎这话并不是对我说的。

"怎么会呢？你精神头很好嘛。"对我而言，老木那话依旧不是开腔，而是开枪。我本能地扭头看看身后，忘记了此刻根本不可能看见那张老照片。等意识到这点儿，才上来话。

"我最多还能挑一年水。"老木摇摇头道，"等我挑上最后一担水，干干净净地洗个澡，就可以死了。当年他们最后也都是擦干净了身子的。为这我还挨过连长的骂。"

水还真是个麻烦事。不用问，老木肯定不愿下山。慢说山下未必有住处，就是有，上头顶多免除三提五统和农业税，无法提供具体的照顾。五保户的保障内容对他而言只有象征意义，难有实际效果：在早已大包干的农村，谁能真正陪伴这样一位孤寡老人？

"你不是当过八路军排长吗？应该住干休所啊。"

老木罕见地笑了。在此之前，我简直怀疑他根本没有笑肌。他指着鼻梁上的那个结疤，咧开嘴，牙齿已有几处逃兵："看见这个了吧？我是被八路军开除军籍还枪毙过的，命大没死而已。"

轰隆一声，语言终于决堤，故事万马奔腾。

# 四

牟金财参加八路军，纯属偶然。他的老家并非陡沟崖，而是邻乡的上马村。据说明朝时后村出过一个状元，外出要在那里上马。他家有几亩地，父亲又会磨豆腐，因而家境算得上殷实。村里多次动员青壮年参加八路军，牟家虽有三兄弟，却一直没响应。主要原因在于他年龄最合适的哥哥牟金栋不大想去。不是不恨鬼子，也不是不喜欢八路，主要他一直读书，希望教育救国。至于牟金财，个高力大但笨手笨脚，动作总是慢半拍。虽则如此，他父亲老牟倒是挺满意，因这正好适合种地推磨。那段时间他越想越得意，觉得当初只让老大进学堂，留下老二，是笔划算的买卖。

那时根据地里的各级政府组织已经健全，动员能力强大。部队要打仗，就必须随时增补力量。生产抗敌，征兵征粮，这四大任务一刻也无法放松。终于有一天，辍学在家的牟金栋经不住妇救会里那帮嫂子婶子的动员，同意参军，但提了个条件：不能马上走，他要照张相片留作纪念。投笔从戎是人生大事，不能马马虎虎。

那时照相还是件稀罕事儿。多数村里人只是听说过相片，没有见过。尽管牟金栋在学校拍过相片，过队伍时也有人带着。照相馆乡镇肯定没有，县城也就一家。县城虽已沦陷，但还能出入，前提是经过鬼子岗哨时得弯腰，并且接受盘查。

牟金财从小便黏着牟金栋。他喜欢依恋这个哥哥甚至到了这样的程度：牟金栋不在身边，他尿不出尿来。那时人们虽然穷，但从不随地大小便，否则不挨揍也会挨骂。原因不是败坏公共卫生，而是浪费粪肥。所以孩子从小便养成习惯，只在茅房解决。白天还好，入夜便成问题。黑灯瞎火，孩子害怕。牟金财很喜欢听哥哥讲故事。他们全家都喜欢。比方《封神演义》。像上大夫杨任被纣王挖去双眼、眼窝里生出手掌、手掌上又托着眼珠这种奇迹，孩子们听了怎能不双眼圆睁嘴巴大张？只是这形象白天听起来新奇，夜晚想起来可怕。某日牟金财独自起夜，想起这个情景，不觉大叫一声，好险没有跌进茅坑。从此以后，没有哥哥陪伴，他便无法顺利排尿。仿佛杨任就在脑后盯着，用手掌上长出来的眼珠子。

因而闻听哥哥要去照相，牟金财便非得跟着。他没进过学堂，离家最远不过是到镇上卖豆腐，县城还从没去过。他要去，三弟牟金宝更要去。牟金宝虽是老三，但跟两个哥哥岁数相差不小，因为中间的两个孩子都没养活。这样一来，没有共同上树掏鸟下河摸鱼的荒唐经历，情感上就要差一分。不仅如此，牟金宝还没有合适的衣裤。牟家虽然可谓殷实，但孩子是孩子的装束，成人是成人的打扮，不可越分。牟金宝只能像众人一样，捡哥哥穿剩的衣服，新衣裳过年都未必能混到一身。

但所谓的照相留念，其实别有怀抱。牟金栋连二弟都不愿带，何况老三。然而孩子越小越能闹，牟金宝这条尾巴无论如何也甩不掉。只好哥儿三个一起拍照。一路别扭，直到进入照相馆，牟金栋还是不肯痛痛快快地拍照。嫌牟金宝个子矮，裤子上还有两个补丁，照出来不好看。照相馆的老板可不想丢掉这笔买卖。他出了个主意：兄弟三个全都蹲着，淡化身高落差；将自己的新礼帽给牟金宝拿着，不仅可以让他显得成熟，还能挡住补丁。

那个瞬间，就此定格。

牟金财和牟金宝满怀欣喜，却不知道哥哥只有满腹的遗憾。因他此行的主要目的是向女朋友李萱当面辞行，照片作为临别纪念。这种相片，本无送合照的道理。

# 五

李萱跟牟金栋在省立第二优级师范学校是同学。其父李茂春是县教育局局长兼学校校长，曾经留学日本。牟金栋与李萱心心相印，此前因无法接受奴化教育而中途辍学，二人已有半年未曾见面。教育救国是他们的共同愿望，而今既然决意从军，理当告诉人家一声，也交流下彼此的情况。

李萱的存在是个秘密。牟金栋没有告诉家人。此时也不打算说出来。既然如此，身后的两个尾巴便必须摆脱。可他找了很多借口，编了很多理由，还是无法如愿。两个弟弟既不愿在包子铺吃包子，也不肯去茶馆听书。实在没办法，牟金栋只得带着他们俩来到学校门口，打算请门房周砚田给李萱留个口信，两天之后老同学来访。那时他来县城取相片，肯定是独自一人。

优级师范学制四年。鬼子打进来之初，牟金财并没有立即辍学，辍学是因为奴化教育。汉奸们在殖民特务组织政治指导班的唆使下，先后成立了维持会和新民会，随即开始对学生洗脑。新校歌不是"旭日照东亚、东亚协和是一家"，便是"太阳红、太阳亮、太阳出来明光光"。字是好字，词是好词，但连起来看，便充满着嚣张的恶毒，令人恶心。

这样的歌当然没人愿意唱。老师王瑜尤其反对。他当值时，借口那些歌曲还没学会，领着牟金栋和李萱他们唱"长城外、古道边，芳草碧连天"。这首歌本来就有荒凉萧索气息，唱到最后王瑜泣不成声。新民会组织演讲比赛，强迫各所学校参加，主题是中日提携。王瑜踩踩学生的鞋帮子，悄悄道："提携？那些人给我们提鞋，我们都不能要！"

那时已经入冬。遥远的海风裹挟着雪花落入牟金栋的脖颈，他不觉一个激灵。王瑜见状，问同学们道："雪花落入脖颈，凉不凉？"大家齐声说："凉！"王瑜压低声音："刺刀逼在脖颈上，比这更凉！"

事后不久，王瑜突然神秘消失。牟金栋思来想去，也决定辍学。妇救会之所以将目标对准了他，就是因为他正好被时势卡着，上不去下不来，总不能老在家里讲故事；而她们的动员之所以能够成功，王瑜的功劳至少要占六成。种子是他播下的。

牟金栋来到学校门前，见一切照旧，内心不禁多有感慨。刚准备近前去找门房，有个陌生人忽然从里面出来，即将擦肩而过时将他叫住，盘问所来何意。此人个子不高，身材偏胖，三十岁左右，牟金栋从未见过。

牟金栋自称是休学的学生，领着两个弟弟来学校看看。那人问为何休学？牟金栋早有腹稿，对曰伤寒病。那人闻听本能地后退半步，牟金栋徐徐道早已痊愈，正在康复休养，暑假之后即可复学。那人闻听没再说什么，转身而去。

牟金栋完全没想到那家伙正是日本鬼子设在栖霞县城的政治指导班班长薮内彦敬，当时正全力围攻李茂春，希望他出任伪县长。若论本地名人，除了丘处机就是牟宗三，但当时前者已逝后者无闻，民国以后县里出来的最大的文人就是李茂春。他留过洋，声望甚高。不仅如此，薮内彦敬还有私心，眼睛同时盯着如花似玉的李萱，这段时间几乎天天过来用功。

牟金栋在门房留过口信，随即带着两个弟弟回家。两天之后，牟金栋进城取相片，但直到天黑也不见回来，全家的心立即悬起，牟金财的反应最为直观：小腹胀痛，仿佛憋了尿。悬心一夜没有下落，次日依旧杳无音讯，牟金财简直没有憋死。等到第三天中午，学校的门房周砚田过来传话，说是牟金栋先生在城内有事，临时脱不开身。请牟金财进城协助。具体什么事儿，先生没说，他也没敢问。

撂下这些话，周砚田连口水都没顾得喝，便匆匆离去。而牟金财飞快地跑进茅房，美美地尿了一泡。那时他无论如何也想象不到，自己见到哥哥的地点并非第二优级师范学校，而将是日本鬼子的监牢。

# 六

牟金栋找到李萱时，自然是毫无保留。但他刚说出"八路"二字，李萱立即将食指竖到嘴边，同时本能地看看窗外，然后用手比了个"八"字，悄声道："八哥好是好，可是多危险啊。我不愿意我的……我的同学去。你还是更适合当先生，教书育人。"

二人互有好感已非一日，但并未说开。此一去必将九死一生，而万千情感却没有得到最明确的回应，牟金栋多少有些不快："那你觉得，谁的同学该去冒险？"李萱闻听语塞，只得千叮咛万嘱咐，让他小心谨慎。真是怕啥来啥。牟金栋辞别女友刚要出城，便被鬼子截住。鬼子对他的行踪竟然了如指掌。知道他两天前来过县城，今天辞别女友，回去就要投八路。对抗日分子只有一句话，死啦死啦的。

出面审讯的是小队长尚见运荣中尉。奇怪的是，牟金栋一直矢口否认，却始终没有遭受折磨。尚见运荣说是李萱出卖的，牟金栋当然不肯相信，要求对证。而李萱过来后确认，秘密可以说的确是从她那里泄露出去的，但责任并不在她。

身为特务头子，中国通薮内彦敬对李萱的情况早已摸透。他知道牟金栋的存在。那天的巧遇早已引起他的警觉。牟金栋一走，他便折回去询问门房。门房周砚田当然认识牟金栋。他还是老习惯，把里面的百十个学生娃娃统统视为举人老爷。省立优级师范嘛。初级师范的学生，规格比照为秀才。既然是举人老爷，他怎敢不认清楚。薮内彦敬确认之后，立即安排人专门盯住李萱，最终偷听到了牟金栋的计划。

行政指导班负责民政，跟侵略军分属两个系统，任务也各不相同。侵略军负责攻城略地，行政班负责收买人心。简单地说，就是一个打，一个拉，双管齐下。杀人这种事儿，行政班肯定不会参与。他们绝不直接让鲜血污染白手套。故而处置牟金栋的是军方。

作为留日学生，李茂春对日本的国情国力了解较深，因而极力反对开战。在他看来，一旦开战，中国必亡。本来他只是知日派，但随着时间的推移，慢慢有了亲日派的色彩。而这个标签除了他自己，中日双方都认。就连李萱也觉得百口莫辩。那段时间薮内彦敬不断拉拢父亲，并对自己用功，李萱当然心知肚明。既然面子没有撕破，她便顺水推舟，请求薮内出面搭救男友。薮内坚决地点了点头："这个请你放心。我一定尽力转圜！"那个瞬间，单纯善良而又绝望的李萱感动得简直要落泪。但她哪里知道，薮内彦敬开的全是空头支票。最终他回复，皇军不肯赦免牟金栋。但看在他的面子上，可以不用刑，并且安排他跟家人告别。对于抗日分子，这都是从未有过的待遇。

"其实这种罪行，谁求情都没用。我也不敢强求。而且，知情不报，与通共同罪。"说到这里，他深深地盯了李萱一眼，举起手掌做了个砍头的姿势。

# 七

来到监狱门前，牟金财不是吓得尿了裤子，而是感觉阵阵内急，但怎么也尿不出来。他还从未如此近距离、这么长时间地跟鬼子接触过。进去一看，牟金栋的外衣已经脱掉，叠得整整齐齐，放在旁边。牟金财呆呆地喊声哥，随即泪下。牟金栋搂搂弟弟，拍拍他的肩膀，朗声道："别哭！你看看《封神演义》，那些英雄好汉哪个死了？封神而已。哥也一样！照顾好爹娘和弟弟。把哥没做好的事儿，做下去！"

牟金财看看哥哥，牟金栋也看了看弟弟。这个话题大有深意，但无法展开，只能心照不宣。牟金栋简单介绍了前因后果，然后掏出刚拍的那张相片。哥儿仁的表情都挺好的。蹲着的小弟牟金宝尤其可爱。牟金财下意识地用手抚摩着哥哥的头像，泪珠不由得又滴落下来。牟金栋把自己头像上的泪珠擦掉，抬手在弟弟肩膀上拍了一下。此时地上出现两个人影，尚见运荣带着一个汉奸翻译走了进来，催促牟金财离开。牟金财下意识地要递还相片，但牟金栋摇头不接，却将那身叠好的外衣递了过来："这身衣服你留着穿吧。相片也带回去，给爹娘和金宝看看。"

这衣服算是新的，过年时刚刚上身。牟金财接过衣服，如雷轰顶，但鬼子在侧，他的眼泪突然像夜尿一样断流。仿佛他手里捧着的不是衣服，而是炸弹，他的眼泪则是引信，一旦流下，便会引爆，让他们哥儿俩粉身碎骨。

尚见运荣狞笑着说了几句鸟语，二鬼子随即狐假虎威："太君说了，明天来收尸。回去告诉村民，这就是跟皇军作对的下场！他只是阴谋作对，还没有行动，所以皇军格外宽大。否则绝对没有全尸！"

牢房里的空气如同冰块盐粒，无法流通。出了牢房，牟金财方才感觉到自己的呼吸。仿佛是空气吹开了泪腺的闸门，将汹涌的眼泪全部释放，压力随即下移，小腹越发胀痛。出城进入山间，他还是尿不出来。仿佛四周都有毒蛇猛兽或者鬼魂，只要掏出家伙，便会被一口咬掉，他只能继续憋着。走着走着，一支队伍赫然入目，尽管距离远看不真切，但灰布军服表明肯定是八哥。正是行军间隙，他们把枪支架着，坐地休息。牟金财心里一亮，仿佛有个死结终于打通。他立即解开裤腰带，美美地尿了一泡。起初尿道刺痛，但很快便浑身轻松，强烈的悲痛随即又翻到了情绪的最上沿。

牟金财痛痛快快地哭出声来。他这才发现，痛哭也像那泡尿，早已将他憋坏。哭声惊动了队伍。领头的立即起身过来询问。他戴着眼镜，显得文质彬彬。在此之前，村里经常过队伍，牟家也有八路借住过。胶东特委和八路军山东第三军区在这一带如鱼得水。虽然接触不多，但已足以让他明白，战士们普遍不信任眼镜，看见他们便话里有话："啊，新闻记，新闻记！"

所谓新闻记，就是新闻记者的省称。人名嘛，一般不超过三个字。在战士们眼里，戴眼镜的、有文化的，就是新闻记者。这些舞文弄墨之辈，跟操枪弄棒的自己不是一路人。

牟金财多多少少也有这样的看法。如果不是哥哥牟金栋一直读书，这种看法还会更强烈。但是此刻，他突然对眼镜产生了莫名的信任，一把搂住对方，哭道："哥啊！"

牟金财搂着眼镜哭哭啼啼地喊哥，眼镜则不断拍着他的后背安抚。战士们立即聚拢过来，将他们围在中间，这给了牟金财无穷无尽的安全感。他干脆撒泼一般号啕痛哭。但正哭得尽兴，忽听有人嫌恶道："你一个大男人，哭个啥嘛！有种当八路，抄家伙干嘛！"

这句颇不好听的话凌空而下，将牟金财的情绪一刀两断。搭眼一瞧，那个黑汉矮而敦实。牟金财不再号哭，但依旧断续地抽噎。这是五支队二团的十三连，后来成为战史留名的陡沟崖白刃格斗英雄连；戴眼镜的是连长冷安章，山西学生出身；黑汉是一排长刘麦田，曾为关西刀客。

牟金财泪光泪尽，情绪渐趋稳定，抓住眼镜道："连长哥，带上我吧！我要当八路！"

冷安章还没开口，刘麦田已经发话："像条汉子！到我排里来吧。我正好缺个机枪手。"

冷安章道："不要叫哥，叫同志！"

"同志哥！给哥哥料理完后事，我就跟你走！"

"同志，同志！八路军上上下下，通称同志！"

# 八

刘麦田缺的其实不是机枪手，而是机枪副射手即子弹手。排长习惯于从挑兵的角度看人。老远一见牟金财的身板和个头，便觉得他适合扛子弹箱，排里就缺这么个人。八路军的装备差火力弱，全连只有两挺仿捷克的轻机枪，即ZB-26型机枪，配属一二排，三排还没有。刘麦田排的机枪手挺好，但副手不大称意。主要是力气不够，扛子弹箱翻山越岭经常落后。机枪是全连的宝贝疙瘩，全连的兵他可以任意挑选，但再怎么挑，也就那百十号人。

当兵不是小事，况且牟金财还得报信收尸。也是巧，十三连执行完任务正在回撤途中，方向路线跟牟金财一致，预定休整地点就在上马村，还有时间决断。

除了隆冬时节，部队从不住进百姓家，免得打扰。祠堂庙宇和学校牲口棚之外，他们甚至不在高粱秆麦秸秆上面睡觉。免得沾了人气，牲口不吃。故而因为十三连的进驻，古老的上马村立即变成无门村：全村所有的门板都被战士们借作了床板。虽然家家户户全敞着门，却又是最安全的状态。

部队在村里休整了好几天。冷安章带领连部一直住在牟家的豆腐坊中，紧挨着茅房，牟金财感觉排尿颇为顺畅，从无挂碍。这让他坚定了从军的决心。他喜欢这个连长，信任这个连长，甚至依赖这个连队。只有他带领的这支连队，能给他足够的安全感。冷安章和刘麦田自然要到牟家家访，也算是慰问。兵肯定是敞开要的，尽管牟金财不够灵活，但八路军是大熔炉，废铁也能炼成好钢。只是牟金栋已遭屠杀，差不多算是烈士，不好不打招呼就把人家的二儿子也带走。肯定得听听父母的意见。

长子的后事刚刚料理完毕，老两口自然舍不得老二，但牟金财决心已定："不投八路我也活不成。我早晚得让尿憋死！"

自从进了牟家，刘麦田便一直蹲在地上，明明有凳子，却也不坐。这是他从小养成的穷苦习惯。家里没凳子又不能坐地，因而全家人平常都蹲着，两条腿轮流支撑，就像仙鹤。此前都是连长在说，闻听这些原委，他突然开了腔："我们参加八路军，是为了赶走侵略者，为国家争和平，为民族争解放，可不是因为没法尿尿！"

冷安章赶紧拍拍刘麦田的肩膀："这是对我们的最高信任嘛。新同志觉悟不够，教育几次就好。当然这话到此为止，别传出去。"

牟金财就此穿上了灰布军服，不过当的却不是子弹手，而是投弹手。进入部队后，在战斗间歇训练几次，然后考核，结果显示他最突出的特长还是投弹。按照现行标准，三十米及格，四十米优秀，五十米就能受奖，而牟金财首次接受考核，便投出了五十八米的好成绩，害得大家一度找不到落点。

冷安章很高兴。让牟金财重点训练投弹。牟金财服从命令，但还是想进入连部，跟在连长身边。就连称呼都很长时间改不过来，总是顺口喊他"安章哥"。指导员戴成喜为此特意找牟金财谈心，说八路军的战斗力来自团结一致。全连团结一致，全团乃至整个五支队整个山东纵队以及一一五师，也团结一致。都是五湖四海的革命同志，关系一样远近，不搞称兄道弟那一套。那是封建落后思想。

这道理牟金财无法反驳，但还是觉得连长更亲。他可是全连第一个拥抱安慰他的人，跟哥哥的感觉一样。而且尽管每次上茅房总有不同的战友一起，他排尿再无障碍，但还是觉得跟连长一起最为顺畅，最为放心。故而他答应得虽然痛快，改正得却不够坚决。场合上称呼连长，私下里还叫安章哥。这事儿其实戴成喜也知道。他跟连长彼此无间，自然有过交流。他或者说全连上下全都放下这事儿，起因在于那场战斗。

虽然没有巍巍太行的气势，但大泽山、牙山和昆嵛山还是给牟金财他们提供了天然的舞台。他们在三山之间的战事一直未曾停歇。中央军抗战、八路军捣蛋、游击队（国民党旗下的游击队）讨饭，这种段子越朗朗上口，政治目的也就越明显，不值一驳。跟随队伍征战六年，牟金财印象最为深刻的作战有四次。第一次当然也是他的初战。

# 九

初战突如其来。命令传来时，牟金财正在连部旁边的海棠树下给连长揉烟叶子。冷安章是正经的学生出身，参加八路军时身边还带着河南大学的学生证。他决心赶走鬼子，再回学堂，但也深知鼻梁上的眼镜会让人看自己也戴几分有色眼镜。论行军作战，学生娃肯定比不了老红军。因而他时刻注意向习惯于背着斗笠作战的老红军们学习。其中就包括抽烟。

冷安章发现烟确实能放松神经，获得休息。带兵如带虎。虽只一个连，也够他这个学生操心的。根据地里条件艰苦，干部战士都没有薪金，只有津贴。师旅首长每月五元，团营干部每月四元，连长三元，排长两元，上士（军需员、军械员与文书）和班长一块五，战士一元。连长、科员、股长以下的干部战士，每月另有五角钱的鞋袜费。起初是法币，后来改为边币，具体而言就是根据地北海银行发行的北海币。待遇最好的并非各级首长，而是技术人员。军工、医务、电报等技术岗位均有技术津贴，比职务津贴高出一大截。他们多是知识分子，也就是首长心目中的电灯泡：容易碎，但能发光。需要格外爱惜。

每月三块钱的连长冷安章经常抽不起烟。怎么办呢？抽桃叶。干枯的桃叶碾碎，然后卷成烟卷，欺骗口腔与神经。这是他跟指导员学的。实实在在地说，老红军戴成喜真正对冷安章放心、能跟他交心，就是因为这个。革命意志铁不铁，就看他能不能跟自己一样，抽得下桃叶。这可以当作笑话说，却不能完全当着笑话听。

为连长指导员揉桃叶，本来是文书上士马芝荣捎带着的营生，牟金财却自告奋勇。他蹲在海棠树下，耐心地揉搓。干枯的桃叶散发出浓重的秋天气息，有一点点辛辣的感觉。这就是冷安章和戴成喜要的劲道。海棠已有一丈多高，牟金财刚参军时正赶上枝干纷披、红花盛开、形同张盖。拿冷安章的话说，是一对火炬之树，二分锦绣之天；风姿绰约，佳气葱茏。这些话牟金财听不大懂。海棠虽不多见，但也算不得稀罕。退一步说，即便稀罕，无非几朵花而已，当不得吃也当不得喝，他很有点不以为然。

冷安章闻听哈哈大笑："谁说当不得吃？到时候我让你好好尝尝！"

进入深秋，海棠结实，火珠累累，红豆垂垂。冷安章吩咐战士摘下果实煮成糜，尝尝果然算得上美味。说到底，根据地穷，凡是能果腹的，都会本能地朝肚子里填。更何况这海棠糜酸酸的甜甜的，在水金贵的山区，想起来便满口生津。

牟金财揉着桃叶，耳边还回荡着那时连长的话："同志们，为什么要喜欢海棠？可不只海棠花好看，海棠糜好吃。你看看地图，咱们中国的形状，就是一枚海棠叶啊。"

简单重复的动作，容易让人走神。牟金财看看海棠树，口里一阵滋润。将他重新拉回现实时空的，是文书上士马芝荣。马芝荣飞奔而来，一边跑一边喊："老牟老牟，赶紧的，出发作战！"

命令分外紧急，很大程度上是因为前一次的战果不及预期，包括十三连在内，全营被团长点名批评。严格说来那才是牟金财的初战。虽然是对赫赫有名的百团大战的策应，但具体到他们连，作战规模不大，当面之敌不多，十几个辎重兵，很快便落荒而逃。牟金财记得清清楚楚，他只开了三枪，扔了两颗手榴弹。他确定自己根本没有伤到敌人的一根毫毛，因而羞于视为初战。

物资可以搬运，但汽车怎么办呢？用手榴弹炸掉，冷安章舍不得。他心里总有个幻想，希望开回去用，实在不行就拆解研究。迟疑之下，部队将汽车丢下，去执行破坏铁路的命令。

那是日本鬼子为了掠夺玲珑金矿的黄金资源仓促修建的短距离铁路，尚未贯通。就地采金还嫌不过瘾，他们还想把精矿粉经黄县的港口海运回日本冶炼。车上的物资并非军事装备，就是黄金。十三连这次的战利品连同根据地军民先前和此后采选、收购和缴获所得，都要通过地下交通线运到鲁南的一一五师师部，由他们转运到延安，作为党中央对敌斗争的经费。

可是怎么破坏铁路呢？一点工具都没有。搞来搞去，两天后好容易拔掉六根道钉，打坏了几个夹板，而鬼子的大队人马已经赶到。部队撤退得很匆忙，负责掩护的牟金财他们不懂如何破坏汽车，只能愤恨地敲碎窗玻璃。最终的侦察表明，铁路工地一小时后便恢复原样，那两辆窗玻璃被敲碎的军用汽车也扬长而去。

受到批评的营长以及冷安章当然急于雪耻。而牟金财夜里做梦，也梦见自己用刺刀戳汽车轮胎，刺刀戳软了也没戳动，直到急醒。说心里话，这也是他不好意思将之视为初战的重要原因。初出茅庐第一功嘛。有功的初战，才是值得吹嘘的初战。

批评严肃，检查深刻，因而准备充分。炸药和工具已经分发各连，再也不会闹出上回的笑话。至于目标，还是老地方。那段铁路已经修复，鬼子肯定会继续推进，以便掠夺宝贵的黄金资源。营里奉命有敌杀敌、无敌破路，总之不能让敌人如愿。马上。

<h1 style="text-align:center">十</h1>

　　十三连是先锋。冷安章带领全连以战斗队形迅速开进。他在最前头的一排，指导员戴成喜带领连部随同最后面的三排。走着走着，侦察兵回来报告，前面发现敌人。冷安章随即命令停止前进，就近寻找合适的地形构筑简易工事，准备迎战，同时飞报营部。

　　十三连的伏击地点离上次的战地大约还有三里路。冷安章跟戴成喜简单商议两句，便传令各班严格隐蔽，他的第一枪不响，无论炮弹手榴弹如何热闹，鬼子就算到了眼皮底下，也不准还击。他将牟金财喊到跟前，命令他打头阵。

　　出发之前，牟金财一直期待带队的鬼子是尚见运荣，他好亲手为哥哥报仇。但到了此刻，却感觉腿肚子抽筋、小腹肿胀。潜意识里，他对鬼子还是有明显的恐惧。这不是战士可耻的怯懦，而是人性必然的弱点：很多人感觉鬼子不是人，而是鬼。至少，有鬼的特性。因而非常可怕。否则他们怎么会那么凶残，毫无人性，女人孩子一样残杀？

　　牟金财本能地抓住冷安章的胳膊："安章哥，怎么打，你，你尽管说！"

　　冷安章使劲捏捏牟金财的手："你已经是老革命，有了战斗经验，不用紧张。等会儿听我的命令，先扔手榴弹！"

　　闻听不是带头拼杀独自冲锋，牟金财立即忘了腿肚子和小腹。对于他来说，这都是小菜。更何况连长还有话，投手榴弹时要根据地形尽量隐蔽。投得越远越好，最好能投到敌人队伍的后面。

　　事迹上了军区的报纸后，牟金财心里多少有点遗憾。他确信那回的投弹距离更远，肯定超过先前的纪录五十八米。其实五十八米也不怎么准确，是用脚步丈量的。可惜当时弹雨横飞，谁还有工夫理会。冷安章判断，这是典型的前哨遭遇战。他们先行发现目标，比较有利。他决定尽可能地把鬼子放到跟前，一来便于我们第一轮攻击从容瞄准，缩小双方射击精度的差距，二来利用牟金财的投弹优势，将手榴弹扔到他们身后，造成攻击来自后方的错觉，加剧他们的混乱。他们的第一轮攻击越得力，全营展开就会越从容。

二十多个鬼子呈搜索队形，彼此拉开距离，不断接近伏击圈。居高临下的冷安章放过最前面的几个，等其后队全部进入五十米左右的手枪射程，随即对牟金财做了个手势。

牟金财趴在最前方的山坡上、鬼子的视线之外。得到命令，立即跃起，猛跑几步，然后急停投弹。

牟金财居高临下，投弹距离又远，因而鬼子完全没有察觉手榴弹的方向，直到它在队伍后面爆炸。因上次的战地刚刚超越，他们果然误以为袭击来自身后，立即转身卧倒还击。这样一来，大部分鬼子都是屁股冲着十三连。战士们按照冷安章的命令仔细瞄准好，等冷安章的枪响，同时扣动扳机。

身后爆炸的手榴弹，效果相当于多了一个层次的袭击。被狠狠踢了屁股的鬼子措手不及，迅速后撤。但他们并不是彻底败退。寻找到支撑点后，立即组织火力，开始反击。此时鬼子的后续部队也已经到达。冷安章随即指挥三个排交替掩护后撤，将鬼子带入营长在后面支好的火力网。

伏击效应已经过去，双方展开实力的对决。比起这次作战，牟金财的初战简直就是一场实兵演习。那时日军辎重兵的逃跑格外麻利，甚至连尸体都没留下，但这次不同，双方均有不小的伤亡，仅十三连便有十多位战友折损，牟金财的排长刘麦田也负了伤。很显然，他对牟金财的表现很是满意。临上担架时，他虚弱地笑笑，冲牟金财竖了竖大拇指。

担架队将刘麦田等人依次后送，牟金财他们打扫战场。浓烈的血腥气息让他想起了哥哥。他去收尸时，漫天的苍蝇惊飞而起，露出血已干结的伤口，黑洞洞的，像个巨大的陷阱。他忍着恶心，仔细搜索，终于有了大发现：一名鬼子军官被击毙。是个中尉。右手已被砍下，准备回到据点火化，最终交给家人。

这个倒地死去的家伙，究竟是人还是鬼？牟金财心里多少有点疑惑，有种接近魔怔的感觉。他本能地挺起步枪，在尸体上扎了一刀。没有拼命的急迫或者恐惧加压，用刀刺人的阻力还是很大的，就连拔刀都很费劲。

牟金财还没把刺刀拔出来，便听连长一声怒喝：

"牟金财！你干什么！"

牟金财扭头看着连长，恍恍惚惚地将步枪平端起来。冷安章冲他使劲一挥手，像打巴掌那样道："他罪大恶极，但已经用生命付出代价，还能要他怎么样？活着他是鬼，死了他就是人！"

不准辱尸是纪律，指导员戴成喜强调过。安章哥的话，更是向来都有道理。但牟金财似乎还是不敢相信。他蹲下去，作势要搜索这个中尉的随身物品。缴获归公，但个人物品很可能有军事价值，因而这是打扫战场中必不可少的一环。只是搜腰包之前，牟金财抬头看看周围，见无人注意，飞快地摸了摸鬼子中尉的脸。脸上温度尚存，皮肤也还有弹性。

的确是人，不是鬼。

牟金财又试了一把，然后才去搜索他的口袋和背囊。最终果然有发现：一张五万分之一的军用地图。这张地图后来派了无法预想的大用场。

伤员后送，缴获运走，十二具烈士的遗体带回。到了驻地，冷安章命令战士们仔细清洗，换身干净军服，准备安葬。灰布军服虽不起眼，但每人每年只发两套，棉衣可能两年才能发一套，还是很金贵的。因而做到这一点并不容易。战士们也不是全都能理解。尽管人人都痛惜战友的牺牲。

清洗遗体和安葬工作由文书上士马芝荣具体负责，牟金财他们跟着。有具遗体清洗得不够干净，还有血污渗出，沾染了军服。冷安章非常生气，抬腿就给了马芝荣一脚。

"你聋了还是瞎了？他们干干净净地来，得干干净净地走！"

牟金财从没见过安章哥发那么大的脾气。照理这还是指导员戴成喜的工作。大家都不敢吭气。马芝荣二话不说，将那具遗体上的军服脱下，重新清洗。说起来也不能全怪战士们。烈士牺牲多时，山间行进又慢，运回来的遗体已开始僵硬，清洗换衣很不方便，大家都费了不少劲的。

# 十一

牟金财远距离投弹的威力在这场战斗中得到了充分的体现。事后他参军的详细细节被指导员戴成喜公开披露，当然是作为典型表扬的。没有人因此看不起他，大家反倒感觉格外亲切。而此后让十三连声名远扬的这一战，不仅牟金财，他弟弟牟金宝实际上也立了功。

那是根据地最困难的时期。日本鬼子在"囚笼政策"的基础上，开展更加疯狂的扫荡，八路军遭遇前所未有的巨大压力。而随着战争的持续消耗，根据地的经济压力也越发沉重。粗略估计，供养一名八路军指战员，包括武器弹药在内，每年至少需要一千元。当然，那时物价已很高昂，每条子弹带都需要二十元，一套棉衣一百元还打不住。为减轻人民负担，提高部队战斗力，中央命令根据地精兵简政。"兵"不超过人口的百分之二，"政"不超过人口的百分之一。

那时胶东的八路军力量不断增强，第五支队已经奉命改编为第五旅，原来的第三军区以及直属部队继续使用第五支队的番号，统归新成立的胶东军区指挥，司令员是大名鼎鼎的战将。整个胶东军区以及所属部队，自然也要执行中央的决策，精兵简政。

先前一一五师各团编制大小不一，有些营甚至下辖四个连，即三个步兵连、一个机枪连。精简之后，出现甲乙丙三种编制形式：甲种团三营九连，所谓大团；丙种团取消营级编制，下辖三个步兵连、一个侦察连、一个特务连，所谓小团；乙种团两营六连，介于二者之间。编余的力量多数转为地方部队。主力兵团的伙食标准肯定要高些，战士每天小米一斤半，油盐肉各三钱，菜一斤。

毫无疑问，大家都想当主力，不愿去地方部队。伙食标准倒不是最重要的，最重要的是名声。在主力兵团作战，那多荣耀，多自豪。

当时十三连就面临这样的抉择。它跟十四连之间必有一连需要降格。彼此正摽着劲竞争时，忽一日接到报告，说是进入上马村的八路军，十有八九是鬼子假扮的。

上马村位于进入根据地核心的要道之上，过队伍是家常便饭，因而这队八路军的到来起初丝毫没引起注意。他们纪律格外地好，除了领头的几个，其余人员不仅不进百姓的家，甚至不跟百姓交谈，只是微笑或者点头，显得极有教养。

蛛丝马迹都是牟金宝发现的。突破口跟粪便有关。首先是人粪。那天清晨，他照例提着粪筐出门拾粪，而在此之前，得先上茅房卸下一夜的负担。他还没进去，一个八路正好从里面出来。百姓的家他们不进，但茅房还是要进的，主人对此也格外欢迎，实心实意地欢迎，恨不能邀请。因而牟金宝虽然睡眼惺忪，还是友好地打了个招呼。那人没有开口回应，微笑地点头而去。

茅房里充满温热的臭气。牟金宝捏捏鼻子刚要蹲下，忽然发觉有异：茅坑里竟然有张纸。很显然，刚才那个八路用它擦了屁股。

这可真是稀罕。村民从来不用纸擦屁股。敬惜字纸，有字的废纸都要收集起来，送到村东头关公庙前的字纸炉，定期焚化；没有字的纸呢，更加金贵，村民用不起。他们都用玉米皮。玉米棒子收获以后，剥下包皮，将最里面的晒干，放在茅房中备用。既轻薄又结实，作此用途真正方便，地我两宜。

这个习惯，哪个八路不懂？牟金宝突然清醒了很多，满怀疑惑。但再疑惑也不能耽误拾粪，只能继续进行。也幸亏他那天去拾了粪，否则马粪中的马脚未必能露得出来。

以往拾粪，目标主要是牛粪和羊屎蛋蛋。而今来了骑兵，必然会有马粪。这是牟金宝早起的重要动力。故而发现那几坨马粪时，他心里很有些收获的喜悦；而将它们铲进粪筐后，收获更大：一坨马粪散开，竟有玉米粒赫然入目。

八国联军进北京时，日军的骑兵丢了脸，因其战马品种不良，个头不够高不说，公马还经常追逐母马，搅乱队形。从那以后，他们着力改良马种，而今都是高头大马，明显比八路军骑的华北马高。这队八路军的马高度完全正常，但马粪中的玉米粒实在反常。八路军哪有那么奢侈？玉米是粮食，不可能用来喂马。他们的马有黑豆吃就算不错。

那个时刻，牟金宝的心立即怦怦狂跳起来。他本能地看看四周，当然一切都很平静，是早晨幽暗的平静。山里太阳出来得晚。时刻提防鬼子，根据地里的三岁孩子也懂得，更何况他还是抗日烈属。要说还是村里的宣传动员得力。牟金宝并没有回家告诉父母或者村干部，而是提着粪筐继续朝村外走。当然，玉米粒已被他用马粪盖住。

哨兵问他出去干什么，牟金宝向他举举粪筐，随即得以通行。他先慢慢走，边走边搜索粪便；等走出哨兵的视线，立即丢下粪筐，向邻村一路飞奔。根据地内部的各个村庄之间当然有情报交流系统。各村接力传送，不动声色之间，敌情已经传播开来。

# 十二

消息率先传到十三连的驻地。村干部通报给冷安章的同时，继续向前传递。冷安章一听，便意识到又是鬼子的突袭。胶东日军屡遭打击，但这些年的扫荡合围均未奏效，无可奈何又恼羞成怒，决定突袭新成立的指挥机关，暗杀司令员。这事儿先前发生过一次，当然已被挫败。而今故技重施，那也绝不能让他得逞。马上堵截是肯定的，但地点如何选择，颇费周章。因为通向军区机关的道路不止一条，不能株守一地。

"安章哥，我们去陡沟崖吧。"牟金财盯着连长，眼睛瞪得老大。

"为什么？"冷安章的眉头紧锁。

"既然是偷袭，肯定要走小路。他们从没走过的路。我知道那里有条小路，周围跟好几条大路相接。实在不行，迅速转移也很方便！"

冷安章立即决定采纳。他一边派人飞报营长，一边率领全连直奔陡沟崖。没想到这正好跟司令员的命令不约而同。鬼子的这个动向，内线早已传来情报，可惜时间、兵力和路线无法详知。上次牟金财缴获的那张日军地图，已经上报军区，而司令员从中发现了一条八路军的作战地图上没有的小路。

日军对华的情报搜集，晚清时代已全面展开。整个中国的地形地貌，他们摸得比国民政府都要清。司令员敏锐地意识到，这条路早晚会成为鬼子的进攻路线，随即通报给各旅、独立团和支队。而今旅长获悉敌情，立即传令沿这条路堵截。

司令员来自军用地图的直觉，跟牟金财来自脚板的直觉一样准确。十三连在陡沟崖等到了鬼子。

陡沟崖是个小村子。冷安章仔细查看地形，在村西大约四里地外的路旁山崖间设下埋伏，免得枪炮伤及无辜。通知村民离开已经无法做到，不仅时间来不及，也可能暴露目标。山崖高地，居高临下，有利于遏止骑兵。战马一旦排成阵势冲锋，对付步兵便不是作战，而是屠杀。一定要让他们的马跑不起来，逼迫骑兵下马步战。

主力在此埋伏，当然还要派几个人出去搜索其余方向。安顿完毕，侦察兵陆续回来报告，都没有发现敌情。正在此时，队伍遥遥而来。从望远镜里观察，他们不仅装束无异，就连步枪都不是三八大盖。直接攻击可能误伤，鸣枪示警又会葬送战术突然性。如何判明敌我？冷安章和戴成喜商量来商量去，也没个准主意。

打不打是连长指导员的事儿，怎么打就是自己的事儿。牟金财趴在冷安章旁边，要借连长的望远镜用。刘麦田道："连长的望远镜你看什么？又不是玩具！"

望远镜只配给连长，连指导员都没有。但牟金财振振有词："我看看对面的地形，判断下距离，等会儿好投弹嘛。"

地形对投弹结果当然会有影响。如果是陡坡，手榴弹会滚落。除非空中爆炸，否则杀伤效果将大打折扣。冷安章闻听摘下望远镜，赞许地笑了笑。牟金财接过望远镜仔细观察，结果发现了久违的故人：日军小队长尚见运荣。对这张脸，他当然不会认错。

"连长，肯定是鬼子！我认得那个小队长，就是他杀了我哥！"

"你看清楚了？"冷安章眼睛一亮。

看到大家的目光齐刷刷地盯过来，牟金财心里多少有点得意："错不了！那张鬼脸，我夜里做噩梦，经常看见！"

敌我已经判明，那就打吧。尽管捷克式轻机枪有效射程超过一千米，但第一响还是由牟金财引爆。这倒不是要达成身后错觉的奇袭效果，主要是习惯。距离放近，便于瞄准。反正居高临下，骑兵无法冲锋。

牟金财接连投出三颗手榴弹，相继在敌群后半部爆炸，然后全连开火。

# 十三

日军遭遇突然打击，抬头看看地形，立即后撤，然后下马作战。战马统一由三两个人照管，所谓马桩子。步兵打骑兵，首先要逼迫他下马，其次要想办法打击马桩子。一旦马桩子受到攻击，他们便会本能地回援，此时正好反冲锋。然而冷安章并未采纳这个教科书般的经典战术。鬼子虽然只有六十多个，不过十三连兵力的六成，但这个兵力优势远不足以抵消武器装备与单兵素养上的劣势，将他们吃掉绝无可能。他跟戴成喜已经商定方案，这次作战是防御堵截，而不是攻击消灭。只要战斗打响，击破他们突袭指挥机关的战术目的，便是胜利。剩余的事情由援兵解决。因而冷安章已经设定三道防线，准备节节抵抗。

鬼子下马之后重新集结，向十三连发起攻击。他们的单兵素质确实强很多。这有训练因素，也跟文化程度和体能有关。虽然手中拿的不是三八大盖，但他们用国军的制式武器汉阳造步枪，射击依旧精准。因为他们新兵训练期间每月射击不低于一百五十发子弹，全年至少一千八百发。这个标准慢说叫花子一般的八路军，就是国军中待遇最好的中央军黄埔系，也不可想象。而泼几瓢水，自然会有几瓢水的湿印。

刘麦田戴着一只缴获的日军钢盔，慢慢探头观察，结果一发子弹过来，将钢盔打破，子弹贴着他的头皮落下，热乎乎的。他能捡条命，很大程度上是因为他跟冷安章完全不同，不大讲究个人卫生。他足足大半年没有正经理发，头发太厚，因而将钢盔比正常顶高了一两寸。否则脑袋肯定会受伤。

如此精准的射击，自然会造成十三连的伤亡。第一道防线很快不支，冷安章指挥部队边打边撤，退入第二道防线。战斗更加炽烈。子弹噗噗飞来，似乎空气都是热的，一点就可以爆炸。敌我距离越来越近，牟金财投弹已经不必使出最大的力气，否则炸不到敌人。冷安章满心期待援军迅速抵达，但到那时为止，依旧不见踪影。眼看第二道防线也已不支，全连只能退守最后一道防线。

日军急于消灭十三连，以便继续推进。他们在迫击炮的掩护下不要命地冲锋，目测距离已不足五十米，双方用子弹格斗。牟金财不能投弹，只能丢弹，然而手榴弹越来越少。危急时刻，冷安章想到了枪榴弹。枪榴弹的有效射程从五十米到两百米，由弹尾的四道分划决定。冷安章命令射手，从弹尾末端不到五十米分划处装入发射筒口，以不掉落为限，这样对空射击，打击三十米外的敌人。

垂直打击取得了短暂的效果，但枪榴弹也没几颗。此时十三连已无退路。双方完全纠缠在一起，无法实行战场撤退，否则被紧紧追击，更加危险。

冷安章跟戴成喜对了对眼神。

冷安章："拼！"

戴成喜："拼！"

冷安章随即高声命令："全连！上刺刀！"

上刺刀的含义是，同时将一颗子弹推上膛，拼刺之前射出。冷安章和戴成喜配的都是手枪。但此刻伤亡很大，步枪多的是。大家纷纷推上子弹端起步枪，投弹手将最后一拨手榴弹丢掉，随即冲锋号响起，全连冲锋。

日军见状也停止射击，准备拼刺。他们心里肯定很得意。这是单兵之间的较量，而他们自信拼刺能力高人一等。其实在此之前，牟金财也是这么想的。那个瞬间，他仿佛看到了死亡，拼杀好几个回合，方才找回最基本的自信。也不是自信，而是死也要拉个垫背的决心。

那时中国的工业技术可以想见地落后。刺刀上有道血槽，是放血用的，以便减少阻力。就是这道简单的血槽，中国仿制时也老是开不好。所以很多部队干脆不用刺刀，宁愿再背一口大刀，卢沟桥畔的二十九军最为有名。本来日军的刺刀是三棱形的，不好拔，我军的则是扁平形，没有这个问题。而今双方都用汉阳造，正好扯平。

牟金财的长处在于臂力，身体的协调性和灵活性并不占优势。因而他一边跑，心里一边打鼓。其实他不是自己冲过去的，而是被连队被连长像潮水一般带过去的。这是一股能让他放心撒尿的力量。就是刀山火海，他也绝不迟疑。只是真正接敌的那个瞬间，心里还是有些打鼓。此时已经看不见协同的力量。只能一对一。他挺起刺刀，冲鬼子开了一枪，但慌乱之下，几乎面对面居然还没有射中。

那个鬼子哇里哇啦地怪叫着直扑而来。牟金财中了第一刀后，反倒彻底放了心。他丝毫没有疼痛的感觉。仿佛那一刀给他的神志重新通了电。拼刺的关键在于三防：防左防右，兼防下三路。他把所有的技术全部忘掉，把刺刀当成锄头狼牙棒或者大砍刀，甚至杨任手中的飞电枪，砍、劈、戳、刺、砸，怎么顺手怎么来，最终解决了那个鬼子。

牟金财信心大增。拔出刺刀便要去碰尚见运荣。但是双方完全纠缠在一起，密密麻麻的都是小战场，根本过不去。匹夫之勇的效果当然是短暂的。他很快就在随后的刺杀中落了下风，不断地中刀，直到倒在地上，人事不省。

这场刺杀足足经历了四十多分钟。最后双方都不再喊叫，现场只有刺刀碰撞和刺入身体的声音。时间越长，日军拼刺技术的优势也就越明显。十三连所剩无几，人数上也已落入下风，眼看就要全军覆没。

就在此时，后面又有冲锋号嘹亮地响起。

# 十四

眼见援兵到来，日军立即溃逃。十三连仅存的九个人全部带伤。除了连长冷安章、指导员戴成喜和一排长刘麦田，其余干部全部牺牲。牟金财身中五刀，侥幸捡回来一条命。

这场战斗最终被山东军区亦即原来的山东纵队通报表彰。十三连获得一面奖旗，"陡沟崖白刃格斗英雄连"字样，金光闪闪。这面奖旗保住了他们的主力身份，但十四连也没降格，算是被十三连兼并。司令员亲自来医院看望英雄连的伤员，叮嘱冷安章和戴成喜安心养伤，伤愈后赶紧归队带兵，眼下连队先由副连长和副指导员招呼着。

养伤期间，牟金财自然要吹吹牛。但面对那么惨重的伤亡，质疑肯定无法避免。毕竟那股日军并未被消灭，伤亡比十三连轻很多。吹牛兴头上碰上这种反诘，当然很煞风景，但牟金财又不知道该如何回答，只能求助于连长。冷安章告诉他，伤亡的确也是衡量胜负的指标，但不是关键指标。关键指标在于作战目标是否达成。十三连的目标是挡住敌人，保障领导机关和军区首长的安全。显然，他们的目标已经达成，而鬼子的目标则被挫败。敌输我赢，铁板钉钉。

牟金财闻听佩服不已。连长就是连长。从此以后，他吹牛再无障碍。他这样热衷于吹牛，并不单纯是英雄的自豪战士的荣誉和凡人的虚荣的简单叠加。他最大的动力是此战之后，独自一人尿不出尿来的毛病一扫而光。初次发现时他刚能下床独立活动，还不敢相信，连续试过两回，尿道全部畅通无阻，简直高兴得要命，立即向冷安章报喜。

但那时冷安章的情况已很不好。太平洋战争爆发之前，胶东的八路军可以通过英国人控制的威海接收药品甚至武器，但此刻这条路已经断绝，军区医院缺医少药，医疗条件太差，而冷安章的伤势又重。牟金财火急火燎地前来报告，其实也有冲喜之意。但是很可惜，已经回天乏力了。

冷安章疲乏地看着牟金财，但似看非看；口中念念有词，却又答非所问："不知今年，海棠如何？"

这是冷安章留给牟金财的最后一句话。从此以后，牟金财绝口不提这场战斗。他再也没了吹牛的兴致。在他内心深处，对那场战斗的胜负判断发生了根本性的动摇。他再也找不到理直气壮的感觉。若能换回连长，他宁可不要这个荣誉，不当主力，宁愿继续时不时地排尿不畅。

牟金财的劲头委顿了许多。仿佛一夜之间，他投身八哥的理由冰消雪释。不是不想赶走鬼子，但那不是第一动力。持久战嘛，鬼子肯定一时赶不走。他们就像肉中的刺，拔与不拔都疼，只能接受这样的局面，慢慢耗死他们。所以抗战是他的日常生活，不是紧急事务。而今连长已去，他突然找不到自己的紧急事务何在。如果没有参军，那很简单，娶妻生子；而今已经吃了军粮，还当了班长，那就得另说。

# 十五

新组建的十三连士兵以十四连为主，干部以老十三连的为主。刘麦田担任连长，戴成喜还是指导员。牟金财这样的战士，全部升为班排长。十四连的多数干部，下到地方部队充当骨干和种子。

连队的重建命令是团长高福寿和政委王瑜亲自过来宣布的。英雄连嘛。重建是件大事。王瑜就是牟金栋当年的老师。这支部队的核心是他争取自己的学生而成功收编的半地方半草莽的武装，也是天福山起义的重要力量。他从名册上看到牟金财的名字，问道："当年我在省立第二优级师范学校教书，有个学生叫牟金栋，你认识他吗？"

牟金财起立敬礼："报告政委，那是我大哥。一母同胞的亲哥！"

王瑜从主席台下来，拍拍牟金财的肩膀："他的事迹我早已听说。是个好样的。是我的好学生。你也是好样的。要继续发扬！"

牟金财脚跟一碰："是！"

十三连所在的六团精简过后是个小团。四个步兵连之外，另有团部、侦察连和特务连，共计七个单位。这是为开展游击战而推行的编组模式。此后牟金财多次出入陡沟崖。第一次去的时候，地上还残留着鬼子的尸体。那具尸体应该是掩埋太浅，被野兽刨出来的。虽已腐败，但巨大的伤口依旧明显。那里开出三朵牵牛花。据老乡说，后来那附近的草树大面积枯死，连同日军马料中撒落的种子随意生成的稀疏庄稼。肥料过于浓厚，那些原本适应干旱和贫瘠地力的植物享不了那么大的福。

六团围绕栖霞、招远两县打游击，主要对手便是已经升为中队长的尚见运荣。尚见运荣多次被揍，但找不到还手的机会，无计可施，竟然派人送来这样一封战书：

> 此致胶东军区第六团团长高福寿阁下。贵军与我皇军作战，应正大光明，约定时间地点，决一雌雄，方为大国风度。若不如此，而行偷偷摸摸之袭击，犹名之曰游击战，有何意义？以后贵军与我皇军作战，应先期示之。我皇军绝不爽约。
>
> 大日本皇军步兵中队长尚见运荣大尉

信使当然不是汉奸，只是中间人，几年前通知牟金财进城见牟金栋的门房周砚田。他持信而来，当然得带信回去。如何回复呢？信的内容如此令人啼笑皆非？高团长道："他一个中队长，撑死就是营长的级别，凭什么给我下书？可笑至极！"略一沉吟，将信拍给戴成喜："以你们连的名义回复！"戴成喜道："怎么说呢？"高团长不假思索："就一个字。呸！"

但这封内容只有一个字的信，周砚田怎么敢带回去。最终只传回了口信，当然语气委婉得多。被激怒的尚见运荣随即纠集伪军，试图找回面子。

日军一个中队的编制比较稳定，分甲乙两种。尚见运荣的中队是甲种编制，重要区别不在于比乙种编制多了二十四个人，主要在于火力强：总共二百零五人，下辖三个每队五十四人的步兵小队，另有一个重装小队、一个辎重小队和一个十九人的中队部。火力包括一百零五支步枪、九挺轻机枪、两挺重机枪、十二具掷弹筒、两门90式重迫击炮。

这样的火力外加伪军狐假虎威，尚见运荣才敢出城行动。六团的兵力优势无法对冲火力缺陷，当然不会硬拼。你有你的千条计，我有我的老主意。游击战。先拖垮他们的精神，然后再揍一拳。

# 十六

鬼子抵达上马村时，六团早已撤离。尚见运荣召集村民，逼问八路军的下落，老牟正好站在他跟前。尚见运荣通过翻译问道："村里来过八路吗？"老牟道："来过。昨天刚走。"尚见运荣当啷一声抽出军刀，大喝一声："他们去了哪里？"

刀光一闪，老牟心里一沉，本能地闭了闭眼。就在那个瞬间，他们旁边那棵树上的鸟群似乎也受到惊吓，扑棱棱全部飞去。老牟看看树又看看尚见运荣，喃喃自语般地说道："唉，树上的鸟儿，去了哪里？"

尚见运荣听明白后哈哈一笑，随即将军刀入鞘，命令部队就地驻扎，大肆掳掠，吃吃喝喝。连年征战，资源匮乏的岛国日本经济几近崩溃。按照规定，士兵出征加六成战时津贴，每年另发一次奖金；那时奖金早已取消不说，军饷还经常被迫寄回国内，储蓄或者购买公债。国内公园座椅和公共汽车扶手上的铁件都被拆除下来制造武器，后勤供应自然大不如前，因而每次扫荡都被士兵视为会餐：既然必须卖命，那就趁机吃点儿好的，至少不当饿死鬼。

临时杀猪杀羊太麻烦，鸡成为首选。全村顿时鸡飞狗跳。鸡犬之声有治世与乱世之别。那时便是乱世的时候。咯咯咯的惊叫与汪汪汪的咆哮混合，夹杂着孩子的啼哭，潮流一般冲击着，整个村子简直都要侧翻倾倒。这帮野蛮人吃鸡并不煺毛，一刀剁头，血光飞溅，然后用刀挑开一道口，囫囵个儿地剥掉皮，再去除内脏。只吃鸡肉，鸡汤不喝但也不留给老百姓，临走之前，朝锅里撒把灰，彻底败坏掉。

日军开动，村里的情报也必须马上开动。彼此的行进方向相同，即便先绕小路，也很有可能跟他们遭遇。大人太显眼，只能派两个孩子同时行动。牟金宝带着另外一个小点儿的放羊娃。两个人都带着情报，牟金宝带口信，放羊娃带书信，但不让他知道内情，免得紧张露出破绽。怎么办呢？山里孩子没有玩具，经常拿收获后的秸秆儿当金箍棒。把简单的暗语情报写下来塞进秸秆，两头用泥封住。既能骗过孩子，必定也能骗过鬼子。

山里路不多，半道上还真跟尚见运荣碰到过一回。虽然牟金宝跟他们只是道路交叉而非超越，但还是引起了怀疑。尚见运荣盘问一番，尽管没有发现破绽，放行之前也还是放了狠话：不准出现在行军队伍前方。否则一旦发现，立即开枪。

有了情报，选择战场的余地就比较大。高团长决定还在陡沟崖一带设伏。不过不是原来的地点，而是村东二里外。那时敌军已经经过上回挨揍的地方，警觉理当淡化许多。两里路，六团的火炮对着鬼子的方向，双方的射程都到不了村庄。

袭击总会让鬼子措手不及。团规模的伏击，自然要比连规模的过瘾，也更激烈。日军的火力果然凶猛。重机枪嘎嘎响个不停，子弹雨一般直泼过来，夹杂着重迫击炮和掷弹筒的轰击，打得六团一时无法抬头。

六团只有八二迫击炮。炮和炮弹当然都是胶东军区的三个兵工厂仿制的。炮身材料主要来自破路的钢轨，由兄弟根据地支援而来，材质尚可；炮弹用量太大，材料只能退而求其次，质量自然也要打折扣：底火的钢质脆弱，发射后会残留在撞尖上，打不了几炮便必须翻转炮桶，将残留的底火倾倒干净。麻烦得要命，要命的麻烦。

炮声如雷，枪弹似雨。关键时刻，十三连的一挺机枪突然卡壳。机枪手捣鼓许久都捣鼓不好，副排长马芝荣情急之下一把夺过来，倒转枪身使劲鼓捣，同时用脚扣扳机，没想到枪膛中还有一发子弹，此时正好射出，将他命中。

情况紧急，牟金财顾不得投弹，只好充当机枪手。他不断扣动扳机，希望尽快压制鬼子的火力。但日军的掷弹筒瞄得很准。机枪阵地尤其是重机枪，经常遭遇直接打击。牟金财打了一阵子，便赶紧转移阵地。他心内充满愤恨，这么大的阵势，居然自始至终没见到尚见运荣的鬼脸。

此时援军抵达。另外两个团也前来增援。尚见运荣见势不妙，命令留下一队伪军，绑在树上开枪掩护，他率领主力先行逃命。遭到这种打击，他无法向八路军报复，便将仇恨转嫁到手无寸铁的百姓身上。整个上马村被烧杀一空，只有跟牟金宝一同出去送情报的那个小孩儿贪玩儿，没有及时回村，幸免于难。

# 十七

突如其来的仇恨叠加，照亮了牟金财的道路和方向。原来他人生的紧急事务并未消失，只是隐藏在日常之下，而他自己向来反应迟钝。而今这血海深仇就像一个锥子，深深地刺透他迟钝的皮肉，血印随即凸显。在此之前，他满以为早已解决排尿不畅的问题，而今方才明白，还有一泡大尿一直憋着，没有也无法排出。

这泡大尿，便是尚见运荣。

那时八路军跟鬼子的大规模战斗已很少见。就像两个势均力敌的摔跤手，缠斗许久都无法解决对方，只能各自抓住对方的脖领气喘吁吁，待机再发。仗打到一九四四年，中国的总体物价已经飙升到战前的四五百倍，日本本土虽然还没遭遇地面攻击，但常态化的空袭之下经济也愈发凋敝，谁都没有力量发动致命一击。

怎么办呢？对游击战得心应手的八路军，自然要主动得多。壮大力量的同时不断袭扰，让鬼子寝食难安。栖霞县城邻近根据地，尚见运荣制造的上门惨案又不是牟金财一家的私仇，这个账六团肯定是记着的，不可能给他好日子过。

因主力调往河南发动一号会战，山东日军人手不足、备多力分的弊端越来越明显。此前总是日军蚕食我们的根据地，那时局面慢慢改观，八路军开始反蚕食。正式说法是"挤"。把敌人挤出去。还利用各种力量向敌军内部渗透，给伪军传话，警告他们不要一条道走到黑；每个汉奸都已被单独立账，红黑两笔历历分明，秋后必定算账，八哥说到做到。即便瞎子也能看出来，日本鬼子已是日薄西山，因而这个分化瓦解工作的阻力越来越小。

在薮内彦敬的威逼利诱之下，李萱不得不与之成婚。她的父亲李茂春也半推半就地当了伪县长。上了贼船，自然身不由己。李家门口贴的春联都是这样的内容：

三十载昏天黑地，遭受无边痛苦；一旦间拨云见日，享尽万代荣华。

横批是"中日亲善"。

王瑜得到报告，感觉可气又可笑。对于这样的人，当然要打击，但打击之前要先来文的，这是政策。因而他首先派人传话。最终得到的反馈是，李茂春内心并不是铁板一块，没有当铁杆汉奸的意思，但急速转身也是不可能。毕竟他还没有直接见识八哥的本事。

既然如此，那就展示一下力量，略施震慑。王瑜决定不打枪不放炮，只派人给他换上这样一副春联：

二三子乌烟瘴气，造下无边罪恶；一旦间粉墨登场，羞尽万代祖宗。

至于横批，则换成"民族罪人"。

春联肯定不能写好带进去。这样未必能过得了盘查。但只要进了城，随便找谁写都可以。问题在于谁能进城，将它糊上李家的大门。胆大心细且熟悉城内布局的人，才能做到。

王瑜没怎么选择，便点了接替马芝荣副排长职位的牟金财的将。他毕竟进过县城两回，也知道李家的位置。对于这个任务，牟金财有点老鼠掉进面缸里的感觉。他内心一直有个想法，刺杀尚见运荣。这泡大尿他不想再憋下去，而在城外全歼日军一个中队，六团一时办不到。他们能阴谋刺杀许司令，我们为啥就不能针锋相对？而要达到这个目的，肯定得先进城几趟，摸透情况。

# 十八

再进县城，时间已经过去五年。不仅哥哥，就连父母和弟弟也一并离开人间。离城门越近，牟金财的感慨越深。枪林弹雨冲刷多年，他早已不再紧张。负责盘查的是伪军，另外两个鬼子不再像门神，倒像看客，一心看热闹：门洞旁边有日军摔跤。那两个摔跤的鬼子下身穿着军裤，上身是白色短衫，显得格外醒目。

牟金财微笑着从旁边经过。此时胜负已决，胜利者志得意满。牟金财刚要过去，忽被胜利者一把抓住。

牟金财赶紧点头笑道："太君，我是良民。"

那个鬼子摇摇头，挥拳捶捶他的胸膛，要跟他摔跤。两个伪军见状，也过来凑热闹，怂恿牟金财上场。牟金财心里暗暗叫苦，这一出他可是完全没有料到。此时方才察觉，他内心深处对鬼子鬼性的畏惧并未完全消除。上次白刃格斗，血腥与仇恨虽然暂时压下畏惧，但此刻的情势已全然不同。他必须在完全清醒而且冷静的情况下，独立地跟鬼子贴身肉搏，一对一。那感觉就像武士上了战场，却发现没穿盔甲。

不容分说，鬼子已经跃跃欲试。看来他真是闲得够呛。牟金财被迫脱掉外衣，上场搏斗。刚接触到鬼子的肉体时，他仿佛完全没有知觉，或者说，鬼子的躯体就像一块铁一团泥，将他的触觉完全吸附。他总觉得鬼子的每个动作都比自己的精准凶猛有力。因此第一跤被摔倒，也就毫不意外了。

鬼子和伪军仰天狂笑。表情经过扬尘的折射，显得既可气又可恨。躺在地上仰望的牟金财，力量被瞬间引爆。他突然再真切不过地意识到，鬼子并非魔鬼，也是活生生的肉体凡胎。他一跃而起，摆开姿势，进入第二局。

那家伙虽然个子矮些，但摔跤的技巧确实比牟金财强，有技巧。然而牟金财已经战胜了对魔鬼的畏惧，像拉满的弓，浑身憋足劲，恨不得后脑勺再长一双眼睛。能把手榴弹投出五十八米的人力气肯定不小。而四两拨千斤，说起来容易做起来难。最终还是力气说了算。牟金财起身之后，连扳两局，赢得干脆利落。起初他还面带微笑，笑容中甚至有些装出来的谄媚讨好。但摔到最后，敌视已经从里到外糊得满脸满身。

此时所有的看客都面色凝重，尤其是那几个伪军，满脸末日来临的惶恐。被摔倒的那个鬼子，当然也不可能如坐春风。牟金财的眼珠子和心眼子都咕噜噜地转动着，全神贯注，引而不发，不料那家伙一站起来便冲他鞠躬致敬，然后竖起大拇指。

现场立即笑声荡漾。牟金财赶紧用笑容为脸上的防卫表情换岗，回敬了一个大拇指。那个鬼子一把将他抓住，便朝岗楼里拖。牟金财心内又是一惊，经过伪军的解释，才明白开饭在即，这家伙要留他吃饭。

这可真是求之不得。岗楼的内部设施牟金财当然很想知道。进了院子，只见里面晾晒着两排军服。原来他们没穿军装并非特意摔跤取乐，也是换洗的需要。奇怪的是，晒衣场旁边坐着一个鬼子，专门看守。后来才知道，军官的刀枪属于个人物品，但士兵的武器装备都算是天皇赐予的，所谓下赐品，必须保存完好。一旦丢失就得找回来。找是托词，实质是偷。所以晾晒衣物时，需要派人盯着。

进去落座，牟金财扫一眼便搞清了这里的兵力与火力配置：六个鬼子，一挺轻机枪，一具掷弹筒。

这算是鬼子请客，故而气氛颇为融洽。他们毫无防备，牟金财告辞之前还顺手牵羊，悄悄从武器架上偷了一颗西瓜手雷。他们对晾晒衣物的警戒，远远超过了对内部的武器。

毫无疑问，这是败相。

进城之后，先找内线接上头安歇下来，然后等到傍晚，找个代写书信测字算命的摊点，请人写好对联，夜里行动。夜晚宵禁，伪军沿街巡哨。牟金财通过内线，早已摸清巡哨的规律，成功地将其避开，顺利换上对联，然后全身而退。天亮以后，他摸到日军司令部附近侦察情况，返回途中经过一个院落，门半开着，里面有日语的喧哗。他探头一瞧，三个鬼子正忙着卸弹药。看看左右无人，牟金财的心忽然怦怦直跳。一个灵感猝不及防地杀入脑海。他掏出那颗西瓜手雷，拉开拉环，然后装作弯腰提鞋的样子，顺着地上朝军火箱子滚去。这几个动作行云流水般一气呵成，他再起身不动声色地离开。

爆炸声接连不断地传来。后来查明，两个鬼子被当场炸死。赶来的军官以为是他们操作不当导致走火，盛怒之下，又给了第三个家伙一枪。


# 十九

这新换的春联吓坏了李茂春。他赶紧通过中间人传话，说是人在屋檐下，万事不得已，愿意跟八哥合作。同时还透露，他的女婿、指导班班长薮内彦敬，跟尚见运荣矛盾很深，有狗咬狗倾向。这些年来，李茂春跟薮内彦敬其实是互相影响，两种不同的颜色混合成了第三色，从哪个颜色的角度看都不伦不类。这样的人，正好分化利用。薮内彦敬起初相信可以并且应该建立赶走白人、由日本人主导的黄种人的大东亚共荣圈，愿意为之效力。但是仗打到那个程度，他无法接受日军的残暴，不相信这是皇军的荣誉与战功，更不能接受国内经济崩溃、国民生计困顿的局面。而持这种观点、反对侵略战争的人，在县城内部的日军中也不乏其人，比方下士官浅野大三伍长。

日军的伍长，相当于国军的下士。

关于城内日军的第一手情报当然很有价值，也强化了六团的信心。那时对六团威胁最大的还不是县城的日军，而是小屯的碉堡群。小屯本来是明代设立的驿站，位于栖霞通向招远的官道之上，可以沟通胶东军区的西海、北海、东海和南海四块根据地。胶东特委和行署下属的玲珑采金局一直被日军视为眼中钉肉中刺，他们想吃掉又吞不下，便在这里建立了一组碉堡，妄图把它卡死。要想保卫输送到延安的黄金，卧榻之侧肯定得清理干净。高福寿和王瑜决心将这个据点敲掉。

正面强攻从来都不是选项。牙齿啃不开水泥岗楼。怎么办呢？蚕食围困。

小屯跟招远、栖霞两个县城的联系都靠电话。牟金财奉命组织战士悄悄摸过去将电话线割断，外面还用原来的胶皮包好。这样表面粗看没有痕迹，鬼子查线只能多跑腿。根据团长的安排，牟金财他们都在方便设伏的地方行动，然后留下一两个人，远距离悄悄观察。

观察。只是观察，不准出击。

牟金财观察过好几次。在望远镜中眼巴巴地看着架线兵三下五除二接通电话，却什么都不能做，他很不理解。尽管在鬼子的势力范围，但突然出击，占个便宜，还是有把握的。然而团里只是不准。询问原因，团长笑而不答。政委拍拍他的肩膀，笑道："团长有锦囊妙计。现在还不到打开的时候。你执行吧。"

忽然有一天，望远镜中出现了两个割草的小孩儿，割了一会儿停下，坐在地上玩儿。此时两个巡线的鬼子也进入了视线。牟金财心里一阵发紧，紧紧攥着望远镜，竟然捏出水来——手心满是汗。他很担心这两个鬼子迁怒于孩子，残暴害命。果然，一个鬼子爬上电线杆后，剩下那个鬼子来到了孩子身边。

鬼子蹲下，然后从兜里掏东西。牟金财的心简直要停止跳动。所幸鬼子掏出来的不是凶器。他把东西递给孩子，三人凑在一起看。片刻之后，一个孩子将那东西交还，另外一个则向鬼子出示了一样东西。此时电线杆上的鬼子也下到地上，加入进来，哈哈大笑。

后来才知道，鬼子给孩子们看的是他们的相片全家福。孩子们给鬼子看的则是他们刚刚逮来玩儿的蚂蚱。

# 二十

牟金财割电话线，连长刘麦田则直接进入小屯化装侦察。小屯有个集镇，离鬼子的碉堡群不远。从那里观察敌军，查明火力配置，寻找进攻方向，必不可少。但刘麦田刚刚抵达，便被巡逻的鬼子拦下。

刘麦田手上没有明显的老茧，不像操持农具的手，鬼子有些怀疑。陕西刀客刘麦田能吼秦腔，因而不慌不忙，假称是戏班班主，前来打探情形，看看能不能唱几天戏，赚口饭吃。

伪军翻译后，鬼子竟然露出笑容，要带刘麦田进碉堡。伪军解释说，太君要听戏，请刘麦田过去唱两段。刘麦田道："我不能唱独角戏呀。没有二弦板胡，也没有配角！"伪军道："你就凑合着唱一段吧。别惹得太君不高兴！"

刘麦田正愁无法进入碉堡，当然乐于从命。他跟随鬼子进了炮楼，唱了一段《长坂坡》。起初看着周围的鬼子和伪军，他感觉颇为荒诞，但唱着唱着逐渐入戏，进入了赵子龙浴血拼杀、出入万马军中的状态，嗓音时而高亢激越，时而低沉沙哑。鬼子们果然是无聊到了极点。虽然听不懂字句，却也不断叫好。

刘麦田唱着唱着，又本能地做起了动作。他顺手抄起架在旁边的三八大盖，当成赵云的长枪舞弄起来。正是夏天，金属部件的冰凉让他瞬间清醒，不觉有些后怕；但再看敌人，丝毫不以为忤，反倒高声喝彩。

听了牟金财和刘麦田的汇报，高福寿和王瑜彼此对对眼神，会心一笑。高福寿随即收敛笑容，发布命令：当天夜里，奇袭小屯。参谋人员早已将作战计划做好，参谋长宣读完毕，王瑜对牟金财道："现在明白为何老让你看着，而不出击了吧？我们得摸清鬼子的精神状态。既然他们全都这么无聊，那我们不妨替他们找点儿事做！"

连队交给戴成喜，刘麦田亲自指挥尖刀排先行出击。虽只是半月，但光亮很足，因而牟金财他们脱掉了跟土地颜色反差明显的灰布军服，浑身上下只穿一条短裤，赤膊上阵。部队夜行军本来就要避开村庄和道路，从田地之间经过，所谓踩坷垃，以免引起狗叫。这次不是转移，而是出击，自然更得注意。

牟金财走在队伍最前面。他们是尖刀排的前锋。少了一层土布的阻隔，子弹带和手榴弹袋蹭去蹭去，起初痒酥酥的。爬坡下沟时，碰在骨头上，微微作痛。干燥的田野散发着翻耕过的泥土气息，有点腥，也有点甜。草上的露水将鞋子湿润，凉气向上传导，牟金财握着步枪，抬头看看空中的半月，竟然感觉身上发冷。那是种奇怪然而难忘的感觉。多年之后才明白，发冷的不是皮肤，而是内心。

抵达小屯后，部队绕过外围伪军的四座碉堡，直扑最中间的两座鬼子碉堡。原来六团早已做好伪军的工作，他们不阻拦，打响之后朝天放枪。

刘麦田做好了恶战的心理准备，但没想到鬼子的碉堡居然门户洞开，哨兵正呼呼大睡。他们一刀抹了哨兵的脖子，顺利爬上二楼。虽还是下半夜，天光未曾放亮，但他们的目力已经适应。视野所及，敌人全都赤身裸体地躺着，有断续的鼾声。尽管胶东山里的夏夜基本上没有酷暑的感觉，但对于日本人而言温度还是太高。所以碉堡要开门通风。

刺死两个鬼子后，剩余的立即被惊动。他们怪叫着爬起来便抢武器，抢不到武器就顺手反抗，甚至撕咬。可尽管如此，大势已去，无法逆转。这是牟金财经历的最为酣畅淋漓的一战，比起以往，简直可以说是兵不血刃。现场消灭九个鬼子，另外七个全被俘虏，其中三个带着伤。缴获轻机枪两挺、重机枪一挺、迫击炮一门、掷弹筒两具。

鬼子已经消灭，伪军中队的反正也就是水到渠成。高团长本想派一个伪军回县城告变，引诱尚见运荣，但没人敢去。高团长眉头一皱："八路军堂堂正正地打游击。既然隆重招待过人家，总不能匿名而去。"王瑜看看电话，忽然笑道："这有何难！"随即摇通电话，同时掏出手枪，等电话那头有鸟语响起，冲着电话线连开两枪，然后便将话筒撂下。

军区早有通盘计划。六团是小团，负责拔驻点；四团、五团是大团，调来打援，准备彻底解决上马惨案的刽子手尚见运荣。可惜的是，这个目的未能达成。尚见运荣虽然率兵出援，但未敢深入，五团只吃了他们的先头部队，四团更是寸功未立，一枪未放。

# 二十一

俘虏押送到团部时，牟金财惊奇地发现，其中竟然包括上次拉着自己摔跤的那个家伙。他们刚刚轮换到这里。

一九三九年，华北日本士兵觉醒同盟已在辽县（今山西左权县）成立，随即各个战略区和根据地纷纷跟进。一下子抓了这么多俘虏，觉醒同盟当然要派人前来做工作。原来跟牟金财摔跤的那个鬼子，就是李茂春提到的浅野大三，会拉小提琴。他出身于五反之家，每反九十二平方米，住房面积将近五百平方米，已经小康，但他却是社会主义者，并因此被判刑两年，出狱后发配从军。刑满释放分子，资历再老军衔也升不上去，只能徘徊于下士官中的最低等级伍长。如果不是局面趋于崩溃，大量的胡子兵、娃娃兵上了前线，他恐怕连这都混不上。据他估计，日本国内大约有社会主义者十二万人、共产主义者五六万人。不幸的是，约有六万人正在或者曾经服刑。很多人出狱之后虽被迫从军，但并不想当炮灰。碉堡门户洞开便是他的主意。借口天热需要通风。他满心盼望八路军前来攻击，将他俘虏。而今的结局简直可以说是美梦成真。

浅野大三对尚见运荣格外鄙视。提到他总用"中公"或者"中助"这样的字眼。具体含义牟金财不懂，但却知道是士兵对中队长的蔑称。可尽管如此，他还是不愿回去刺杀尚见运荣，对政委王瑜半真半假的建议连连摇头。王瑜当然不会勉强，顺势将话题宕开。

刺杀尚见运荣最初只是牟金财的狠话，甚至牢骚抱怨，不意获得了团首长的支持。血债血偿，天经地义。战场仇恨战场解决，江湖恩怨江湖了结。本来军区有敌工部和锄奸部，专门负责这类工作，但直接针对鬼子军官的行动很少。主要是难以接近。而今既然有了李茂春等人的配合，也就多了几分把握。考虑到牟金财报仇心切，力气很大，且认识尚见运荣，团里同意他在敌工部和锄奸部的配合下，负责行动。

牟金财再度潜入县城，直接住进李茂春家里。对这个老汉奸，他没什么感觉，软骨头而已，但见到李萱，心里便要复杂许多。很难想象，这是哥哥最爱、也曾经最爱哥哥的姑娘。可恨可痛又可叹的是，她依然显得很漂亮，言谈举止都令人欢喜。他怎么也恨不起来。他就不明白，好端端一个姑娘，怎么能嫁给鬼子呢？屈身事贼不是一辈子都毁了吗？

李萱始终没有解释嫁给鬼子的苦衷。牟金财也没问。二人相视片刻，便进入正题：尚见运荣的个人爱好习惯，与行动轨迹。李茂春告诉牟金财，日军司令部生人进不去，就是能进去，行刺之后也出不来。只能在司令部外面找机会。秋冬以后，尚见运荣每周要到浴池洗一次澡。自然，没有卫兵，也不会带武器。只有这个空子可钻。

# 二十二

牟金财早已策划好刺杀的细节：他假扮浴池工伺候尚见运荣。先在他身上抹厚厚的肥皂沫，最后抹到脸上，将他的双眼挡住，便可刺刀见红。

牟金财在心中无数次地演练过那些环环相扣的细节。每一个无眠的夜晚，都是这个过程随他入梦。但真正等到那一天，见到赤身裸体的尚见运荣，他突然心慌意乱。以往的无数次推演中，尚见运荣都是他初见的形象：身穿黄军装，扛着血红的领章，足蹬黑色的马靴。只是那些装束很淡很淡，似乎没有真实的质感。而此时此刻直面的尚见运荣，竟然赤身裸体，跟自己一样，是再真实不过的肉体凡胎。

牟金财有些不敢相信自己的眼睛，本能地看看自己，又看看他悬垂着的男根。

彼此完全一样。尚见运荣手无寸铁，哪有刽子手的样子？

牟金财心里一阵狂跳。他感受到了从未有过的紧张，这种紧张就是刚刚投军时、初次听到枪声时都没有过的。等真正触摸到尚见运荣的肉体，感受到他的肌肤与骨骼，紧张之外又增加了恶心，强烈的恶心。这种恶心不是针对尚见运荣，而是针对他携带进来、藏在浴池中的那把匕首。

牟金财仔仔细细地伺候尚见运荣洗澡。给他打肥皂抹肥皂沫，洗净、搓背，然后，再没有任何然后。

他放弃了刺杀行动。

回到团里，牟金财没有提及自己的紧张与恶心。他的解释是条件不成熟。浴池里洗澡的人很多。行刺固然可能成功，但这一条狗命会拖累很多无辜同胞的人命。

此后牟金财依旧会在心中演练刺杀。只不过他和尚见运荣都是戎装在身，他手持的也不再是那把匕首，而是跟尚见运荣同样的步枪，上着明晃晃的刺刀。

# 二十三

一九四五年，物价在上一年的基础上再度翻番。虽然根据地的情形比国统区好得多，但也很紧张。六团继续向招远县城蚕食。打掉小屯，又盯上了大屯。

为什么要向招远县城蚕食？因为上年年底，司令员已经指挥主力攻克栖霞县城，残敌七百多人逃向招远，栖霞全境解放。说起来这是个好消息，但牟金财却满怀遗憾，因为尚见运荣去向不明。

比起小屯，大屯更加易守难攻，敌工工作基础也差。因为这里是招远地界，有黄金，又靠海，鬼子就像咬住骨头的饿狗，无论如何也不肯松口，在蚕庄金矿已被解放的情况下尤其如此。受此影响，伪军也更加顽固。怎么办呢？第一步当然是侦察。这回已经不能延续上次的惯例。那些条件都不具备。高团长决定，先抓个舌头。

那时牟金财已经升任排长，抓舌头的任务也落到了他的头上。要抓舌头，进入大屯肯定不行，只能在外边。那时天气炎热，西瓜大量上市，不时会有鬼子出来贪嘴。这应该是个机会。

牟金财领人在大屯外面摆了三个西瓜摊。钓鱼好几天都没有收获，正准备更换手法时，突然来了机会。有个鬼子赤手空拳，过来要吃西瓜。他看起来年龄不大，让牟金财本能地想起了弟弟。那个瞬间，牟金财笑容灿烂。他对这个小鬼子是真心实意地欢迎。欢迎他品尝西瓜。他故意将西瓜切得大大的，鬼子接过去一啃便会遮挡视线。此时另外两个西瓜摊上的战士趁机冲过来，而牟金财大手一挥，一记重拳砸向太阳穴，鬼子立即昏倒。大家麻利地将他装进袋子，撂进推车，便推了回去。

早期的鬼子被俘虏，拼命的同时高喊"天皇万岁"；那时的鬼子渐次醒悟，只是挣扎着高喊"某某多少岁"。这个"某某"是自己的名字。他不想死。他想活着回家。因而这个小鬼子的招供很顺利，提供的情报也极有价值：尚见运荣当天将到大屯巡查防务。他之所以急着出来吃个西瓜解馋，就是要抢在中队长之前。尚见运荣带兵严苛，他一旦到来，大家肯定都要受拘束。

闻听尚见运荣在招远，还要马上来大屯，牟金财的眼睛顿时被点亮。他紧紧盯着高团长的嘴，好像没有听见他立即包围大屯的命令，愣怔片刻才风一般跑出去部署执行。虽然大屯的火力很猛，六团无力单独拿下，但围困还是有把握的。这一招能对付栖霞县城，自然也能解决大屯。计议已定，立即实行。驻地留下一个排看家，另派一个连负责阻击援军，一个连作为预备队，其余力量全部压上，连同地方武装。自然，要同时报告上级和友邻部队。

包围之后，发起试探性攻击，发现大屯敌军的火力果然很猛。碉堡居高临下，炮弹枪弹齐飞。六团火力不够还要仰攻，很难得手。既然如此，那就按照原计划执行：围困。围而不打，困死他们。

地势较高，自然就缺乏水源。六团将周围的水井全部看住，看不住的要么掩埋，要么污染。抓来许多青蛙癞蛤蟆，在它们的舌头上涂抹辣椒，然后丢到碉堡附近，让它们整夜聒噪；派人从附近的小河里捕鱼捕虾，丢到碉堡周围，连同那些试图出来抢水而被击毙的日伪军尸体。

大屯整整围困了十二天。招远出来的援军被四团五团打了个昏天黑地，无力推进。尽管如此，尚见运荣依旧负隅顽抗。浅野大三喊话多次，丝毫不见效果。十三连在前沿瓦解敌军的工作，由指导员戴成喜负责。他一直领着浅野大三喊话。老古话说人有旦夕祸福，这话搁在戴成喜身上真是再贴切不过。那天的喊话不像往常，敌人毫无反应。先前还有枪弹甚至炮弹回应，这次完全静默。戴成喜心灰意冷，决定放弃。而就在他准备领着浅野大三回去时，刚一起身，枪声响起，他的脑部中弹。浅野大三身子伏得低，侥幸脱逃。

十三连阵地上立即响起报复性的枪声。不管有没有明确目标，大家都愤怒地扣动扳机。两小时后，团里传来命令：日本已于昨日宣布投降。军区命令立即停止攻击，就地待命。

等待多年的胜利消息带给牟金财的并非欣慰，而是遗憾和愤恨。那泡大尿还没排出来。尚见运荣依旧龟缩在碉堡里，刚刚又打死了他的指导员。他不想要这种和平。绝不。

盘踞山东的鬼子属于华北方面军第十二军，司令部本来设在济南。去年年初为了打通平汉路南段，该军主力调往河南，司令部移驻郑州。留在山东的鬼子，决定执行国民政府的命令，向十一战区副司令长官李延年投降，而不理睬身边的八路军。经过薮内彦敬和李茂春等人的努力，招远城内的鬼子大队长苦于实际被包围的地形，有意就近投降八路军。军区随即传令，五团六团立即停止敌对行动，准备谈判受降。根据这道命令，高福寿指挥全团后撤两公里，让出大屯外围的水井，仅由十三连在前沿留下一个排监视敌情，保持接触。

主力迅速后撤。牟金财要求留下监视敌军，还从连部把尚见运荣的那封挑战书要了过来。胜利前夕指导员倒下，刘麦田心痛不已。他蹲在连部抽烟，老半天不发一言，最后才嘱咐道："老牟，指导员牺牲，大家都很悲痛。但你已经是老同志，可不要轻举妄动！"

刘麦田说这话时，眼睛盯着地头，没看牟金财。牟金财早已将挑战书揣进兜里，手里拿着步枪，咔咔嚓嚓地不断上刺刀然后再取下，眼睛也不看刘麦田："请连长放心。我懂！"

# 二十四

尚见运荣出了被围困的碉堡，不赶紧滚回招远的老窝，反倒大张旗鼓地给日军收尸，郑重其事地祭奠。他的打扮不像军人，倒像道人。遥遥观察，鬼子的确兵力薄弱，现场只有十七个。即便留有看家的，连同先前已被击毙的，总体撑死也就三十人出头。三十多人能顽抗到现在，令人愤怒。而尚见运荣的样子越庄重，牟金财心内就越愤怒。愤怒的牟金财在一九四五年的胜利之夏浑身发凉。他的父母和弟弟死时，可没人做法事正式收葬。没有，完全没有。因为村里已经没有活口了。组织邻村赶来处理，也只能草草掩埋，留下一个巨大的集体坟冢。

这一切，不都是因为这个家伙吗？

牟金财立即派人找个伪军当翻译，催促尚见运荣缴械投降。碰钉子他早有预感，但没想到钉子如此尖锐：尚见运荣表示，大日本皇军接受的是和平，而不是投降。对于要求投降者，刀兵相见。

全排闻听都火冒三丈，牟金财却有正中下怀的暗喜。好啊，他要的就是这个态度。他很清楚，伪军肯定不会参战，用自己的一个排对付这些鬼子，他有充分的信心。他立即组织开会，征求同志们的意见：鬼子态度嚣张，不能容忍。他决定立即前去受降。尚见运荣如果不干，那么双方就走出工事公平决斗，拼刺刀。他跟尚见运荣一对一，或者大家全体对全体。

指导员不能白死。还有老连长冷安章。

全排是一个钢铁整体。可以同时上刀山下油锅的整体。排长的计划自然而然地得到了普遍响应，只有三个人表示疑虑，其中包括三班的副班长。他说："排长，消灭鬼子我肯定没意见。但这时候还打，算不算违抗命令？"

牟金财狡黠地笑道："这得看你怎么理解。可能违反许司令的命令，但也在执行朱总司令的命令嘛。他两天之内连续发布七道进军命令，就是七道金牌嘛。第一号命令已经明确指示，如遇敌伪武装部队拒绝投降缴械，即应予以坚决消灭！"

这话立即打消了两个人的顾虑，但副班长是老党员，组织观念强，心里依旧嘀咕。牟金财收敛笑容道："无论多大的责任，都由我牟金财的肩膀挑着，跟同志们无关。愿意去的跟我走，整理好服装武器，半小时后出发；不愿意去的也不勉强，大家还是革命同志！"

副班长不肯参加，悄悄报告了连长刘麦田。刘麦田本来蹲在连部抽桃叶，闻听这话不觉站了起来；起初眉眼间全是惊讶，但很快就溢满笑容："你家不是很近吗？鬼子已经投降，部队没有大事，给你七天假，赶紧回家探亲吧，看看能不能说个媳妇儿。记住，你的假期是经排长批准报连队同意的。从昨天开始，来回七天！"

副班长一愣，微张的嘴惊讶得忘记合拢。刘麦田再度蹲下，眼睛没看副班长，好像自言自语般地嘟囔道："老大不小，还有不想说个媳妇儿的。"

副班长赶紧立正敬礼："谢谢连长，我这就回家！"

# 二十五

根据排长的命令，全排都特意换上了尽可能整洁的军装，擦拭了刺刀。牟金财将这几年获得的所有奖章纪念章和军功章都挂在胸前。比方军区的"朱德青年突击队""投弹能手""冬季比武优胜"，等等。

站岗的伪军不敢阻拦，全排直接开到了碉堡跟前。牟金财命令翻译向尚见运荣通报，喝令他立即投降。

没过多久，一队鬼子走出碉堡，尚见运荣满脸不可思议的表情。至于态度，依旧是干脆利落地拒绝，说辞跟先前一样。

牟金财扬扬手中的那封挑战书："还记得当年给我们下的战书吗？我现在就来应战。我们俩公平决斗，或者我们排，跟你们的对等人数，拼刺刀！"

"你，跟我？"尚见运荣闻听，脸上的轻蔑先换成老谋深算的微笑，最后再恢复成轻蔑，点了点头。既然只是带队军官之间的决斗，那么无论结果如何，双方的部属均不得参与。

尚见运荣慢条斯理地接过一支三八大盖，顺手擦擦枪身，然后上刺刀。

牟金财眼睛冲着前方，高喊一声："上刺刀！"同时掏出刺刀，咔嚓一声装了上去。

应该承认，那是一场公平的决斗，一场精彩的刺杀比赛。双方都展现出了良好的单兵素质。牟金财挥舞着步枪，就像杨任舞动飞电枪。他突然发现，他不再畏惧这个可怕的形象，眼窝中长出手，手上带着眼目；小时候的畏惧，现在看来只是笑谈。

牟金财聚精会神地跟尚见运荣格斗。他先受了伤，随后还以颜色，也给了尚见运荣一枪。尚见运荣啊了一声，转身再上，双方继续缠斗。打到最后，牟金财伤痕累累，但还是刺死了尚见运荣。说到底，他年纪大，而牟金财力气猛。

临死之前，尚见运荣艰难地微笑着，冲牟金财喃喃自语。通过翻译得知，是两个字：

谢谢。

浑身滴血的牟金财不觉惊呆。愣怔片刻，他依旧本能地沿袭着战场习惯，搜查敌军的口袋。这次没有什么收获，只有一张相片，也是全家福。上面沾满了血迹。而就在他和抱着孩子的妻子之间有个洞，是被刺刀刺破的。牟金财用手捻捻相片，似乎是要修补那个破洞。他徒劳地捻来捻去，突然悲从中来，一屁股蹲在地上，放声痛哭。

# 二十六

决斗事件震怒了军区司令员。

在整个胶东军区的作战范围内，放出口风存在向八路军投降的日军只有这个大队。但结束敌对行动、等谈判完成便正式推进的共识，并未真正落实。他们的态度一直在游移。其实有无这个决斗事件都不会影响大局，但既然已经发生，他们便顺手拿来作为口实。

命令不能儿戏。司令员召来六团的军政主官，详细了解情况后，命令立即对责任人员执行战场纪律。简而言之，就是枪决。

团长政委大惊失色。政委王瑜脱口而出道："司令员，牟金财不能算违抗命令吧。那只是个人的决斗，并非两支部队交战嘛。"

司令员瞪了王瑜一眼："你们知识分子，就知道抠字眼！结束敌对行动是什么意思，你给我说说！"

见政委不敢再说，高团长立即帮腔："司令员，他可是陡沟崖白刃格斗英雄连的战士。那个连剩下来的同志，满打满算，只剩三个了！"

司令员闻听握握拳头，慢慢转过身去，徐徐挥手，不再答话。高团长见状，只得叹气敬礼，然后回来部署执行。

大家都很难过。但牟金财反倒如释重负，根本没再扯朱总司令有命令那些鬼话。敢以自己的身手向尚见运荣挑战，他早有必死之志。他只是没有想到，尚见运荣竟然也是抱着同样的心思。那些日子里，牟金财充满失重的感觉，内心一片虚空，陪伴已久的步枪摸起来像棉花一样，似乎可以随着压力而松软变形，简直就是活见鬼。

牟金财想走。去一个遥远的地方。追随父母兄弟。追随老连长老指导员。

战争期间，每支部队都设有行刑队，六团也不例外。这是维持军纪的必要手段。对于违犯军纪者，行刑队从不心慈手软，但而今面对牟金财，却有一万个不落忍。谁都不愿意动手。最终他们决定改变惯例，从背后开枪。因为谁都无法正视。

以往行刑，部队地方都要事先公布命令并且组织观看，以便强化纪律，但这次没有。行刑简直有点偷偷摸摸的意思。可尽管如此，还是围得满满当当，无论军民，个个面带悲戚。老百姓的反应比战士们还要强烈。牟金财的老房东尤其如此。如果可能，行刑都会通知家属收尸，但牟金财已无直系亲属，按照规定应当由行刑队就近挖坑掩埋，不安排棺木，但老房东决定捐出自己的棺材，为牟金财办后事。那口棺材每年都要上一道漆，暗红色，油光发亮，平常里面装着粮食。

老房东对牟金财喊道："牟排长，你是真英雄！我这口柞木棺材全封挂底，配得上你。你就放心上路吧！"

牟金财没有上绑。他微笑着冲房东行了个标准的军礼："大爷，谢谢你。来生再有机会，只要不打仗，我每天还给你挑担水！"

正在这时，枪声响起，哭声也同步响起。行刑队表情肃穆地确认死亡后，灰溜溜地离开人群，任由老房东收殓尸体。确实是口难得的好棺材，材质不易腐烂，做工全封挂底，就是用整块木料打成盖板，底板不用铁钉，完全由榫卯连接侧面的两块板，是上等的手工。

按照习俗，三天下葬。这三天当然不是完整的七十二小时，只是三个天头。傍晚行刑到子时是一天，只有次日是完整的一天，第三天也只有几个小时，因为总是上午甚至凌晨下葬——具体时间由道士计算确定，否则很可能没有人敢抬棺。如果你知道这里是丘处机的故乡，昆仑山又是全真派的发源地，就不会被指斥为封建迷信，而只能遵从习俗。

本来第二天的入棺时间也有严格的讲究，多数会在傍晚。考虑到气温因素，次日上午早早地举行过简单的入棺仪式，大家便开始抬牟金财。老房东上手一试，立即面带惊异。因为躯体柔软，并未僵硬，完全不像尸体的样子。年轻人不明白这些，但老房东是懂的。正在这时，有人一使劲，牟金财突然发出一声呻吟。

那还是凌晨，天光尚未完全放亮，大家不觉啊的一声弹直身子、后退数步。老房东没有后退。略一犹豫，他跪下去双手合十，喃喃道："牟排长，我知道你冤屈，但你别吓我呀！"

牟金财的身子活动一下，又发出一声呻吟。

老房东立即喊道："牟排长没有死！牟排长命大！我就知道，人家不该死！人家是八路军的英雄！快喊医生！"

# 二十七

　　这样的消息当然会不胫而走，老房东的家很快便被村民围得水泄不通。原本用于送葬的鞭炮立即被点着，噼里啪啦地报告喜讯。队伍上当然也要来人。但第一批是行刑队。

　　行刑队看看牟金财，彼此面面相觑。此时老房东挤上来，把他们朝外轰："走走走！赶紧走！你们本来就不该枪毙人家！你看看，这就是天意，天老爷不让他死！再要难为人家，我们可不答应！"

　　周围立即一片响应，很有点群情激奋的意思。队长道："大爷，我的心思跟您一样。可是，许司令有命令……"

　　"许司令的命令，你不是已经执行过了吗？走走走，我要请医生给他治伤！"

　　确认牟金财没死，队长心里其实也很高兴。群众的反应让他更加高兴。他立即飞奔回到团部，报捷一般报告团长，请示如何处理。

　　高团长眼睛一睁，就像暗夜亮起了灯盏，但只有一个瞬间。他迅速恢复常态，不温不火地反问道："你严格执行命令了吗？"

　　"报告团长，已经严格按照命令和程序执行完毕！"

　　高团长闻听也转过身去，不再说话。行刑者只好转过头看着政委。王瑜轻言细语地缓缓说道："司令员可没有命令我们枪毙人家两次。就这样吧。找个地方给他养伤。别送医院，目标太大。"

　　队长立正敬礼，准备出去执行。但他刚到门口，却发现老房东已经领着一群人迎面走来，一边走还一边嚷嚷。不等他回头报告，团长政委已经听到动静，赶紧迎出门来。

　　"高团长，王政委，八路军啥都好，就这样不好！人家牟排长是英雄，是好汉……"老房东激动得有点儿结巴。

　　"就是嘛。人家没犯纪律嘛。那鬼子要是不情愿，可以不应战嘛！"

"孩子打仗还知道责任自负，不告家长呢……"

"已经打了人家一枪，还要怎么样？八路军讲纪律，难道就不讲道理！"

团长政委心里更加有谱。随即安抚下群众，再给牟金财治伤。医生检查过后确认，子弹从他后脑进去，贯穿鼻梁出来，没有伤到脑髓，非常侥幸。说到底，胶东兵工厂的产品杀伤力还是要差一截。

牟金财很快便养好了伤。起初鼻梁上有个洞，他便粘块白布盖着，要求归队。虽然枪伤痊愈，但他的大脑或者中枢神经还是受到了某种伤害，动作明显迟缓许多，正常情况下会安排他转业复员的，但那时大批部队被抽调去了东北，部队上很缺干部。

忽一日，司令员骑着高头大马到了团部。身后的两个警卫员，一个马上驮着几只还在滴血的野兔，另外一个马上挂着一双日军的大皮靴。来到门前，他下了战马，将马鞭信手一丢——警卫员稳稳地接下——便问团长和政委道："牟金财呢？把他喊来吃兔肉，喝两杯酒！"

司令员中气十足，嗓门很高，好像是在枪林弹雨中发布命令。

团长政委好像被打了黑枪一般吃惊。他们对视一下，还没开口，司令员便又打来一枪："这种事情还想瞒我？快去！"

喝酒吃肉，兴致很高，谁也没提那档子事儿。喝到最后，司令员敬了牟金财一杯酒，各自喝完，他坐下抹抹嘴巴，抓起一只兔子腿，像在作战地图上寻找战机那样左右端详，同时说道："老牟，部队很快要打大仗。你还是回到地方吧。"

牟金财捧着酒碗愣在那里，没有说话也没有坐下。

司令员接着道："开除你军籍。但按照伤残复员出证明，由地方安排工作。"

牟金财脚后跟一碰道："是！"

司令员把腿子丢进盆里，脸色一沉："但是从今往后，不准说当过八路军，尤其不准说当过我的兵！"

此言一出，四座沉静。大家的表情都有些发蒙。政委不解地盯着司令员，但不敢发问。

司令员腾地一下站了起来，手掌在空中摆了好几摆："执行死刑没有打死，对八路军的声誉有好处吗？让人知道你曾经被我下令处决，对你自己有好处吗？"

牟金财放下酒碗，立正敬礼，拖长声音高喊道："是！"

司令员冲旁边一挥手，警卫员立即提着皮靴走上前来，递给了牟金财。司令员道："这个战利品，就送给你吧。胶东雪多，你用得着。"

回到上马村，村里已经没有熟人。他们家的地当然还在，由村里照顾着。牟金财把田地卖掉，独自一人迁到陡沟崖生活。多年来从不表明身份，除了不得已的关头。

复员后的牟金财一直想死。他并不觉得自己悲观或者软弱，而是跟这个世界已经没有任何关系。世界分为两个部分，一个极大，没有他；一个极小，只有他自己。在他自己的那个世界里，每天夜晚他还会跟尚见运荣拼杀，可将他刺死后，自己又蹲在地上，号啕痛哭。因而每次醒来，他都对行刑队长心怀抱怨。直到那个晚上，他梦见了老连长。

冷安章向他复述海棠糜的美味儿，问他那一年海棠如何。

"不知今年，海棠如何？"

这声音像寺院的钟声，将牟金财从梦中敲醒。他心有所悟，随即移来两棵四季海棠，种在门前。每年清明，去陡沟崖的战场给连长他们敬上一杯酒，再去上马村的集体坟茔烧点儿纸。这两件再简单不过的事，成了他人生的全部意义。这些年来，他一直独来独往，基本不跟村民打交道。唯一陪伴他的，只有狗。

牟金财养过好几条黄狗。每条狗的名字，都叫皇军。

陡沟崖白刃格斗英雄连的番号，后来留在这次军改之前的二十七集团军八十一师。活下来的另外两名同志，一个在八十师，一个在八十一师。他们都参加了长津湖歼灭北极熊团的战斗。1987年授衔时，一个中将，一个大校。

## 二十八

这故事听得我浑身发凉。仿佛头顶的不是和平之月，而是战场之月，山下的小河便是无定河。我很清楚，真正让老木对我产生信任的，并不是我主动下去挑水，而是因为皇军。如果不是皇军对我充满信任，老木肯定还会把我视为一般意义上的机关干部敬而远之，一言不发。狗有再敏锐不过的直觉，绝对不会亲近一个心怀恶意的生人。

但我还是有点疑惑。任何罪行都有追诉期。又不是叛变投敌这样十恶不赦的罪名，他的那点儿事情五十年早已消解完毕，完全不必在此独自受苦。如果跟有关部门反映一下，进干休所不大可能，但要点补贴还是可以的。生活会相对容易一些。

但这个想法刚一冒头，我便觉出了愚蠢。这跟老木有境界之别。我不知道该说些什么，但啥都不说显然也不合适。人家告诉了你一生的秘密，你总不能听而不闻，毫无反应。这不礼貌。

"你不是已被开除军籍了吗？怎么还受这个限制？"我徒劳地转头看看他空荡荡的家，又徒劳地问道。完全没有预料到答案会让自己再度无法开口，简直有自取其辱的感觉。

"你们娃娃哪里懂得。八路军的命令就是命令。"

## 二十九

那以后的两天里，我们恢复了默默相对的局面。唯一的动静，除了山间的鸟鸣风声，便是老木抽旱烟的吧嗒吧嗒。桃叶的气味好辣。幸亏有个皇军，我可以不时逗弄它，制造一点儿声响。那种无边的安静，会把人压榨到孤寂的极端，我相信没几个人能够承受。

巡查结束后，我把老木的事情说给了站长和局领导。但他们也是感慨莫名，爱莫能助。次年有大学新生考录进来，而我已是局长秘书，便没再下去。后来站上请示，说是护林员老木自杀身亡，该如何抚恤。我详细汇报了老牟的情况，局长叹口气道他孤身一人，怎么抚恤呢？厚葬吧。

所谓厚葬，无非是棺材贵些，再立块碑。可是再贵的棺材也不是全封挂底，因为现在的木匠都不会。甚至根本不知道啥叫全封挂底。大家都习惯于机器制作。老木匠的手艺倒是还没丢，但这至少需要二人合作，而村里很难找到帮手。

碑上该如何表明身份，局里让我拿主意。我想来想去，决定还是要写明他的职级别。无论如何，在我眼里，他都是条汉子，是个优秀的八路军战士。

老木是干干净净地洗个澡后上的吊。用一条不知道从哪儿找到的背包绳。皇军将这个消息传了出去。它跑下山冲一个熟悉的村民哀号不已，不时咬着他的裤腿朝后拖。那人心有所悟，随即带着几个人上了山。有局里张罗后事，他留下来的几千块钱，就捐给了村里的小学。

我们就地掩埋了老木。就在他的房屋背后。那个村民试图收养皇军，但没过几天便找不见踪迹。再后来有人上山挖草药，看见皇军趴在老木的坟头跟前，已经死去。抗战胜利七十周年前后，社会上庆祝活动很多。我带着一队志愿者，还有学生，去给老木扫了墓。那时满树的海棠依旧在荒草中盛开着，花朵纷披，火一般地旺，而在当年上马村的集体坟冢和陡沟崖战地，纪念碑正在动工。

# 风起草莽

## 一

一九四三年，抗日战争史上不仅仅有胡琏<sup>①</sup>的十一师血战石牌、余程万<sup>②</sup>的五十七师坚守常德，我老家河南信阳南部最大的一支民间抗日武装，也遇到了从未有过的难题：他们缴获了一门鬼子的七十五毫米山炮。缴获这样的重装备本为喜事，怎么反倒成了难题？

这事儿确实蹊跷。

这件蹊跷事儿已被埋藏入水五十年。治理淮河时，我们老家修

---

① 胡琏（1907—1977），字伯玉，陕西华县人，黄埔四期生。陈诚系重要将领。以鄂西会战中坚守石牌而闻名。解放战争期间率领五大主力之一的十八军，淮海战役中从双堆集逃脱。后赴台。

② 余程万（1902—1955），号坚石，广东台山人，黄埔一期生，毕业不久即接任李之龙的海军政治部少将主任，但直到1940年方才带兵。麾下五十七师在上高会战后胸章改为"虎贲"。常德会战期间率部八千抵挡一一六师团攻击十二天，即将全军覆没时突围，被捕判刑。此后该师胸章改为"常德"。任二十六军军长时在昆明被迫跟随卢汉"起义"。1955年在香港遭遇抢劫，死于警匪乱枪之下。

了一座水库曰南湾，现在号称豫南明珠南湾湖，风景跟千岛湖不相上下，可惜名气赶不上人家。我祖辈居住的那个村子冯家庄，被整体埋入水下，其中就包括事主的坟墓。去年乡里修志，喊我回去帮闲，也是采访，此人此事方才浮出水面。

<h2 style="text-align:center">二</h2>

由于地理原因，无论南北朝还是宋金对峙，每逢南北分裂，很不幸，我老家都是彼此拉锯的战场，抗战时期也不例外。武汉沦陷之后，从信阳县城向南，铁路沿线都被鬼子霸占，县城以北才挂青天白日满地红，由刘汝明[A]的六十八军负责。他们出自冯玉祥的西北军系统，一九二〇年便曾驻马信阳，留下故事无数。

缴获山炮的抗日武装，活跃于信阳南部。那也是他们祖祖辈辈生老病死之处，行政区划叫李家寨镇。李家寨么，寨子肯定是有的，也很古老。虽不能确定具体年岁，但最晚也是南宋，因附近的牛皋寨乃当年岳飞北伐的战果与基地。经过千年的雨打风吹，牛皋寨已不复当年的雄壮，但还是足够这支抗日武装容身。先贤抗金，后辈抗日，匹配。

他们号称豫南抗日自卫团，以李绍麟为首。李家是信阳赫赫有名的大户，资产无数。他们土里刨金，杀进县城，开办过各式各样的产业：当铺、钱庄、酒楼、绸缎店、五洋杂货铺，甚至还有一家照相馆。当然，所有权并非都属于李绍麟。李家家口大弟兄多，已

---

① 刘汝明（1895—1975），字子亮，河北献县人。工于心计但性格温和，所谓"刘善人"。罗文峪抗战不无微劳，但将防区察哈尔视为个人地盘，南口战役期间三次拒绝友军过境，且作战不力，对战役失败负有责任。赴台后与同僚、喜峰口抗战的指挥官冯治安对门居住。

经分出好几房，各自以堂号为标志，堂前都挂着官府颁发的千顷乃至双千顷牌。李绍麟他们这一支，是延福堂李，双千顷。也就是说，有耕地两千顷以上。李家先祖曾经定下规矩，遗产每次平分之前，先提取部分作为祖产。祖产分祭田与标田两种。祭田由子孙轮流耕种，耕种者负责祖坟祠堂的日常维护，只需缴出两分收成；标田由子孙投标耕种，跟普通佃户的地租接近，四成收入交公。祖产全部用于公益，首先是春秋年三次大祭，事后子孙均分祭祀用的供品胙肉；另外就是完税、兴学、防卫、娱神、防灾。灾年放贷粮食，利息最多两成；孩子们如果念书，补贴可能超过学费。好制度造就好家族，李家慢慢兴旺。

要保护的财产越多，卫队的力量就越强，这不难想象。李家寨自卫团现有二百多人，主要是当年打下来的底子，以红学为骨干。这个红学当然不是研究《红楼梦》，而是抗暴防匪保乡卫民的红枪会。信阳红枪会有多厉害，忻口战役中同时殉国的第九军军长郝梦龄[1]道，台儿庄战役期间坚守临沂刚刚投敌的瘸腿将军庞炳勋[2]也知道。三位将军在一九二七年的尴尬往事，不说也罢。如今自卫团使的不再是红枪，而是黑枪——乌亮的钢枪——自然更难对付。

林子一大，什么鸟都有，李绍麟其实是李家的另类。那时节周围陆续有人到北平上海念书，更有人镀金——西去美国、有人镀银——东渡日本，李绍麟完全有此慧根财力，但却不肯。说他纨绔子弟吧，

---

[1] 郝梦龄（1898—1937），字锡九，河北藁城人，奉军郭松龄余部，抗战殉国的第一位国军军长。五十四师师长刘家麒（1894—1937），字铮磊，又字锡侯，湖北武昌人。与军长郝梦龄同时殉国。

[2] 庞炳勋（1879—1963），字更陈，河北新河人。中原大战末期突袭友军张自忠，后者不计前嫌与他在临沂并肩抗敌。1943年战败投日，赴台后与孙连仲合开餐馆，人称"孙庞斗智"。

他没有嗜好，即不抽大烟，且读过书：私塾里读过四书五经，也上过两年新学，只是不肯继续上进；说他是正经后生吧，又不农不商，整日里行围射猎斗鸡走马操枪弄棒，跟几个传教的洋人打得火热。

## 三

李家寨东北还有个寨子，叫项家寨。里面生活的也是个大家族。项家跟李家本有世仇，不是争田就是争水。具体情由虽然已如先有蛋还是先有鸡，年代久远无从分辨，可并不影响他们彼此仇视。多年之后，两家不再定期械斗，但仇恨却还深刻在祠堂上。看来那个地方的风水确实很好，双方的祠堂隔河相望。李氏宗祠门前悬着这样的楹联：

六朝天子

一代圣人

上联是说成汉、西凉、唐、后唐、南唐、西夏六个政权的皇帝，不论来源，反正都姓李；下联说的是老子。本来姓李的真皇帝假皇帝多得很，像李子通、李希烈、李密、李顺、李自成，好赖都曾称孤道寡几日，但李家自认大度，一并忽略，反正这当量用于示威已经足够。

项家毫不示弱，正面迎战：

烹天子父

为圣人师

上联的典故是项羽要煮刘邦他爹，下联则是项橐跟孔子辩论获胜。

这对联的火花，隔着河都能烧出狼烟。李家被打如此闷棍，无计可施，只好加高祠堂。祠堂一般都是两层，他们改为三层。项家没再应战，反正他们在气势上已经完胜。

一九一一年武昌枪响，清廷快速反应，令参加永平秋操的北洋军南下剿灭，但信阳百姓悲哀地发现，滞留本地的北洋兵并不少于武汉三镇，至少罪孽如此。这些观望形势精力无处发泄的士兵，连同前线撤下来的伤兵，在信阳为非作歹，从十一月底开始，流毒四十余日。除了北洋陆军第一与第三镇，其余四镇连同地方武装巡防营，都有巨大的罪责，以第五镇为烈。抢劫、强奸、杀人，所有你能想象的残酷，在革故鼎新的一九一一年，都增加到信阳百姓身上。不过副产品也略有正收益：李项两家的世仇因此和解。

头天夜里，乱兵攻击李家寨未果，次日又去祸害项家寨。这次他们武力加码，带着火炮，乡民称为轰天雷的。冬夜的密集枪声，被空气冻得又脆又响。它们在冰面上不断反弹跳跃，先于使者传到李家寨。一方有警，四方应援，此为乡约。出不出兵呢？族长赶紧找人商议。

来议事的都是各房的长房，以及账房先生。其中族长与账房先生最为紧要。前者有地位威严，后者靠名声信誉。账房先生经管族中日渐庞大的公账却毫无报酬，只是年底的大祭可以多分两块胙肉。族长长房都是自然沿袭，账房先生却必须公推，完全靠声望吃饭。南人计议未定，北人兵已过河，这怎么能行。账房先生见他们争吵不下，便和风细雨地说道："咱要是不出兵，四邻八乡怎么知道谁更有资格为圣人师？"

项家寨因而得以保全。

按照规矩，项家得摆宴致谢。对方若有伤亡，也要抚恤。两个仇家重新开始说话交流，这叫开仇。而上了酒席，不说话是不可能的。酒酣耳热，气氛和谐，双方顺势约定，取消互不通婚的族规。

乱兵没有攻陷李家寨和项家寨，对于这两个家族是好事儿，但对于李绍麟个人却是不折不扣的坏事儿。他用粗笔蘸着半干的血与墨，在他童年的幕布上涂抹出浑厚而又沉重的背景，凄惨悲戚，浓雾一般。

# 四

李家有奇男子李绍麟，项家有奇女子项如春。

李家有能耐有本事的族人很多，但名头都不如李绍麟大。古往今来只如此，循规蹈矩或有事功，但未必声名响亮，都输在一个奇字上。李绍麟如斯，项如春也如斯。当年她是周围第一个到上海念洋书的女学生，这已经足够引人注目，而更引人注目的是，一九三二年，淞沪抗战之后，刚刚十八岁的她突然嫁给十九路军六十一师的一个团长，随后放弃学业跟随丈夫南下福建。一年之后，闽变发生，十九路军瓦解，其夫君据说战死，她既不去镀金又不去镀银，也没有返回上海继续学业，而是孤身一人回了娘家。

李绍麟对项如春最初只有个黄毛丫头的印象。小个子，塌鼻梁，外加雀斑。一九三五年，二人偶然在鸡公山重逢时，他完全没有认出对方。鸡公山在李家寨南边，它从荒山跻身民国初年的四大避暑胜地，与庐山、北戴河、莫干山比肩，完全因为平汉铁路的带动。北欧教士从汉口来到信阳后，感觉这里的夏天同样难挨，母鸡几乎可以直接下熟鸡蛋。酷暑踢着他们的屁股，将他们赶上人迹罕至的鸡公山。对于信阳或者汉口人而言，鸡公山甚为偏远，不适合居住，但就挪威裔美国传教士来说，只要能乘凉，再远一点又何妨。

常跟教士盘桓的李绍麟，那天忽在座间发现一个陌生的美丽女子：睫毛像山间的蝴蝶翅膀一般不住忽闪，似乎还如泉流般淙淙有声；脸上的皮肤如同田间即将成熟的番茄，温润而富于光泽。她安静地坐在那里出神，手捧咖啡，脸上挂着的礼貌微笑若有若无、零下一度，像冰溜子那样晶莹剔透，美而不可近。唇间微露的牙齿让李绍麟想起白釉瓷器，以及那唯一一个给传世词作配乐谱的词人名号：白石。

牙齿如此洁白，肯定不是本地士绅家的小姐，信阳城内也并不多见，是而且只能是大城市的女学生。李绍麟到得晚，不好打断正在弹奏的钢琴曲，只跟大家点了点头。钢琴弹的是教士改编的中国古典名曲《高山流水》。他们想尽一切办法，希望融入本地社会。这首改编得颇为怪异的钢琴曲还算成功的，要是你对比一下当年他们挂假辫子戴瓜皮帽的照片的话。

眠花宿柳，李绍麟业务纯熟。无论扬帮、汉帮还是淮帮，合法的信阳妓女都分一二三等：头等在旅馆长期包房，能歌善舞风情万种，是为艺妓，陪宿加清唱，需十元资费，人称大五；二等妓女有色无艺，身价六元，所谓长三；三等妓女均已徐娘半老，只值四元，是为板二。在大五中间，李绍麟是有不少贵相知的。依翠偎红酒肉征逐浪笑谑语，于他是家常便饭。但此刻面对这个陌生的女学生，他不禁一派肃穆。所谓诚意正心格物致知然后修齐治平，老师不知讲过多少回，但他几乎从未入心，那天是少有的例外。这当然跟旁边的教堂与钟声毫不关涉。他悄悄观察对方，感觉她眼窝与鼻梁侧翼的阴影，益发衬托出皮肤的光洁。耳边那有些怪异的钢琴曲慢慢消失，他仿佛听到了阳光在她面部缓慢攀爬的脚步。他突然产生强烈的愿望，愿意生命消失，化身为那些阴影。此时钢琴戛然而止，这突如其来的寂静，如同林间叽叽喳喳的小鸟突然停止欢唱，往往预示着不祥。就像一九一一年的那个冬夜。他不禁感到一阵没来由的紧张。

大家礼貌地鼓掌。随意的酒会继续。丹尼尔是今天的主人，经他介绍，李绍麟才明白那就是项如春。小地方的消息如同传染病，越奇特就传播得越迅猛。项如春的经历遭遇李绍麟早已知晓，但见面还是多年之后的第一次。他真是大吃一惊。上海十里洋场果真就是景德镇窑厂那样的神奇染坊，进去时是泥巴，出来时是瓷器。他感觉不过眨眼的工夫，比化蝶都快。

李绍麟有节制地对项如春献殷勤。他虽然未曾出洋念书，但文化基础并不差，更兼这些年来老跟教士家庭接触，交际技巧啊礼貌啊或曰手段啊，还是有的。只是他抛出去的无数彩球，项如春都没有接。他柔中带刚绵里藏针的一拳又一拳，连棉花包都没打着，全部落空。项如春要么带着初冬的微笑礼貌地聆听，要么只以秋月的冷静简洁地回答：是，不是。

项家寨与李家寨之间毕竟有距离。即便在同一个寨子，要想邂逅人家也不容易。就像两条鱼，在大海里都很难重逢，何况还隔着两重鱼缸。只有召集西式的聚会才能顺理成章地见到她。因为项家寨也好，李家寨也罢，有资格出面陪她的，算来算去也就是那些洋人。周围学校里倒是也有教授新课比如《新三字经》的年轻老师，今天下、五大洲、东与西、两半球云云，但他们太在意李绍麟的光辉岁月。他在山上自家的别墅里办过几次酒会，每次都盛邀项如春。起初尚可如愿，但很快便遭婉拒。李绍麟只能偶尔在别的类似场合，满怀期待地制造伏击式的邂逅。而那次舞会的经历，就像戳进肉中的一根刺，拔掉疼，不拔也疼。

李绍麟很想第一个就邀请项如春，只是没有足够的胆气。或者说，他有足够的自知之明。可等她跟丹尼尔跳完再去邀请，结果却还是没有结果。不只是敲门者的脑袋碰了门钉，简直就是蚊子钉菩萨。项如春的语气，如同标准柳体那样转折如刃："请你离我远点儿。我看不上你这样的纨绔子弟。你以为我是残花败柳，就有资格纠缠不休？我告诉你，NO！我们项家的小姐，都是有规矩的。"

语调不高不低，语速不疾不徐，就像机枪训练有素的短点射。

这种精准打击如同钝刀割肉，不断叠加着精神上的痛楚。李绍麟素来风流偶傥，没有吃不开的场合，可那个时刻，鱼固然还是鱼，水也依然是水，可惜变成了固态。他被冰冻般呆立原地，表面上虽还对眼前的热闹报以微笑，但其实已与之横亘星球的距离，眼里只有空旷的虫洞。等浑身酸麻如同针扎的感觉消退，这才发觉后背在初冬的夜里湿透了。

那是个月瘦星小天寒风沉的冬夜。李绍麟喝了很多酒，但越喝越清醒，越喝越明白。喝完之后回家，半路上开始失忆，直到次日凌晨他被人发现。那时他还在一大块麦田中徘徊，刚刚露头的麦苗几乎全被踏平，脚印很明显，是一圈又一圈的同心圆。

当天傍晚从汉口传来消息，就在李绍麟受挫醉酒的那个时刻，曾在鸡公山上的颐庐别墅设立行营指挥鄂豫皖三省剿匪事宜的风流少帅张学良，于临潼华清池扣押了蒋委员长。

# 五

李绍麟早已过了婚龄。但他这名声，很难娶到合适的妻房。正派人家不敢招惹他，破落户李家又看不上。所谓高不成低不就。虽是一夫一妻多妾制，但如此年轻尚无正妻，妾自然也不必想。好在他有许多大五级别的贵相知。他心里眼里总是项如春的影子，但内心深处那记巴掌的痕迹犹存，旧伤难愈。

妓女久历风尘，各种各样的人都有。比项如春更辣的李绍麟也见过。就像蔡锷对小凤仙的题赠：由来侠女出风尘。但良家妇女，又是学生，如此刚烈，李绍麟还真是头一回领教。他很想知道她在上海学的是什么，是不是枪药制造，但却很难获得她那期间的详细信息。

两个人再度碰面，是因为老日。平津沦陷之后，平汉路沿线国军节节败退，伤员之多令国府惊讶。此前虽有连年内战，但作战强度低、时间短，带枪投靠、全军易帜都是常事，伤亡率普遍不高，军队医院建设因而长期滞后。而今风云突变，孙连仲①将军的夫人罗毓凤随即发起成立鸡公山伤兵医院。虽属于国府的序列，统一编号为九十六，但官费远远不够，更需要社会力量。李绍麟听说项如春在内，便立即跟进。

虽已开战，信阳的感觉却只如微风过耳般浅薄。街上报上倒是有标语口号，也有学生游行，但对于李绍麟而言，都隔着一层玻璃。或者说，都像舞台上的平剧。台上演《挑滑车》，他看着精彩热闹，却丝毫感觉不到吃功夫。故而他本能地赞颂英雄，歌咏战事，满脑满心壮怀激烈。直到那时，看见一个又一个的伤兵。他们断骨折臂，血肉干结，腥臭难闻。有人骂骂咧咧，有人凄惨呻吟，有人不声不响——不是坚强，更像死亡。

这种感觉跟看英雄戏，完全是两个世界。先前看戏，他想到的不是马上封侯就是史册流芳——只有收获的辉煌，没有成本的凄凉。如今才真正意识到英雄戏的背后不只是千秋伟业，还要喋血沙场。一将功成万骨枯，不再是发黄的宋版书上的字句，而是一条条断掉的胳膊腿儿，无数洞穿的枪眼。

李绍麟心里一动。那是神经传导的感觉。信阳跟北平，或曰跟中国，确实是有神经连接的。那神经真实可见，就是山下的平汉线。他掏出一沓交通银行发行的十元纸币，递给负责庶务的项如春："我

---

① 孙连仲（1893—1990），字仿鲁，河北雄县人。西北军最能打的四名将军之一。台儿庄一战成名。后执掌第六战区指挥鄂西会战与常德会战，并在故宫太和殿受降，因邯郸战役中基本部队被歼而淡出军界。最终赴台与庞炳勋合开餐馆，人称"孙庞斗智"。

捐五百元。"

项如春没有看他，也没有立即收钱，兀自埋头在簿书上记录："是你本人捐的，还是延福堂李家？我们刚刚收到的一笔钱只有五十七个铜子儿，是乞丐捐的。这五百元，算谁的？"

多亏一九三三年启动的币制改革，法币已经成功替代银圆，否则这笔钱肯定要压垮李绍麟。他使劲咽口唾沫，可口腔依旧是那么地干燥，字句从里面出来，摩擦阻力极大。他努力清清嗓子："延福堂李家。有钱出钱，没钱出力。我，我还可以出力嘛。"

项如春抬头盯着他的眼睛，那眼神也如柳体一样处处锋刃："怎么出力？上阵打仗？就你这样的豪杰，哈哈，你知道秦舞阳吧。"

李绍麟的思维还真没有那么神速。没办法，项如春就是他的冷冻剂。每到她跟前，他的思维总会短路。她的眼神口气，可不仅仅是烹天子父的森严、为圣人师的肃穆。那时他想到的，其实是抬运伤兵。从山下的新店车站，抬到山上的伤兵医院。鸡公山海拔不过九百米，山路蜿蜒，不算很长，但是竖起来，就完全不一样。就像当年初次看到火车由远至近，他爷爷惊呆欲死，叹道这家伙真是厉害，爬都恁快，要是站起来跑，那还了得。这不是笑话，而是实话。别说抬人，就是步行，不出点儿汗也根本办不到。

李绍麟抬高声调，试图豪气干云："这些年来打土匪，征战杀伐，我李绍麟何时皱过眉头？但打仗国家有兵，一时还轮不到我。我说的是我也可以抬伤兵。当然，需要上阵，咱也绝不含糊。"

项如春突然笑出声来。那声音是如此清脆饱满，就像春天绽放的第一朵兰花，充满水灵灵的馨香。它如此真实地绽放于前，这在李绍麟还真是头一回。在此之前见到的除了冷笑，就是讥诮。即便微笑都包含着那样的气韵。

但是很快，笑声便化为响箭。它们铺天盖地呼啸而来，蝗虫似的剥光李绍麟的衣服。他下意识地缩缩身子，甚至还要伸手遮掩下体。他的嘴巴张着，双唇合成一个椭圆，但还没来得及吐出一个字儿，项如春的笑声又戛然而止。

项如春接过钱放进箱子，语调平顺，字正腔圆地继续烹天子父为圣人师："征战杀伐？好勇斗狠吧。真到了国家有事的时候，一个二个全都得蔫儿。这种浮浪子弟，我们项家也有。还抬伤兵呢，你刚才是乘躺椅上来的吧？真要有心，就去武胜关。"

李绍麟梗着脖子道："你别从门缝里看人嘛！李家寨闹过多少次土匪，我都带头抗击的嘛。我还支援过项家寨，喝过你们的感谢酒。"

"打土匪再多，也是窝里横。打鬼子你再看看。奉军比你横吧？他们退走三四年后，上海人还记得妈拉巴子是护照、后脑勺子是车票；可鬼子打进沈阳他们老家，他们还过手吗？还是那句话：秦舞阳。我没工夫陪你磨牙，你还是赶紧去武胜关吧。"

最让人恼火的事情，就是对手无可指责。李绍麟心里格外窝火。但越窝火越感觉无言以对，越无言以对就越窝火。还没等他回过神来，项如春已经婷婷袅袅地消失在前两湖巡阅使兼湖北督军萧耀南①的古朴而又洋气的别墅里面，他空落落的眼里只剩下那块无限孤独的牌匾：军事委员会军医署第九十六重伤医院。

李绍麟眉头一皱，心里突然漾起一个疑问：这真是个小寡妇吗？她行走的样子，分明还是姑娘步嘛。


# 六


项如春的调侃，是让李绍麟跟随孙连仲的部队，到武胜关修筑

---

① 萧耀南（1875—1926），字珩珊、衡山，祖籍浙江兰陵，生于湖北黄冈，直系将领。

国防工事。

信阳古称义阳，后因避宋太宗赵光义的讳而改名。九里关、武胜关、平靖关这义阳三关是南北分界的天险。当年伍子胥伐楚，便打此地经过。而今平汉铁路通车，其余两关基本废弃，铁路经过的武胜关就显得越发紧要。先前曾有座关城，一九二九年，冯玉祥跟蒋介石开战，下令将武胜关隧道连同关城以及长台关淮河大桥一齐炸掉，以阻断中央军北上——北出武胜关，才谈得上问鼎中原。后来隧道虽然很快修复，但关城却从此废弃。而今老日黑云压城，不但得修复关城，还得仔细加固才行。

奉命前来修工事的三十一师师长池峰城[1]，也是冯玉祥的老部下。他追随第二集团军总司令孙连仲在娘子关恶战一场，南下整补后，又开到了武胜关。冯玉祥跟李家算是故交，一九二〇年他率领第十六混成旅驻扎信阳时，彼此多有交集。虽然池峰城当时还没发达，李绍麟也年幼，互不相识，但这个账大家都还是认的，更何况春节期间，李家刚刚杀猪宰羊前来慰劳过。

李绍麟还真去了武胜关。当然不是要干苦力，而是打探军情。可刚刚抵达，便发现部队即将开拔，尽管工事尚未告竣。他手持名片找到池峰城，落座寒暄后，副官上前敬烟，是福新烟公司出品的前敌牌，国民政府的内供烟，市面上很少见的，印有"抗日铁军，为民族求生存；烟中铁军，为国货争光荣"字样，每包附赠一枚钢笔淡彩的"东北义军抗日记"烟画。李绍麟抽两口，感觉格外有面子，拘谨顿时如烟般袅袅飞去。

副官只给客人敬烟却不递给师长，李绍麟估计池峰城肯定也有

---

[1] 池峰城（1904—1955），字镇峨，河北景县人。以坚守台儿庄而闻名。原国民党革命军第二集团军第三十一师师长，1955 年 3 月 16 日在北京病故。

嗜好，纸烟不够劲儿。这并不奇怪。二人闲聊，说了很多冯玉祥驻军信阳的趣事。比如，毁佛寺为军营或者学校，让尼姑配和尚还俗；比如，让一个团的士兵在信阳南门外的浉河边上集体受洗入教；比如，百姓过年不贴门神，而贴大字"冯军万岁"。这些共同记忆，拉近了两个原本不相识的人的距离。拿相书上的话说，池峰城是方面大耳。相貌中没有灵秀，但却是堂堂正正的气度。他笑道："集体入教，我就在中间。牧师端着一盆水，走过一排随手一扬，就算施了洗礼。其实真信基督的，也就张紫珉<sup>①</sup>佟捷三<sup>②</sup>他们几个。张紫珉外号张圣经，军中人称大主教。我们将信将疑，感觉好笑又不敢。你不知道冯先生治军有多严，条规有多细。士兵的睾丸，都必须在裤裆左侧，否则就打军棍。但严归严细归细，他就有那个本事，让士兵恨连排长而感激旅长总司令。孙总司令带兵也是跟他学的。要不在娘子关根本顶不住。二十七师师长冯安邦<sup>③</sup>是他的连襟，他都直接吼道再后撤我枪毙你，谁还敢不拼命？"

李绍麟的笑容逐渐淡去。他放下手中的茶杯，询问军情。池峰城的脸色也凝重起来，说是马上要北上徐州，前去听第五战区司令长官李宗仁的调遣。李绍麟道："看来又有大战啊。祝师长旗开得胜，马到功成。"池峰城道："谢谢。你们也要加紧准备。"李绍麟道："不就是陶谦跟刘备让徐州的徐州吗？离这儿不是还有

---

① 张之江（1882—1969），字紫珉，河北盐山人。西北军五虎将之首。后任中央国术馆馆长。
② 佟麟阁（1892—1937），满族，字捷三，河北高阳人。冯玉祥的得力干将之一，抗战殉国的第一位国军高级将领。2009年被评为100位为新中国成立作出突出贡献的英雄模范人物之一。
③ 冯安邦（1885—1938），字化民，山东无棣人。指挥四十二军时在襄阳牺牲于空袭。遗体运回故里无钱安葬，由同僚部属凑钱料理。

几千里吗？"

兵车启动，窗外咔嗒声起。池峰城苦笑着指指窗外："千里江陵一日还。铁路方便国民，也方便敌人。要不我们何必来这里修工事。"李绍麟不觉无言以对。池峰城见状爽朗地一笑，在他肩上拍拍："也不必过于担心。日本矮子贪心不足蛇吞象，肯定搞不赢！长期抗战而已。"

池峰城的手很有劲儿。李绍麟的心情平复了许多。

红学本来以张天师为祖师，每逢三七九日，都要到香堂跪拜，念咒练武。如今民团依旧焚香跪拜，但频率降低很多，供奉的也不止张天师，还有关老爷与佟麟阁、赵登禹①。关老爷上位已逾十年，佟赵二英烈则是前不久根据国府通令增补的。国府命令列入忠烈祠，他们直接作为战神供奉。咒语大家也还念，但只是习惯，没有人指望它抵御枪弹。因而李绍麟回家之后的第一件事并非焚香跪拜念咒，而是要求加购军火。这得族长跟账房先生点头才行。

族长是李绍麟的爷爷李自珍，当年惊叹火车爬着还恁快的那位。他最珍爱的财产，既非良田金店，也非字画古玩，而是那口上等楠木棺材。这口棺材的年龄比李绍麟还要大。李自珍从小体弱多病，某个神仙般的算命先生言之凿凿，说五十八岁是他的坎儿，言外之意就是寿限。李自珍虽然嘴上不信，心里却犯嘀咕，便早早预备下太平床，年年上漆。五十八岁那年冬天，北洋乱兵袭击李家寨，攻势甚急，他以为大限将至，结果一幅最喜欢的宋画刚刚烧掉，乱兵旋即退走。他想也许对应的是阴历，年关跟前也的确得了病，眼看

---

① 赵登禹（1898—1937），字舜臣，山东菏泽人。曾任冯玉祥随身护卫，后任第 132 师师长。1937 年 7 月 28 日，对日作战时壮烈殉国，是抗战殉国的第一位国军师长。

就要到奈河桥，可最终还是神奇地重回阳关。从那以后他越活越精神，如今已是八十有五，只是他自己从不承认，给人题字都谦称八三老人，免得提醒了阎王爷。

那口棺材经过每年一度的油漆晾干，如今已经闪着金属的光泽。平常里面放着一个不倒翁，外面一头贴着大红的喜字，另外一头是红纸上书"千年不用"。每逢爷爷寿诞，李绍麟都要穿着他的寿衣躺进去，让他好好看看。那时李自珍总是捻着稀疏的胡须，每道皱纹都被畅快填满。他对自己的身后安排再满意不过，尽管那幅宋画已经先行一步。李家子孙众多，但除了李绍麟，没人肯当敢当这个演员。而李绍麟勇气或曰兴趣的起因，至少可以倒推至一九一一年的冬天。

族长不是问题，但账房先生那一关难过。李家家口大，所以有摇篮里的爷爷、拄拐杖的孙子。账房先生李汝贤虽是李绍麟的孙子辈儿，但他从来不吃这位爷的那一套："不就是鉴真东渡、遣唐使来朝的扶桑吗？多大点儿地方，还真能打到信阳？八国联军怎么样，打来了吗？从北边儿看，信阳是中原的末梢，从南方看，信阳是中原的起始。信阳在，中国就在。信阳丢了，中国就完了。南宋为何灭亡？因为他们不能站稳信阳。北伐军为何能得天下？因为他们过了信阳。我估摸着，即便小日本儿打过来，也不过是一阵风。闹长毛闹捻匪闹白狼，哪回不是这样？到时候咱们不必花钱，遍地都是枪弹。"

# 七

后来才知道，池峰城从武胜关赶到台儿庄，建立了不世功业。武胜武胜，是从信阳带去的运气吧，李绍麟跟人家吹牛时都这么说。可他们打得再好，还是没能挡住老日。一九三八年十月六日，筱冢义男①的第十师团会同汉奸刘桂堂②的骑兵占领信阳南部、平汉线上的节点柳林镇，三天之后，藤田进③的第三师团占领信阳东北部的重镇洋河，就是当年红枪会击败瘸腿将军庞炳勋的战场。又过了三天，县城沦陷。

李家寨和项家寨被践踏的时间更晚。主要是它们都不在铁路两边。铁路沿线，尤其车站所在地的乡公所，十月六日便被鬼子占据。此后鬼影虽一度消失，但痕迹依然深刻：满地都是穿坏了的牛角鞋与空罐头瓶。人粪马尿气味刺鼻。道路两边收割完毕的稻田里遍布车辙，散乱地覆盖着从沿街房屋拆下的门板和房梁。

遍地狼藉虽然令人痛惜恶心，但毕竟没有血债。然而大家可以庆幸的时间极其短暂，等拿下武汉，鬼子腾出手来，立刻杀了回马枪。这一次，李家寨与项家寨在劫难逃。

两个寨子都已领教过一九一一年冬天，同胞被北洋兵劫掠的残酷。那时有乱兵强奸刚生产的孕妇、大喜当日的新娘，为拷问财物下落，用燃烧的木炭捅人的肛门，用烧红的铁丝勒男人的生殖器，甚至活剥出人的心肝儿。钟灵寺的住持心禅和尚先被枪击，后又放在铁锅背面实施炮烙之刑，最终丧命，夹壁墙中的三千多两银子也被抢走。然而当时遭祸的都在街上，并非寨内百姓。两个寨子虽然遭遇攻击，但未被攻破。这回不同。两个山寨均遭践踏，房子烧了大半儿。无辜的居民被枪杀刀劈，死伤三百多人。

---

① 筱冢义男（1884—1945），后任第一军司令官，驻扎华北。1945年自杀。

② 刘桂堂（1892—1943），即纵横七省的悍匪"刘黑七"，山东费县人。多次打抗日牌，也多次当汉奸。1943年被八路军击毙于山东。

③ 藤田进（1884—1959），日本陆军士官学校"荣耀的十六期"毕业生，与东条英机、板垣征四郎、土肥原贤二等战犯同学。后任第十三军司令官。因编入预备役而躲过审判。

家家痛哭，户户举哀，这场面震惊了所有的人，只有族长李自珍毫无反应。他拄着拐杖站在那里，看着大家将他的宝贝棺材从火中抢救出来。岁月已经榨取他所有的丰腴，只剩下一口气还顽强地支撑着。从正面看他如同另外一根拐杖，侧面看则如同一张宋版书的纸页。眼窝深陷，稀疏的须发皆白，在风与狼烟中飘摆，跟脸色形成巨大的落差。

看着大伙儿已安顿好棺材，李自珍便要抽两口。可是专门给他烧烟泡的那个丫头已经炸死，临时新换的丫头惊魂甫定，烧得不合心意，他这才吐出唯有的两个字：

"作孽！"

李自珍语气愤怒，但好像针对的并非老日，而是这个临时上手的丫头。都说君子不迁怒，但他那几天还就是一直迁怒。不仅针对这个丫头，甚至还要针对客人使者。他们是第五战区抗敌青年军团信阳实习队的人，前来联系民团，约期复仇。说是上峰决定趁鬼子立足未稳，约集全县红枪会亦即民团的力量，反攻县城。李家寨项家寨的任务，是攻击本地的鬼子，拖住他们的后腿儿。

这个兵出不出，大家心里都犯嘀咕。虽然红枪会多次击败正规军，但谁都明白，政府军毕竟是政府军，多少还有点儿底线。日本矮子可不一样，他们完全是无理由作恶。虽然也牵走猪羊牛抢去米面油，但强奸过后还要杀害，老人孩子顺手一枪，完全没有天理。这是典型的损人不利己，是最大的恶，亦即邪恶。更何况，他们还有重炮。那可真是轰天雷，确实厉害。一炮轰来，青石寨墙立即裂口。

因为李自珍此前的态度，反对意见占多数。但曾经沉着脸仅以"作孽"二字态度暧昧地答复使者的他，此刻忽然峰回路转。这回更加简洁，只有一个字："打！"射箭般吐出这个字，便径直撇下大家起身回房，看样子又得抽两口。

李家寨项家寨的任务，是合力攻击车站附近的老日据点。过去是家粮栈，老日盘踞其中，以便控制铁路。李汝贤的算盘果然打得好，他们的确收获了很多枪支弹药。因国军一路溃败，很多人逃命要紧，装备顺手丢弃，或者就地变卖，买来便服掩护。可枪一多，便显出了人少——经过鬼子前日的劫杀，两寨的民团丁壮损失不小，必须招募力量。怎么办呢？李绍麟回到家里便直奔上房。进去一看，李自珍半躺在烟榻之上，烟还没点。晚清以降，有嗜好丝毫算不得恶习。媒婆说亲，会特意提及对方家里有几杆烟枪。那是财富的标志。从军从商都不能光耀门楣，唯有读书可以。有钱人家希望将子女拴在家里，免得嫖赌，但又有男女大防，难以开展集体娱乐，怎么办，靠鸦片。很多人白饭可以不吃，但黑饭必不可少。甚至供奉土地城隍等一干神仙，都少不了此物，否则便诚惶诚恐，自觉不够虔诚。

虽然各省都产烟土，但信阳最流行的，还是云土、川土与红土。红土产于热河，质量最差。自从一九三三年，鬼子以一百二十八名骑兵从汤玉麟[①]手中抢占承德，红土的货源完全被鬼子控制，李家自然越发不抽。不过李自珍抽的也不是云土，而是马蹄形的云南小土，产于印度，经云南进口的洋货。

李绍麟规规矩矩地给爷爷行礼，然后请安请示："爷爷，打老日是要命的事儿，要是招不齐人手可怎么办？咱李家的脸面丢不起呀，项家寨可就在旁边看着呢。"

李自珍没接孙子的话头，示意他给自己烧个烟泡。烟土都是生烟坯子，得先熬熟。这可是个技术活，火小了烟泡不香，火大了会糊，

---

① 汤玉麟（1871—1949），字阁臣，辽宁义县人。奉系军阀将领。汤玉麟在抗日战争其间多次拒绝出任伪职，度过了一生中最为平静的岁月，1949 年病死于天津。

抽起来呛人。最好的烟泡据说有股炒新芝麻粒的香味。关键都在于火候：烟膏由稀到浓，烟泡由小到大，从珍珠泡栗子泡再变成老牛眼一般大小，就准备出锅，点燃，开抽。

李绍麟不禁越发诧异。老爷子饮食将就抽烟讲究，而自己并无嗜好，只知道珍珠泡栗子泡老牛眼的名目，并不掌握具体的火候。再说先前那个小丫头虽已炸死，脑袋只剩下半边脸，但不是已经新换了人手嘛。

"烧吧。我总得尝尝我孙子烧的烟泡。"李自珍看着孙子，目光无比柔和。

只有从命。李绍麟凑合着烧好烟泡，李自珍深吸一口再徐徐吐出，目光立时清亮，像新打出来的芝麻油。等他抽完，李绍麟感觉爷爷原本枯瘦的身材，似乎丰满伟岸了许多，不再如杖似纸，虽然他依旧躺在烟榻之上。

"你接着说，咋办吧。"

那时有教养的家庭，跟尊长说话绝对不许你我相称。那意味着跟尊长平起平坐。对尊长称呼辈分儿，自称要么以名，要么也以辈分儿。唯独姑姑可以称呼"你"，但同样不许用"我"。李绍麟虽然在爷爷跟前得宠，却也不敢造次："孙儿有个想法，请爷爷示下。很多丁壮尚未成亲。如果出征战死，连个子嗣都不能留下，两个寨子里又有不少姊姊嫂子孀居。能不能让没有成家的丁壮，出征之前自愿选择寡妇过夜？要是留下子嗣，也好承继香火。"

李自珍转眼盯住孙子。李绍麟感觉那眼神发烫，像烧好的烟泡一样。他赶紧自我辩解："打老日是大家的事情，人人都该出一份力。前天又有那么多女人，被老日糟蹋……"

李自珍依旧没接孙子的话头，片刻过后，喃喃自语一般徐徐说道："项家的四丫头，还是个姑娘步。"

李绍麟眼睛一瞪，又赶紧恢复常态。

# 八

也就是八三老人李自珍有这个面子与影响力。他出面告知项家，商定由各门长房出面，提倡而不勉强。如果丁壮战死，当夜又留下子嗣，由族中按照规矩抚恤。

李家祠堂加高了一层，高大巍峨。正前方的祭台平日里是戏台，如今坐着两家的族长、账房、长老与民团团总。祭台前面宽敞的天井里，摆着几排酒席。这是定亲酒送行酒，也是送终酒，当地人称衣禄。

适龄寡妇与尚未成婚的丁壮集合于此，彼此约定之后，双双落座，喝酒壮行。他们坐在天井里，有家口的团丁则分布在三层楼上。

李家寨的民团由李绍麟实际负责，但他年轻资望不够，上头还有个基本不问事的团总。这让他得以堂而皇之地在台下的人群中左顾右盼。他生怕项如春不来。说得很明白，长老出面，男女自愿。还好，项如春在人群之中，脸上依旧是那副熟悉的表情，或曰毫无表情。李绍麟心里有鬼，不好意思盯着，只是不住地用余光探视，而项如春仿佛老僧入定。蹊跷的是，她换下了日常的阴丹士林旗袍与皮鞋，一身短打打扮，脚穿陈嘉庚牌的球鞋。这双鞋要卖两块三角钱，比一块二角钱的回力牌、双钱牌贵很多，自然也好很多。高腰、气眼、弹性底，厚厚的黑皮从整个鞋头延伸到左右两侧，跑起来有扎上翅膀的感觉。

李绍麟远远地观察项如春，耳边响着爷爷的话，内心越发坚信自己的判断：项如春只怕还是女儿身，未曾开怀。行走站坐，双腿都本能地并得很紧很紧。凭借对女人身体体形的熟悉，他早已有些怀疑，而今谜底揭晓在即，心里不禁怦怦直跳。

彼此互选。李绍麟担心鲜花被快手攀折，立即走到项如春跟前，伸手邀请。项如春先是满脸惊愕，随即又换上笑的面具："李二爷，您这是何意？"李绍麟顿时蒙住，不知如何作答。顿了一顿，他扭脸求援般地看看台上的族长长老，又扭转头来："各位长辈儿不是说得很清楚吗？"项如春依旧笑着："我不太清楚，请您重复一遍？""没有成婚的出征丁壮，可以选择一个，一个，一个寡妇……"项如春断头铡刀一般抢过话头，但并未提高声调："没有成婚。您确实没有成婚，但您的大五级贵相知有多少您还记得清楚吗？您还需要成婚吗？"

有人吃吃地笑。一个新寡的妇人满怀悲愤："你们还笑得出来！等打完老日，给我孩子和他爹报了仇，我就跳井去找他们！"

气氛再度凝结，连同项如春的表情："我可不是送壮士出征的寡妇。我是上阵杀敌的项四小姐。"说着话朝天开了一枪。枪声余音袅袅，持续震颤着大家的心房。原来她右手里一直揣着手枪。

"不是能打老日的就是勇士。我丈夫能打老日，可也是个懦夫。他都这样，老日欺负到家门口，还不敢抄家伙拼命的，就是懦夫中的懦夫，不配做人！我就要看看，在座的各位爷们儿，谁的胆气还不如我一介女流！今天各位还是兄弟叔爷，明天上阵怯懦，可就不再有兄弟叔爷！你的家人后代，也跟着抬不起头！"

台上台下一片叫好怒吼。李自珍端杯酒站起身来，大家立即安静下来。他刚刚沐浴，新换了件红色的长衫，外罩石青团花缎子马褂，装束很是特别。昨天刚刚送多人上山，其中包括他的父祖辈，皆非喜丧，照理不该穿红的。

李自珍朗声道："闹长毛闹捻匪闹白狼，我经历得多了。可打老日，不同于打土匪！有钱出钱有力出力还不够，必须有命拼命！

临难无苟免。可惜老朽年迈，不能追随诸位勇士，只好以水酒一杯，给诸位壮行。这水酒的水，就是养活我们祖祖辈辈的水呀。"

李家寨的水确实好。寨前那条河跟湘江和赣江一样，也是少有的由南向北逆流的河流。它发源于鸡公山，《水经注》上称为九曲水，后来改名为鸡翅水，直通信阳南门外的浉河，最终入淮。铁路修通之前，运输主要走水路。水好才能磨出好豆腐。李家寨的水豆腐是信阳一绝。每逢年节，周围十里八乡的百姓都会前来购买。这水不是水，就是当地的恩泽。

李自珍用指头蘸酒向天空弹弹，再向地下洒出心形，然后一饮而尽。台上台下齐声应和："干！"

这些曲折遮掩住了李绍麟的尴尬。他悄悄离开祠堂，回家直奔那口劫后余生的棺材，点上蜡烛，穿好寿衣，安静地躺了进去。

棺材内壁的油漆，把黑暗搅拌得越发黏稠。烛影幢幢，棺材梯形的四周，笔直的房梁，横的顶棚，所有的物体都变形游动，拖着短暂的尾巴。桐油的味道比白天比夏日好闻，温热馨香。他闭上眼睛，一九一一年冬天雪白血红的惨痛往事，立即穿透黑暗，扑面而来。然后是前几天的图像。鬼子一炮打来，那片正在怒放的秋菊立时灰飞烟灭，现场仅余一个黑洞，仿佛世上从来不曾有过秋菊这个字眼。随即羊咩咩乱叫，狗汪汪咆哮。鸡飞上房，牛撞倒墙，猪四下拱，孩子哭爹叫娘。混乱过后，一条小狗突然窜入人群，口中衔着一枚尚未爆炸的手雷，跑一会儿放下来拨弄几下。李绍麟看得清清楚楚，手雷如同西瓜一般，就是小很多。随即砰的一声巨响，狗脑袋落到李绍麟跟前时，舌头依旧在颤动。

爆炸、菊丧、喧闹、手雷、狗舌，这几幅画面本来血肉相连，但在李绍麟的记忆中，却有着鸿沟般的边界。每条边界都有沉重的黑暗与寂静把守，而他如同野兽，在夜晚的树林中也能清楚地看见目标，能击穿黑暗与寂静，捕捉到一个又一个如同菱角般的尖锐恐惧。那是与他相互追踪多年的对手，彼此都熟知对方的一切。他曾经看到自己无数次地抄起雌黄将它们涂抹覆盖，待它们满眼讥笑地再度浮出，又拿出雄黄将它们毒死。这过程熟练、亲切、成功，只是无比短暂。他使尽全力，已经无能为力。

眼泪静静地滴入耳边，一颗又一颗。忽然，有只手轻轻为他擦拭干净。李自珍的确有点仙风道骨的意思。耳不聋眼不花腿脚便捷，走路轻飘，悄无声息，就像早年间在李家看家护院的拳师，翻墙越壁过房顶。

"爷爷，孙儿这样子很安详吧？"

李自珍轻轻抚摸着孙子的脑袋，若有若无地笑道："你很快就能看见。"

李绍麟一下子坐了起来："爷爷，您说什么？"

李自珍道："我的时候到啦，我该走啦。这样也好，我已经活到八十五岁，够本儿啦。其实宣统三年就是我的寿限，即便那道坎儿过去，大前天我也应该走。我这老朽不走，可那么多孩子——作孽呀。"

李绍麟不觉双眼湿润。击中他的，不知是爷爷这番近乎临终遗言的话，还是一九一一年这几个字。他失声叫道："爷爷！"

李自珍微笑着做了个嘘声的手势："我已经吞了一块小土，刚才又喝了好几杯酒。虽说事出有因，事急从权，但总是伤风败俗，总得有人负责。你不要作声。你应该懂得爷爷。我其实是舍不得我的太平床。大兵压境，我得赶紧用上才能放心。这也挺好，我死的时候还是中国人，不是亡国奴。侯嬴自刎送信陵，老朽吞烟送子孙。死得其所，死得其所！"

"爷爷！"李绍麟哭着扑通跪地。

"起来！这是干吗？不要哭不要哭，你们此时一哭，我半路上就得淋雨。赶紧起来！你现在是一方统帅，哪能这样婆婆妈妈。你不准说出去，更不能此时举哀。等集合队伍到了火线，再告诉大家，说我已经等在前边。谁当孬种给李家丢脸，我化为厉鬼也不能饶他！"

最近几年来，李自珍几乎不吃什么东西。上午一小碗豆腐脑几根咸菜，下午一盅蛋羹一片馍，几乎全靠鸦片支撑。但李绍麟此时才发现，爷爷的手劲依然不小。看来确实是最后关头，有鬼神相助。他赶紧从地上起来，哽咽着连连点头。

"我估摸着，明天老日肯定来不及反应，但后天难说。所以不要拘礼，明天就把我跟阵亡的族人一同送上山，你们随时准备跑反。我跟这张太平床，不能连累了大伙儿。"

# 九

李绍麟伺候爷爷穿好寿衣趟进棺材，在前边点上香火，然后磕三个响头，便关上门含泪而去。队伍集结停当，他咬牙忍泪通报给大伙儿，立即凝聚起高昂的哀兵之气。

攻击是子时发起的。大家偃旗息鼓，悄悄朝粮栈摸去。虽是黑夜，但地形地貌大家都很熟悉，跟白天差不许多。

李绍麟一直在项如春旁边。项如春手持驳壳枪，不像一时冲动心血来潮。李绍麟心里一团乱麻，既悲愤，又紧张。那种感觉起始于一九一一年的冬天，像野狗一样追了他二十多年。只有躺进那口楠木棺材，或者纵情酒色、走马打猎，才能将之摆脱。丹尼尔宣讲的教义，爱与宽恕，深沉的钟声，只是短暂的安慰剂，穿耳顺风过，心房不挂壁。

民团的步枪以汉阳造为主。少量巩县兵工厂制造的中正式，都是国军败兵遗弃的，其实他们也刚刚换装两年多。中正式步枪的刺刀，在暗夜里微微闪光。些许光亮应和着秋虫的呢哝，连同翻开的泥土干燥的腥气，给了李绍麟莫大的安慰。胸膛贴在地上，心脏敲击的回声简直可称宏伟，春潮一般澎湃。他摸到警戒线跟前，努力忘掉棺材里的爷爷与身边的项如春，瞄准站岗的哨兵，啪地扣下扳机。那记短暂的红色记号，立即让他从所有这一切里羽化成仙，给了他从未有过的安全感。他通体舒泰，无比愉快，好像憋了许久的一泡尿，终于汩汩滔滔。

当年活剥那只兔子，也就是这种感觉吧。刀如泉流一般欢畅。

枪声大作。鬼子开始嘎咕咕地还击，在夜空中曳出长长的尾巴。那是他们的机枪，乡民们习惯上还是称为扫地平。李绍麟敏锐地发现，彼此的枪声明显不同。民团这边的枪声是哒哒，鬼子的则是噶砰。后来才知道，那叫三八大盖。李绍麟感觉自己的子弹是尖的，而鬼子的子弹不仅是尖头，还带着倒刺，像狼牙棒的形状。那种感觉仿佛观众突然冲上舞台，混入一帮须生与黑头之中。他咬紧牙关，不断地开枪，朝着能看得见的一切目标。

不断有人仆仆地栽倒，像失去扶持的粮食口袋。攻势暂时受阻。项如春啊地一下仆倒在地，拿着驳壳枪的右手捂在脑袋上。李绍麟赶紧爬到跟前，用身子将她挡住："项四小姐！项四小姐！"

项如春啊了两下，突然将他推开"没事没事，石头绊了我一跤。"说完啪地又是一枪，子弹斜着飞走，像惊飞而起的鸟雀。

李绍麟一怔。片刻后大喊一声："我爷爷跟项四小姐都看着呢，大家伙儿冲啊！"随即跳起来边开枪边冲锋边大声念过去的咒语：

> 昆仑山上传根子，师爷在上，弟子在下，参拜师爷；师爷赐我金刚体，金刚体，都练起，钻子贴神壮精力，能挡刀枪弓箭戟，枪炮火药不入体！

大家纷纷跳起来边念边冲，海啸一般朝前涌。四门土炮也不断轰击。老日到底人少，凌晨之前终于被歼灭。天明之后点检尸首，共二十八具，他们戏称为二十八宿。

下午消息传来，信阳县城也被攻克。那是一九三八年的十一月四日。对于活跃于各地的红枪会与民团而言，第五战区抗敌青年军团信阳实习队就是一滴催化剂。多年之后才知道，其中有很多共产党。毕竟当时是国共合作的蜜月期，而第五战区属于桂系。

不是都说嘛，国民党是蓝的，共产党是红的，桂系是紫的。共产党碰上桂系，正好红得发紫。

十

李自珍的判断无比精准。老日第四天上午便前来报复。这一次主要是物资损失，寨里的半数房屋化为灰烬。从此以后，李家寨项家寨便陷入洗劫屠杀与抵抗逃难交互的漩涡之中。老日称之为治安战。治安战的结果，是李家寨民团的团总投敌，李绍麟正式接任后公开打出抗日旗号，领着他们退出李家寨，栖居西边山里的牛皋寨。项如春成为项家寨民团的团总。她的旗号是国民革命军第十九路军豫南游击纵队，比李绍麟的还要响亮，虽然实力不及。

李绍麟很快便成了婚，新娘当然不是项如春。这既是李自珍的临终遗命，更是李绍麟的顺水推舟。他心里确实一直放不下项如春，但那如同柳体一般的语气，活生生地将杜丽娘写成孙二娘。对于这个小寡妇，他琢磨不透，拿捏不准。他深信项如春应该未曾开怀，但人家又确确实实是国军团长的太太，还曾亲自上阵打过老日。慢说弱女子洋学生，就是壮汉，能做到的又有几人？如果未曾耳濡目染熟悉军旅战阵，绝无可能。说来说去，越说越成谜。

在牛皋寨刚刚安顿下来，李绍麟就给自己打了口棺材。那天躺在充满油漆与木头味儿的新棺材里，他突然有了传宗接代的冲动。他感觉自己确实需要一个儿子延续香火。打老日需要，自己更需要。他并不觉得自己有何等功业或者家产非要亲人承继不可。若有个儿子，他将确保他不受那种惨痛记忆的折磨。这对他将是最大的安慰。

成婚之后的李绍麟，脑子里依旧不断回放项如春的那番话。她在李家祠堂的出征酒宴上，斥责死去的丈夫懦弱。这让他百思不得其解。死者为大。若非真有过错，她不可能倒翻篇横加指责，可问题在于，十九路军、抗战英雄，又怎么会是懦夫？这个疑问长存于胸，一直没机会释疑。他们俩之间还是有个疙瘩没有解开，这个疙瘩比烹天子父、为圣人师还要粗糙坚硬。一为公愤，一为私仇，完全两码事儿。

李家寨不愿苟且的居民都跟随民团迁到了牛皋寨。项如春的队伍则在十几里外的红娘寨，据说明末时传奇人物绳伎红娘子就是从这里出发追随李信，进入李自成的大军的。这些年来，老日虽然反复扫荡，但李绍麟毫发无伤，因为一九二〇年曾经驻扎信阳的部队已再度开回。孙连仲头顶第五战区副司令长官兼第二集团军总司令的官帽，驻守信阳西部的唐河。在他麾下，池峰城的三十军与刘汝明的六十八军直接负责与信阳的鬼子周旋。刘汝明驻扎在信阳以北，池峰城安顿于信阳以西。正规军之外，国共双方都派来了游击队，共产党的游击队后来还成了气候，发展为新四军第五师。民团正好可以浑水摸鱼。

有一天，项家寨的民团抢运粮食，被老日半道劫走。螳螂捕蝉黄雀在后，李绍麟早已盯上出来抢粮的老日。他们设好埋伏，使用了新式武器：给李自珍打棺材的那个木匠，又给民团造了一门新式土炮，可以抛掷手榴弹。这玩意儿把老日打得晕头转向。他们从未经历过，不明就里，只得落荒而逃。

粮食完璧归赵，项如春随即派人下帖，请李绍麟赴宴。共同经历生死的感觉刻满神经末梢，无法忘怀，因而彼此不再有那么多的尴尬。情感的对立与情绪的交锋虽然还有，但更像是女人的粉拳或者孩子的撒娇，暗地里增进感情。落座之后，还是信阳规矩，先打麻将。李绍麟对此颇有些惊奇。经历过新生活运动的女学生，竟然也会这个。项如春道："我早已不是什么洋学生，而是项四小姐，你忘了吗？"李绍麟意味深长地微笑道："在我心目中，项四小姐永远是洋学生。"这话里的情谊似乎将他自己吓住，为了自我调和，避免遭遇迎头痛击，又赶紧把一张牌使劲拍在桌面上："你这副牌怎么搞的，九万掉了个万字。"项如春微微一笑，不看李绍麟的眼睛，继续码牌："这副牙牌是我从福建带回来的。当地百姓用十九路军这四个字，代替东南西北四风。这可不是部队弄的哈，民间很多。不影响和牌。你可别生意不好怨柜台。"

项如春怎么看都是个姑娘的样子。腰里扎着武装带，别着小手枪，枪柄是很少见的白色。白马白袍，银枪银鞍。李绍麟不由得想起传说中的红娘子。他心不在焉，错过一张碰的牌，被项如春截胡。项如春不看他，飞快地将牌推倒，呼啦啦地洗着说："赌场如战场，不要胡思乱想。"李绍麟胸有成竹地笑道："先赢的是纸，后赢的是钱。"

一次次地洗牌，同时将坚硬的气氛搅碎融和。李绍麟不看项如春的眼睛，以不经意的语气问道："那回你说你丈夫不是英雄，是懦夫，这话怎么讲？十九路军的团长，怎么会是懦夫？"项如春停下手中的牌，侧脸看看李绍麟，那眼神也如同弯刀。片刻之后，她收回眼神，将牌打出去，随口报道："白板。"

打完牌喝酒。算算账李绍麟竟输了不少。虽接近沦陷区，但鬼子强制推行的军票还是流通不畅，百姓只认银圆与国民政府发行的法币关金券，所谓现洋与纸洋。大家会过账，然后是酒宴。信阳规矩，本来最高等级是三八席面，八凉八热八个火钵。新生活运动中，上边曾要求每席最高不超过六元，这个规矩也没有因此打破。因此地乃河南仅有的鱼米之乡，物价便宜。只要不上鲍鱼海参燕窝鱼翅，就不会超标。不过如今国运艰难，大敌当前，也就省了这些讲究。酒宴过后，陪客都被支走，两个人喝茶。信阳产名茶曰毛尖，喝茶自是民间习惯。说了几句闲话，项如春忽然自顾地将茶盅顺势举起："你想知道我的故事？"

那是只粉彩的瓷质茶盅。虽是民窑，但依旧精道。天井里漏出的光线射在那些如意祥云图案上，像小鸡的黄色绒毛一般。项如春反复端详着茶盅，仿佛头次看见，又仿佛文物专家要断代辨伪。她脸色酡红，一副不胜酒力的娇媚样子。醉意在她眉眼间染上一层朝霞的色彩，仿佛两宋仕女。李绍麟看着看着，简直有了禅悟的感觉。

# 十一

一九三二年年初，宁粤依然对立，蒋介石已经下野，汪精卫也不在南京，国民政府实际上中枢无人。鬼子为了转移入侵东三省的注意力，又在上海惹是生非。战事初起时，项如春已经放假回家。到了开学日期，战事犹未停歇，家人都劝她暂缓入学，但她不肯，到底还是经汉口沿江东下。本可直达上海，但长江航运因战事中断，她只能到南京下船，换乘宁沪线上的火车。二等车票价五元，卧铺另加八成左右，四人一间，不带座号，男女分厢，一夜之间抵达上海。

多数学生已经回校，但并未上课。大家组织起来，慰劳军队，支援抗战。这是场奇怪的战争。陆军跟老日血战，海军却有位李舰长替日本海军代办食物菜蔬，而何应钦非但不治罪，反为之开脱，说若不代办，日军直接动手，对民间骚扰更烈。为避免八国银行干预导致经费中断，名媛陆小曼的前夫王庚[1]麾下装备精良的财政部税警总团，奉命以八十七师独立旅的番号参战，而日军竟从他手中得到了绝密的兵力配备图。十九路军指控他是间谍，他却辩称是去租界找美国驻沪总领事坎宁安将军，不慎被日军扣留三天，随身携带的文件泄密。高层尚且如此分歧，一般民众对军队与抗战更是漠不关心，汉奸不时出没。有的打信号弹，有的把面粉铺开，示意方位。只有知识阶层在报上连篇累牍地号召捐款捐物出人出力。令人尊敬的鲁迅先生在上海，但没有见到他的任何消息，报上公布的捐款名单中也不见其痕迹。经人提醒，此事反倒成为刺激项如春他们行动的力量。他们虽然没有钱，但有满腔热血。

此时鬼子已经四度增兵三次换帅。白川义则[2]大将利用从王庚身上获得的兵力配备图，命令日军趁虚从浏河登陆，两路包抄国军，战事益发吃紧。国军有一处紧要阵地，鬼子多次攻打不下，等后援部队开到，便带着炮兵实施迂回，要断其后路。大家最担心的不是鬼子兵，而是那几门炮。它的破坏能力实在太强，轰隆一声，房倒屋塌。

楼上的同学们遥遥发现鬼子的行进路线，但却无法通知对面的国军。因为中间隔着一条河。同学们想了很多办法。首先是喊叫。但在炮火声中，这种努力就像对着螺旋桨高呼、让它安静下来一般徒劳。其次是写成横幅，可前方弹雨呼啸，谁还有心思左顾右盼。

---

[1] 王庚（1895—1942），字受庆，江苏无锡人。西点军校毕业生。间谍事件澄清之后出狱，后任驻美军事代表团成员，病逝于开罗，就地安葬于英军公墓。

[2] 白川义则（1869—1932），日本陆军士官学校一期毕业生。曾任关东军司令、陆军大臣，从甲午战争开始侵略中国。淞沪抗战后被王亚樵派朝鲜爱国志士尹奉吉炸死于上海虹口公园。

再说也有可能提醒鬼子，引来飞机大炮。

唯一的办法，就是迅速渡河。仓促之下，船是肯定没有的，男生不少，却又都是旱鸭子，谁都不会游泳。关键时刻，项如春真当了破杞县救李信的红娘子。虽为女流，但她毕竟在淮河边上长大。蛙泳蝶泳自由游，这些花样她不懂，就是会水。这是当年掉进鸡翅水没淹死的结果。

上海的三月还很冷，但同学们既热切期盼又不无担忧的目光，加热了项如春的身体与神经。她脱掉棉袄棉裤棉鞋，扑通一声下了河。

家乡的鸡翅水清清亮亮，是随手捧起来便可以喝的甜水，所以才能磨出有名的水豆腐。而上海农村的洁净河水都是咸的，这条城市内河尤其腥臭。冰冷刺骨，项如春的第一感觉是后悔。等上了岸，便不时看见子弹噗噗地掉进泥土，带着淡淡的白烟。那一刻，她的后悔成倍增加。她忘记了湿漉漉的衣服与寒冷，趴在那里半天不敢动弹。少顷，她看见背后有无数热切崇敬的目光。那目光像电流一样接通神经，推着她继续爬行，直到摸上阵地。

十九路军下辖六十师、六十一师和七十八师，守卫那处阵地的是六十一师的一个营。他们还穿着北伐时期的军装，戴大檐帽，穿单衣。这些老广，硬是比青女素娥还要耐冷。简易指挥所以一个挖开半边的坟丘为依托。坟丘前方，很多战士站在水中还击。上海的水沟河汊实在太多，国军可供选择的地形有限。营长姓张，身量高，很结实，但蓬头垢面，满眼血丝。得知消息，副官连声惊呼："正面鬼子攻得这么猛，后路又被抄。营长，移动移动吧！"张营长没有说话，只用目光剜过去，那人立即闭嘴。这眼神如同闪电，给项如春的感觉是打虎英雄醒了酒。他先让人端来热水拿来糖果毛巾以及毯子，然后道："别着急。你先喝点儿水。"糖果毛巾与毯子一看就是民众支援的物品。项如春惊魂甫定，热水入口，随即一个哆嗦。

"你们看得真切吗？有多少人？几门炮？"

"不到一百人，两门炮。"

"炮什么样子？背着还是骡马拉着？有轮子吗？"

"有，两个轮子，骡马拉着。"

"铁牛有吗，就是唐克车？"

那时还没有坦克的称呼。都叫唐克车，或者战车。不管叫啥，反正项如春都没看见。张营长随即调整兵力，并报告上级。项如春顾不得与之盘桓，趁着还没冻僵，再度游了回去。最终阵地虽然还是在鬼子的炮火中丢失，但她的冒险与努力，并未白费。

重逢时已在医院。他身上裹着绷带。血污已经干结发暗，顽固地刺激人的眼目与神经。项如春和同学们前去照料伤员，与之不期而遇，手立即成为俘虏。挣扎几下无法挣脱，她也就不再努力，以免强化尴尬。

张营长不住地感谢。反复唠叨项如春是弟兄们的救命恩人。项如春很是尴尬。她还从未有过被成年男人长时间拉手的经历。包括家人在内。她突然意识到执子之手的含义。原来那确实不易。

此时一位将军走来，微笑致意："谢谢你呀小姐，热心照顾我们的伤兵。"将军个子很高，没戴军帽，剪着精神的短发，根根如箭，都是西北望射天狼的样子。嘴唇宽厚，给人可以信任的感觉。随从赶紧介绍："这是我们十九路军的副总指挥兼军长，蔡廷锴<sup>①</sup>将军。"项如春一下子回过神来。报上发表过他的照片。她刚要开口回应，蔡廷锴笑道："兄弟不才，朋友们都喊我高佬蔡。你要是愿意，也可

---

① 蔡廷锴（1892—1968），字贤初，广东罗定人。出身于粤军第一师扩展而来的铁军第四军。南昌起义部队南下途中脱离。福建事变后部队瓦解，抗战中一度复出，但因无兵权而无甚建树。曾任全国政协副主席。

以这样叫我。"

虽有粤语口音，但这段话项如春完全明白。她顺势拽出手，笑道："岂敢！您是民族英雄。民众崇敬还来不及呢。"蔡廷锴摆摆手，又指指张营长："功劳都是他们的。我们国力弱，部队也没有随军医院，很难把他们照顾好。只好拜托社会各界，拜托你们。不要战火稍熄，就把他们忘了。将来中日必定还有大战，都得仰仗他们出力拼命。"

伤好之后，张营长开始疯狂地追求项如春这个生拉硬扯的老乡——他是客家人，算是河南人的后裔。项如春感觉很惊讶。她还是个学生妹，这未免太突然。尽管张营长给她的第一印象不错，很像书上常说的大将风度。尽管他是抗战英雄。最终打动他的，说起来很莫名其妙，竟是他自述的尴尬经历。有个周末，他请项如春吃饭，期间外面有巡捕抓人，突然吹响哨子，他竟嚯地一下扑过去用身子将项如春挡住，好险没有扯掉台布。如此举动，四座皆惊。事后他解释说，虽然战事已经结束，但他耳边一直响着炮弹凄厉的呼啸。他会本能地辨别声音。如果声音高亢响亮，那说明炮弹比较远，基本没有危险；若像刚才那样低沉凄厉，则近在眼前，悬。

张营长的举动完全是出于本能。项如春相信，无论蔡楚生、费穆还是沈西苓，水平再高的导演也不可能导演出来。那个瞬间，她不觉柔情似水。张营长笑着自我解嘲："当兵的都是阿乡。我们师本来驻在苏州，营部没有电灯。开到上海的第一天，碰到空袭警报，必须立即关灯，我们不知道怎么办，大冷天，副营长竟然脱掉军装，跳上桌子使劲扇灯泡。幸亏他垫了底儿，要不我今天还得再出一回丑。其实到今天我也没搞懂。要是拉一下能打开，应该一直拉着才对，怎么放回去还亮着呢？反过来也是。"

项如春闻听不觉笑出声来。她一下子想起了自己。李家寨项家寨寨内至今还没有通电，但一九一八年，信阳便在开封、郑州、洛阳之后亮起电灯。她第一次跟随家人进城见识电灯也曾出丑，情况与之类似。相似的经历一下子拉近了彼此的距离。而就是那个瞬间的认同，决定了这个姑娘的一生。她在席间答应了张营长的请求，马上跟他登报结婚。知道此事不可能得到家里的祝福，她干脆不事先禀告，只是打了电报通知。那时电报共有四等，一二等为官电，三四等为民用，她选择的是每字一角的四等。三等更加快捷，但价格加倍。而对她来说，经济显然不会是第一考量因素。

很久很久之后，项如春还弄不明白这桩婚姻的意义。虽然还是学生，但男女之事她并非一无所知。在阴暗的后院房内，族中孀居的嫂子姉姉藏有春宫图，还有些令人脸红的器具，她偶然之间都看到过。不经意中，也听到过她们窃窃私语的荤话。这些经历外加丁玲的《莎菲女士的日记》、郁达夫的《沉沦》，已经将她从完全懵懂无知的境地释放。但张营长这个健壮的军人，即便新婚初夜，对鹿茸三鞭酒的兴趣似乎都超过她的身体，醉后回到洞房还要再喝上一杯，直到烂醉成泥。起初她感觉如释重负，继而是好奇，最后则是担心。酗酒难免伤身，周围尽是教训。但新婚的夫君不肯听。说是作战期间，冬日里长期涉水，得了风湿，西医不顶事，需要药酒慢慢滋补。

跟随部队移防福建后，生活的真相图穷匕见。那一天，她醉醺醺的贤夫君疲软地离开她，赤身裸体下了床，将装满药酒的大酒坛子掼在地上，沉闷的碎裂声几如炸弹。继之而来的，是飞流直下的家暴。原来他伤在腹部与下身，持续年余、好几大坛子的鹿茸三鞭酒，也无法让他重振雄风。

张营长不仅有嗜好，在老家也早筑家室。对于项如春而言，这些还都是次要的，因并无瞧得见的现实威胁。但家暴她无法忍受。

从小到大，她可没吃过亏。她感觉天塌地陷。那些日子里莫名其妙地喜欢阴天，整日暗自饮泣，后来甚至产生了牙齿会哭掉的错觉。终于有一天，她意识到不能再哭，否则家里会发洪水，于是直接向蔡廷锴求援。那个自称高佬蔡的将军，她觉得可以信任——反正在陌生的福建，口音难懂，她又没有朋友。

蔡廷锴冷静地听完项如春的哭诉，叹了口气："那怎么办呢？他作战勇敢带兵有方，已经报升团长，将来打日本，肯定能当将军。我现在为家事撤他的差，那一团士兵交给谁呢？"

项如春低声啜泣，无言以对。

蔡廷锴接着说道："他之所以坚持娶你，肯定不是成心欺骗。你文化高，想必能理解。"

项如春微微点头。

"你看这样好不好，你们离婚，你还回上海继续读书。我把他的薪饷分一半给你，在中国银行或者交通银行给你立个户头，按月发放。九一八事变后，国军颁布国难饷章，上将三折，中将四折，少将上校对折。上校本来二百四十元，只发一百二。我们十九路军饷源充足，淞沪抗战后社会捐助很多，没有执行。教导总队、淞沪警备司令部跟出了汉奸王庚的税警总团，也没有执行。今天就先在他身上执行吧。你们各领一百二十元，他还有家庭要赡养。唉，想不到我们十九路军的唯一一份国难薪，竟然是这样的。"

项如春摇摇头又点了点头。生活于她本来毫无问题。但就此回去，家人能否继续支持，难说。蔡廷锴道："十九路军对不住你。请你不要记恨十九路军。这个账要记在倭奴身上。"顿了一顿，他又说道，"关于他的伤情，希望你不要公开。虽然我和他的师长早已知道。"

蔡廷锴送了项如春一副麻将牌，就是他们打的那副。项如春起初一直弄不懂这份奇怪的馈赠的含义，很久之后才搞明白。蔡廷锴就是蔡廷锴。他的眼神可以洞穿时间。想想他的话，她不知道该对丈夫怀以仇恨，还是报以同情。她悄悄离开，没有登报离婚。这样张营长——此时已是张团长，对外也好有个交代，还有个面子，分他的薪饷也显得顺理成章。

# 十二

蔡廷锴的模样风度，李绍麟约略清楚。他抽过很长时间蔡廷锴牌的香烟，烟标上有他的相片。他还抽过福昌烟公司出品的918牌与九益烟草公司出品的三省牌。前者印着张学良的戎装照片，后者印有东三省地图，以及曾子的名句：吾日三省而思。每包都附赠宣传抗战的精美烟画。此刻在那种特有的微辣而又热香的气息之中，他内心漾起的不是同情，而是害羞，难为情，乃至恐慌。他满怀错觉，项如春是在嘲讽自己。尽管知道那十有八九不是真的，不可能是真的。一九一一年冬夜的惨痛印象，是他内心的深刻秘密，也许会有几个大五知道，在某个纵酒狂歌的时间角落，但身边的人多不知情。

李绍麟内心生出强烈的冲动，希望到棺材里躺一躺，静一静。这当然不可能。粉彩茶盅边缘的光线轮廓越来越像警告。他觉得必须快速堆砌词语，以封闭周围那广阔得令人不安的沉默。他的喉结抖动了几下："那你们到底离没离婚？他现在在哪儿？你们还有联系吗？"

项如春的语气依旧醉意蒙眬。仿佛她也躺在时间的棺材之中，不愿意出来："协议离婚多年，只是没有登报。福建事变后他一度解甲归田，一九三六年两广事变，十九路军在广西重建，最后整编为一七六师，属于桂系，现在大别山东南打游击。他是该师的少将旅长，从报上看到我的消息，派人送来一批军火，还有这支手枪。"说着话她掏出配枪推了过来。是支精致的二号勃朗宁，也叫八音枪，能装八发子弹。

那时中央军军官的手枪，连排长配发快慢机，亦即驳壳枪，也叫自来得，副营长以上配发左轮，团长以上才有勃朗宁。但手枪不能白用，要交押金。比如快慢机，价款一百二十元，按月从军饷中扣除，若调动高升离开部队，再还枪退款。项如春显然不必如此。突然换上勃朗宁不说，还是象牙柄的，小巧精致，尤其适合女性。

桂系在大别山打游击，那离信阳就没多远。他们治下的安徽省府设在立煌县，今天叫金寨，离信阳大约四百里。张旅长的司令部在湖北大悟，信阳正南两百里许。这当然不是李绍麟内心对项如春反而有所疏远的原因。分享秘密后两个人的距离竟然没有拉近，这确实有些匪夷所思。他感觉自己内心缠绕着无数锈蚀的情感发条，已经转动不灵。在他的内心深处，项如春无法亲近，但更令人尊敬。当然，不是古人所谓的敬而远之。

事实上，他很怕在项如春身上看到自己，曾经被恐惧和耻辱击穿的自己。

# 十三

盘踞信阳的鬼子是第三师团二十九旅团。少将旅团长花谷正[①]兼任信阳警备司令。从第一到第六师团连同近卫师团，这七个师团是日军最老牌的部队，自然也是侵略中国的急先锋，血债累累，罄竹

---

① 花谷正（1894—1957），后任第一军参谋长，曾跟随司令官岩松义雄，在吉县安平村当面诱降阎锡山。任五十五师团长时在若开被英军击败。为人残暴寡恩，病时无部下捐款，死时无部下送葬。

难书。花谷正也是策划九一八事变的核心分子，与石原莞尔[1]、板垣征四郎[2]合称关东军三羽乌。他们流毒所至，信阳可谓不幸。而与他们对峙的国军部队虽然多，但战事少。相形之下，各路游击队与民团跟鬼子的战斗更加频繁。当然，规模也小。

李绍麟打仗不要命，这一点儿谁都服气。四年前他就给自己打了一口棺材，这举动颇为出格。提前预备后事跟提前为儿子盖房一样平常，但他毕竟太年轻。战乱年代无法讲究，他的棺材不像爷爷的那么金贵，但也是精工细作，年年油漆。每次出征凯旋，他都要进去躺一躺。山路崎岖，驮马不便，他从未抬棺上阵，但坊间却都是这样传说的。

鬼子侵华的痕迹之深，从"特务机关"这个称谓便可见一斑。鬼子的军事机构，主要分为部队、官衙（包括兵工厂）和院校三类，除此之外都称为特务机关，比如元帅府、侍从武官室、军事参议院、将校学生考试委员会等等。一九一八年他们干涉苏联，出兵西伯利亚，按照惯例将在中国设立的情报组织命名为特务机关，从此情报机构就被无端改名。花谷正魔爪之下的信阳，这类机构自然也不会少。比如无恶不作的三〇七部队。他们都知道牛皋寨驻扎着一支抗日武装，其头领抬棺上阵，"穿的是绸，吃的是油，打起老日不要头"，是皇军的死敌。

李绍麟最得意的事情，便是鬼子的特务机构曾派人送信，要求

---

[1] 石原莞尔（1889—1949），九一八事变的策划者。日军的另类战略家，率先意识到中日之战是否会久拖不决，主动权在于中方。七七事变后持"不扩大立场"。因与东条英机不和而未得重用，也免去了战犯身份。

[2] 板垣征四郎（1885—1948），与东条英机等人同属陆军士官学校"荣耀的十六期"。九一八事变的策划者。先后掌印第五师团、陆军省和第七方面军。二战甲级战犯，绞死于巢鸭监狱。

和平共处、互不侵犯。说起来，他确实叫老日头疼。牛皋寨，你想想岳飞驻军之处，肯定是地险形胜，老日的火炮战车无从施展，即便费尽周折开进去，也不过他一哄而散，你一地鸡毛；你想打他不容易，他要打你很随意。日本毕竟是蕞尔小国，而今备多力分，铁路沿线的驻军不断缩减。而要想守住武汉，至少得保住信阳，这就给游击队提供了无限的可乘之机。

信是以旅团长的名义写的，信使要求阅后退还，但李绍麟不肯。他将那两页纸顺手一扬："你们想要赖账？"信使肯定就是特务，汉语流利，自陈是在上海度过的少年时代。毫无疑问，他的父亲也是特务。晚清以来，所有来中国旅行留学经商的老日，无论军民，都有刺探情报的特殊使命。他微微一笑道："我们大日本皇军从来都是讲信誉的。宋代以后，阅后退还信函即是惯例。赵普任节度使时，给台阁的信件若不及时退还，他便要怒骂。想必阁下不会不知道吧？"

李绍麟闻听不禁语塞。史书上的确有这样的记载。但何时终结的，说不清楚。他顿了一顿："那是孱弱的两宋，而今已是复兴的民国。如果你们这封信表达的是真实想法，那么我将不予退还。"

信使依旧微笑："你们最大的问题，就是不尊重传统，而我们大日本帝国至今崇敬不已，尤其是唐宋文化。可惜呀，崖山之后无中国。你们优秀的传统文化已经断代。"

李绍麟："作盐不咸作醋挺酸，说的就是你们。中国人自打生下，举手投足无不是传统，何来断代之说？真要崇敬中国文化，就该懂得侄儿不能欺负叔父的道理。你们吃大唐文明的奶长大，不是中国的儿子，至少也是侄子，是这道理吧？怪不得英美人管你们国家叫脚盆。确实是喝洗脚水长大的，越大越糊涂！"

丹尼尔经常调侃日本是脚盆。李绍麟并不认识日本的英语称谓，但却难以忘记也极度认同丹尼尔的这种解读。

信使的脸立即涨红。他没有发作，忍耐片刻，徐徐道："请问阁下，如何答复我们？"

李绍麟道："你知道这是什么地方吗？这是牛皋寨。你既然号称懂得大宋，那我问你，跟金兵讲和的是赵构秦桧，还是牛皋岳飞？！"

信使徐徐起立，又徐徐升起笑意："你果然英雄。我们大日本皇军，就喜欢跟这样的英雄交朋友。咱们后会有期。"

李绍麟闻听不觉一个愣怔。他突然想起童年。那时他一直被堂兄欺负。而每次遭遇欺凌，他总是不吭不哈，像个天生的怂包。直到那天，在不吭不哈地饱受欺负之后，他不吭不哈地活剥了堂兄养的兔子。

那只兔子自然是堂兄的心爱之物。当他一手提着尚未断气的爱物、一手提着宝剑，领着狐朋狗党上门问罪时，人人都认为李绍麟在劫难逃，谁都不敢说话。那口宝剑是给李家看家护院的武师送给李自珍的。武师出自武术世家，能飞檐走壁，跟僧格林沁王爷交过手，据说这宝剑就是僧王的战场遗物，开过刃的，是真兵器，不是摆设。要是一剑下去，李绍麟必定身首异处。

血缓慢地滴入土中，洇染散开，扑簌有声。堂兄把兔子朝李绍麟跟前一丢，兔子一通惨叫，抽搐几下，很快就停顿下来。因为惨叫会消耗体力，而抽搐只能加剧疼痛。

"是你干的吧？"

李绍麟不看堂兄与闪光的宝剑，眼睛只盯着脚下的兔子。那些裸露的肌肉不时颤抖，给了他前所未有的愉悦。他转眼看看堂兄，点了点头。

堂兄举起宝剑，众人暗自惊叫，都已忘记阻拦。剑光一起，李绍麟眼睛一闭，只听噗的一声钝响。他微微摇头，确认脑袋还在，这才睁开眼睛。

兔子被砍为两截。堂兄把宝剑递到左手，右手伸过来道："老二，你是好汉，我服了你。从今天起，咱们是朋友。"

李绍麟盯着信使，半天没有开口。那位堂兄已经作古。忌日是一九三八年十月三十日。他家旁边的青石板街道两侧，有大片大片的菊花。

# 十四

项如春的闺阁秘事肯定没跟别人说过，否则早已众说纷纭。这种事情，告诉一个人就等于告诉所有人。李绍麟知道此事的分量，故而那天有所发现，便兴冲冲地跑到红娘寨。他告诉项如春，老日确实是兔子的尾巴，崩溃在即，立马可待。

那一年世界上大事频发。德军惨败于斯大林格勒；墨索里尼垮台；美军在太平洋持续反攻，占领瓜达尔卡奈尔岛；新书《中国之命运》深受追捧，几乎每本书都被翻烂。读者太多，纸张又因物资奇缺而太烂。

项如春的表情颇不以为然："老日必败，这不是秘密，只消看看世界地图就知道。但要说崩溃在即，指日可待，你有何证据？光靠上回他们要求和平共处，可不够充分。"

"老日经济近乎崩溃，已经在拆公园椅子与电车上的铁扶手造武器。士兵奖金早已取消，薪金还常被强制储蓄、购买公债、寄回国内。他们的军衔你注意到了吧？过去是肩章，做工精致，背后有固定架，现在改为领章和袖章。说是肩章容易被肩带磨损，而且目标太大，军官会被狙击。其实还有个理由没说，就是省钱。现在面积小，也没有固定架，只能用针线缝，内衬都是马粪纸……"

"这不奇怪。一·二八之后，经常有学者教授来学校演讲，包括戴季陶。他们都说，日本资源极度匮乏，若以小博大侵略中国，肯定是以卵击石。日本的战车厉害吧？十九路军称为铁牛。但缴获他们的操典发现，战车上的机枪手不能随便开枪。如果不是敌人铺天盖地，要钻出来用手枪射击，节约子弹。消耗至今，他们经济崩溃也正常。咱们怎么样，物价不也涨到战前的一百多倍了吗？"

项如春说到这里，突然回过神来："你怎么会说起这个？你从哪儿得到的消息？"

李绍麟得意地笑笑："消息来源绝对可靠。李家寨的老日小队长亲口告诉我的。他很服气我。说我是英雄。"

"噢？在我眼里李二爷是英雄，老日竟也这么看？愿闻其详。"

李绍麟等的就是这句话。他赶紧喝口茶，但似乎不是要清嗓子，而是冲去项如春话里的讥诮："昨天我想上信阳，可摸到铁路跟前，发现车站贴有我的相片，进不去。怎么办呢，不能白跑一趟啊。我决定下河洗个澡。我很喜欢睁眼潜水，跟五色游鱼擦肩而过，但怎么抓都抓不住。

"夕阳西下，半江瑟瑟。我在大拐弯下了水，还没开始扎猛子，就听有人放声歌唱，唱的是范文正的《渔家傲》，'塞下秋来风景异。'这可真是稀罕，镇上还有谁能唱宋词，我一定要认识认识。可刚一转弯，就后悔得要死。竟然是个老日！他刚解下王八盒子，正在脱上衣。军装还跟先前一样，但肩章变成了领章。我们俩都很吃惊，都扭头看后方，主要是武器。我很清楚够不着枪，只能跟他虚与委蛇。我说先生你唱得真好，深得文正公曲中三味。那个老日慢慢脱掉衣服下了水说，唉，三十从军今白发呀。我说想不到军人也有如此文采。他很得意地笑笑说，我不是军人，我是教师。要不是这场倒霉的战争，我应该已经升为教授，在课堂上教授汉学。你能想象他是谁吗？他就是李家寨上的老日中尉小队长，名叫神尾留五郎。要命的是，他认识我。"

李绍麟说到这里，略一停顿，但项如春盯着他并不接腔。李绍麟见状，抿抿嘴唇，又接着朝下讲：

"不管怎么样，咱不能服软啊。我就不动声色地继续周旋。我说我的头值两千白洋，你打算怎么办？他说怎么办，沐浴净身啊。'暮春者，春服既成，冠者五六人，童子二三人，浴乎沂，风乎舞雩，咏而归。'虽不是春日，但这难得的安闲，不是也很好嘛。我说带枪进入异国他乡，你倒是很有兴致嘛。我没直接说侵略。他说我一个过河卒子，有什么办法？我一直想结识您，没想到以这种方式结识。我说结识我？为什么？他说我就是在鸡公山上出生的，在汉口读完小学才回国。说起来算是半个老乡。您是英雄，我也没别的意思，就是想跟你谈谈。身边的士兵，老的头白眼花行动迟缓，小的裤脚扫地枪比人高。个个只想保命，没人懂得中国文化的博大精深。国内通信有军邮检查，身边又没有人可以深谈，我如鲠在喉，不吐不快呀。我说跟日本军官谈中国文化，我很难入戏。他说我真不是职业军人。可有什么办法呢，日本人口太少，作家画家律师教授照样得上前线。拿画笔的手要开飞机，弹钢琴的指头也得扣扳机。可我的志望是超越父亲。他是很有名的汉学家，在中国游学多年。我主要研究晚唐诗人杜牧。你也知道，他自负其才，喜欢论政谈兵。"

项如春插话道："文人也能带兵？老日那可不是军队，基本都是禽兽呀。"

"日本男人都要服四种兵役：满二十岁当年十二月入伍，服现役两年，然后是预备役五年四个月、后备役十年。补充兵还要服十二年四个月的补充兵役。就是说日本四十岁以下身体合格的男子，基本都在服兵役。差别只是在不在军营。大学生都不例外。"

"最后呢？是他丝毫不加留难，还是你已经把他打死？"

"在李家寨，我哪有机会动手？谈完之后，和平告别。"

"禽兽竟然良心发现。听口气，你对他颇为赞赏嘛。"

"你怎么不觉得我是为中华民国骄傲，为唐宋文明骄傲呢？"

"我为你的口才而骄傲。"项如春面带微笑，但那微笑——还是不说了吧。

"你不相信？"

"我当然相信。您李二爷做出什么事儿，小女子我都不敢不信。"

二人在堂中对坐。项如春背后堂号两边的柱子上悬着一副对联，不是柳体，而是行书，字迹放逸可爱，像是沈传师的路子：

> 海阔天高气象；
>
> 风光月霁襟怀。

李绍麟身子朝后一仰，靠在椅背上，盯着对联出神。他实在受不了项如春柳体一般的语气与神情。

# 十五

意兴阑珊地离开红娘寨。项如春没有直接说他是吹牛，但也差不许多。巴巴地跑过去确实有炫耀之意，但天地良心，同盟军难道不该分享情报？字句难免小有虚饰，可关键事实全都是硬邦邦的呀。李绍麟真恨不得潜回李家寨，将神尾留五郎抓来，红口白牙，当面对质。但是不行，他得撑住，他得冷静。故而神尾留五郎下书约见时，他没有立即告诉项如春。直到一挺机关枪、一箱子弹和一架千里镜①送到山寨，这才下帖将项如春请来。他要让这个小女子看看他李二爷的煞气，到底能不能镇住老日。

---

① 即望远镜。当时人们习惯称为千里镜。

神尾留五郎邀请李绍麟喝茶下棋，地点在牛皋寨与李家寨之间的钟灵寺。就是一九一一年冬天，住持心禅和尚被乱兵施以炮烙之刑的那个小庙。信是标准的柳体，刚劲有力，风骨可见。项如春看完后淡淡地问道："你肯定已经赴约啰？"李绍麟得意地笑笑："豹死留皮，人死留名。我若不去，岂不要被老日小瞧。"

"私会敌军，李二爷，您玩得太大了吧？"

"我又没去日本。钟灵寺还属于中华民国嘛。再说如果不去，哪能搞到这些武器？"

"你说说看，究竟是怎么回事？"项如春放下书信坐正身子，一副洗耳恭听的架势。

当初究竟去不去，李绍麟其实很犯了阵犹豫。李汝贤坚决反对。车站和县城都有悬赏告示，这可不是闹着玩儿的。李绍麟道："写出这样一笔好字，应该不会耍奸使坏吧？"他不说这个可能还好些。李汝贤的馆阁体未必赶得上神尾留五郎的柳楷。他像扣扳机那样立即来了个短点射："蔡京赵构郑孝胥，谁的字差？"

李绍麟被呛得不行，老半天没说上来话。李汝贤接着又是个长点射："周围国军共党都有，都争取过你，但你都不给面子，人家正盯着你的毛病，你还生事儿找不自在？"

国共双方的确都来争取过。目前其实也还没有放松。他们看上的不仅仅是李绍麟手下这彪能打的人马，还有牛皋寨的战术价值。掌握掌握，凡事都得握在自己掌中，才有安全感，才能定下心神，才能如身使臂如臂使指。但他们的争取，都被李绍麟婉拒。他受不了军纪的约束。国军方面，池峰城给的第七游击大队上校大队长的委任状，他倒是没有扔掉，但仅此而已。至于新四军，代表来了他接待，偶有伤员他也照顾，临行还小有馈赠，但就是不听改编。他这样的家世出身，哪里信得过共产党。

李汝贤不满的不只是李绍麟的冒失。他是希望李绍麟接受改编。理当跟着国军走，不管怎么说，那是正朔，官军才算堂堂正正。他已老大不小，总得谋个功名出身。国军不行也要跟着四哥混，新四军这棵树也有荫凉。不能罐子里养王八，越养越小。

这话没错儿。悬赏告示是李绍麟的风险，也是他的威望。还真有人前来投奔。是个学生。学生放弃国军共党而选择牛皋寨，李绍麟感觉格外有面子，下令好生优待，结果头天晚上便闹得鸡飞狗跳。因为发给他的被子是花面的，他不肯要——堂堂男人，出征将士，怎能用女人的东西？

李绍麟真是哭笑不得。这床被子的确是女人用的，可调剂出来并不容易。要知道那已是一九四一年，布料零售价格已经达到战前的十三四倍。最终那个学生哭了半夜，没几天便封金挂印——花被子当然没带——而去。

然而李汝贤近乎辱骂的刻意粗话也未能激将。事实上，李绍麟来找时已经有了主意。他想要的是支持，并非反对。因而那天晚上，他甚至连棺材都没躺，次日一早便去单刀赴会。

如果不去，他有什么办法可以从气势上压过项如春？这小女子不出声的嘲笑堰塞在记忆的上游，时不时泛滥成灾，冲垮他自信的堤坝。是可忍，孰不可忍？

李绍麟很清楚项如春关心的并非这些曲折，而是他演《单刀会》的具体情节，于是朗声道："上次河中邂逅，神尾留五郎可谓坦诚相见。他完全可以打死或者活捉我。就冲这一点儿，我也得去会会。见面时他点头鞠躬，我挑刺说中尉怎么不给上校敬礼？他笑说今天我们都不是军人。要是论资历，我完全应该升为大佐。可我没读过士官学校，最多只能升到大尉。我问他干嘛要用小楷写信，咱们不是只有给尊长写信才用小楷，一般都是行书章草嘛。他得意地说我就是喜欢柳体，平常难得施展。他这么说时满脸笑纹，无比愉悦，然后又说，我就知道你会来的。上次离开，你一次都没回头，真有胆气。我说鸟飞返故乡，狐死必首丘。我自幼生活于斯，最终也要死于斯。在故乡的泥土上我有啥好怕的，无处不可当死所。

神尾留五郎约我过去，是想立个君子协定。他说我知道崇敬中国文化与英雄听起来像官话，那我说句实在的，我不想死。并非懦弱怕死。如果道义需要，虽千万人吾往矣。但是这样死违背道义，不值。我们都曾相信，白人是鬼畜，抓住日本男人要割去睾丸，让我们绝种。所以日本需要一场战争，打破 ABCD 的包围。A 是美国，B 是英国，C 是贵国，D 是荷兰。但目前看来，战争带来的不是发展空间，而是灾难。意大利已经失败，日本必败。德国也是。当一个小国拆公园椅子与电车扶手造武器，同时跟好几个大国作战的时候，只有神仙或者白痴才会相信它能获胜。神风只会保佑道义一方的防御者，不会保佑道义对面的侵略者。贵国有出戏《杀四门》，罗成英雄吧，结果怎么样？从前作战，被俘者宁死不屈，现在被俘者哀求饶命；从前战死者高呼天皇万岁，现在战死者喊的是自己的名字，自己多少岁。日本支撑不了多久。我不想死在和平的前夜。咱们两家别打了吧。我绝不攻击你们，也不想被你们攻击，稍有疏漏就是个死。要么死于阵战，要么死于军法。我可没有去九段坂的打算。日本矮子的忠烈祠叫靖国神社，设在九段坂，战死者都有牌位。

神尾留五郎的提议很具体：他的部下向西不过钟灵寺，不进入牛皋寨方圆十里之内。咱们可以悄悄去李家寨，只要不动武。若有大的扫荡，他会事先通知。他看来确实急于成交，还说我要有什么困难，可以提出来，他尽量满足。我说好啊，我需要一支扫地平。就是机关枪。我本来不过是顺杆爬给他出难题，你猜怎么着？他居然点了头！他说好！我给你。前段时间我们从三十军那里缴获了两挺机枪。我保证送你一挺。说到这里他略微一顿，狡黠地笑问我有没有礼尚往来的回赠。我还以为他要粮食鱼肉，我可玩不起朝贡的把戏，结果他只想要一套《杜工部集》，说回国之后还想继续教书。"

项如春不断微微摇头。那样子似乎是老师不满意学生的描红作业。等了半天李绍麟那边还没声息，她就开了口："后来呢？你们俩的协议书呢？"李绍麟竭力收敛神情，指指旁边的机枪与子弹："你就这么看我？我李老二会那么傻，跟他们定下白纸黑字的协议？交割完毕，君子协定即行成立。他多给了一架千里镜，我也饶了一套《鄂国金佗粹编》。"

"我确实不该把你看得那么傻。我应该把你看得更傻！你跟丹尼尔那么熟络，难道不懂绝不与魔鬼立约？好吧，你要是跟老日同盟，从此之后，咱们桥归桥，路归路！"

项如春扬长而去，李绍麟目瞪口呆。他呆呆地看着项如春的背影消失，闭上眼睛，使劲揉太阳穴，黑暗之中随即浮现出神尾留五郎的信。不是完整的信，而是单个的柳体字。然后又有许多莲花，从项如春口唇间落下。微风吹来，它们在地上不断旋转，越转越快，最终变成刀枪剑戟，和着狂风与飞沙，齐齐向他杀来。

李绍麟赶紧睁开眼睛。项如春的身影当然早已绝尘。他呆呆地看着黄叶萧疏的远方，终于明白为何项如春柳体一般的语气时时伤人，而神尾留五郎的书信却令人愉悦。因为期许不同。在他心目中，项如春是亲人，神尾留五郎则是敌人。没有期待，就没有伤害。

眼前又是漫长空茫的虫洞。李绍麟腾地一脚将机枪踹翻。如果不能博得美人一笑，神尾留五郎再服气，送来再多的机枪子弹千里镜，又有什么意义。

# 十六

红娘寨那边传出消息,来路不正的机枪项如春不稀罕,他们要堂堂正正地搞一挺,最终如了愿。项如春蹲守多日,终于找机会伏击了老日。虽然折损了不少弟兄,但机枪到了手。可惜在随后的报复扫荡中,她又吃了亏,机枪也得而复失。

得知消息,李绍麟既怒且喜,立即决定出击。李汝贤道:"民团的主要任务是保乡卫民。老日又没上门袭扰,何必自讨苦吃?要说抗日,周围又不是没有正规军。"

李绍麟将那纸命令推了过去:"池军长转来战区命令,周围的游击队全部出击,策应国军作战。我这是奉命行事。"

李汝贤摇摇头,不接那张纸:"谁不知道你是要替项家丫头出气?老二,你老大不小,也是有家口的人,就不能稳重点儿?人家不是已经说过,跟你不是盟军了吗?"

李绍麟咬咬嘴唇:"烹天子父为圣人师,那牌匾可还都在呢。我就是不服这个气。"

李汝贤盯着这个爷爷辈儿的浑小子半天不说话,良久之后连连摇头,悲天悯人般地叹道:"没救了。卤水点豆腐,一物降一物啊。"

李绍麟犹自强辩:"两个寨子这么近,唇亡齿寒。不结盟,难道还要树敌?"

李汝贤道:"你要是真有气概,就直接请人说媒。别老兜圈子,瞎耽误工夫。"李绍麟眼前一阵寒意。他又想起了项如春柳体一般的语气。随即狡黠地笑了笑:"匈奴未灭,何以家为?"

李绍麟没去攻打李家寨。不仅仅因为那份和约,关键是那里的老日多、碉堡大。他选择了柳林。那里的碉堡相对小些,老日也少。平汉路沿线的许多碉堡,平常只配备三个老日。一门迫击炮一挺机枪,外加两支步枪，你便奈何他不得。李绍麟人地两熟，不怕啃不动骨头。他派人侦察，得知柳林老日的迫击炮——他们叫步兵曲射炮——刚刚调走，便决定动手。兵分两路，一路阻击，一路攻坚，夺不到扫地平决不收兵。

　　已经入冬，山里很冷，夜间尤甚。脚步声似乎都变得又瘦又尖，锥子一般传递得更加深远。攻坚作战进展得比预想顺利，那挺机枪帮了大忙。炮楼里的日军听见机枪，判定来了正规军，立即心生去意。只是虽然端掉了炮楼，但却没有夺到扫地平。老日留下两具尸体，带着机枪溜之大吉。攻坚失之东隅，打援收之桑榆，竟然神奇地缴获了一门炮。七十五毫米的山炮。有股人马正好冲到老日的炮兵阵地，而炮兵阵地完全没有近战能力。等消灭掉炮兵，其步兵自然也只能退潮。

　　炮不是炮，而是轰天雷。山上的那门土炮，可以发射手榴弹，将握柄去掉丢进炮筒，抵达目标时正好凌空爆炸，效果很好。然而土炮终究是土炮，不能瞄准，手榴弹也有限。于是大家伙想方设法，还是像蚂蚁搬米粒那样，将炮拖了回来。

　　想吃空心菜，来了个卖藕的。这家伙中看不中用，在他们手上形同废铁。就是找得到炮弹，他们也不会用。故而李绍麟心头的新奇刺激极其短暂，很快便被忧虑所覆盖。他有个强烈的预感，老日一定会报复，牛皋寨将有大麻烦。较劲多年，他心里很清楚老日并没有真正把他当盘菜。否则真心要攻，十个牛皋寨也顶不住。他再厉害，红枪会出身的民团再不要命，能顶得上孙连仲或者新四军？从李家寨到牛皋寨，已经是伤筋动骨。再来一次，无法想象。

　　果不其然，第三天傍晚神尾留五郎的柳体书信便飘然而至。信中指责李绍麟背约，要求归还山炮。否则他无法交差。火炮毕竟是重武器。

　　说来也真是巧。其间南方正在上演常德会战，七十四军五十七师坚守孤城常德十二天，几乎全军覆没，虽然一度丢失城池，但最终还是将老日驱逐。事先第三师团从信阳驻军中抽调人马，柳林的防卫因此临时划归神尾留五郎。这也是第五战区命令游击队同时出击的原因。李绍麟可谓顺手捡漏。

在一个拆掉公园座椅与电车扶手造武器的国度，火炮的分量你尽可想象。李绍麟心里一动，觉得把这个烫手的红薯扔掉应该是明智之举，但回信中依旧一一反驳：是老日先攻击了自己的盟军；他报复的是柳林，并非李家寨。至于那门火炮，完全是他们自己送上门的。轰天雷肯定不能还，但可以交换。五支扫地平。

写好回信，李绍麟心里好受了许多。那些理由能否说服神尾留五郎不重要，重要的是几乎足以自我说服。信发出去后，他赶紧派人下帖请来项如春。

炮藏在牛皋寨下面一个隐蔽的山洞里。除非来了神仙，否则谁也无法把它搬进寨子。其实可以分解拆卸，但他们哪里懂得。

遥见果然是大炮，项如春颇有些兴奋："周围国军四哥多的是，从未听说谁缴获过大炮。有两下子，你李二爷有两下子！"

李绍麟好险没有酥倒。他鼻子一酸，赶紧清清嗓子："完全是捡漏。运气好，运气好！"

"哟，李二爷果真出息了呀，都会谦虚了！"

"真人跟前，谁敢说假话？"李绍麟的表情语气近乎谄媚，话音刚落便暗骂自己没骨气。

是抗战期间最常见的四十一式七十五毫米山炮。定型于一九一一年，一九一七年改进后量产配备，炮身上涂有"大正六年"字样。国军曾有大量的仿制。项如春摸着冰凉的炮管，眼神迷离。她沿着炮走一圈，喃喃自语般说道："当年在上海，我们看到的就是这种炮。要不是因为它，唉……"

李绍麟扫一眼项如春腰间的勃朗宁，不觉心里一梗："我本想帮你抢回扫地平，没想到弄了这么个玩意儿，中看不中用。我打算还回去，换几支扫地平咱们分。其实我最初向神尾留五郎要的就是两挺，不是一挺。但他没有答应，说实在拿不出来，只能再给一箱子弹。"

项如春深深地看了李绍麟一眼："咱们用不上可以给国军嘛。不能便宜了日本矮子呀。"

"这我当然想过，可他们离得太远。六十八军和三十军军部都有一两天的路程。一四三师驻扎明港镇，距离最近，但大路都被封锁，小路又没法拖炮。我总不能揣兜里带给他们呀。"

李绍麟故意没提项如春在湖北大悟的前夫。还好，项如春也没提。她沉吟片刻后道："新四军第五师师部在四望山，距离倒是不远，可也要翻山。"

李绍麟笑道："无论送给国军还是四哥，账单可都记在牛皋寨。"

项如春道："你还真想跟老日交朋友？"

李绍麟道："我得对这满寨老幼的安全负责呀。再说回信已经发出，红口白牙说好的事情，不好再度背约。"

项如春会意地笑着冲他抱了抱拳："你的缴获你说了算。我代表项家寨的弟兄们先谢谢李二爷。有种。有种！"李绍麟热血冲顶，好险没有现场乐翻。他抱拳还礼的手紧紧捏着，好容易才将那句反问掐断在喉头之前：这算不算跟魔鬼立约？

# 十七

对于神尾留五郎而言，五挺机枪确实难度太大。因而双方羽书飞驰，好几个回合都无法谈拢，最终决定，拿机枪两挺、子弹手榴弹各两箱交换。刚刚谈好交换细节与日期，国共双方便前脚赶后脚地上了门。新四军驻地近，上午到的；国军距离远，抵达时太阳已经西斜。

新四军派来的代表，以当初那个因花被面而哭泣的学生为向导。一见是他，李绍麟不禁失笑："想不到你也成了四哥。怎么样，你现在的被子面是花的还是素的？"

花被面笑道："不花不素，一派金黄。我睡稻草。我们都这样。"

"那不是比我这儿还苦嘛。"

"革命没有不苦的。苦能磨炼意志。"

李绍麟暗自赞叹。他不禁又想起李汝贤那句故意激将的粗话：罐子里养王八，越养越小。

李绍麟想东拉西扯，新四军的代表却开门见山："李先生，鬼子的那门炮你们留着没用，只是祸害。要是给了我们新四军，则可以大展神威。您素来深明大义、豪爽仁义、急公好义，肯定不会不同意。"

代表没端饭碗，眼睛盯着李绍麟。李绍麟飞快地朝嘴里扒拉饭："你是军人还是说书先生？什么炮啊。"

"您是豫南抗日豪杰。您的一举一动，民间都传为美谈。"

"你说轰天雷呀？我已经跟老日谈好条件，他们拿扫地平手榴弹交换。"

"国民政府一直不给新四军发饷，我们的装备给养都得自筹，所以很穷。但我们可以给你一挺机枪，一箱子弹。"

"他们是侵略者，你们是同盟军；我们喊他们老日，喊你们四哥。你们要是早来半天，我的信没有发出去，一切都好办。可惜我话已经出口，无法转圜。"

"现在是战争时期，鬼子是敌军。擅自跟他们交易，这性质您清楚吗？即便政府不追究通敌之责，恐怕也会影响您抗日豪杰的声誉。"

"政府在哪儿？信阳城内只有老日的县署。长台关的县府，管过我们牛皋寨什么事？"

当时国府下属的信阳县政府在北部的长台关，离明港很近，托庇于一四三师。共产党建立的县政府则在西部山里的黄龙寺。日伪信阳县署更邪性，竟然归湖北伪省府管辖。这个伪省府管得还真是宽，北到河南信阳，南到湖南岳阳临湘，东到江西南昌九江，都在他们麾下。

"那个政府从来不管民间疾苦，这我们都知道。李先生是豪杰，不拘小节，我也理解。我说的只是可能。但民间难免会对您有所非议。"

"非议？都是他妈的站着说话不腰疼。有本事去夺一门轰天雷给我瞧瞧！我是跟他们交换，但交换的结果，我们不是还凭空得到几支扫地平吗？这不也是抗日吗？"

"炮搁我们手中，抗日的效果会更明显。"

"你们能保证牛皋寨的安全吗？你们要是能给我个保证，老日何时攻击你们都能出兵助阵，保护我满寨老弱妇孺的安全，那没问题，我给你！"

新四军的代表一时语塞。慢说牛皋寨，就是他们的师部驻地也曾多次迁移，根据地四望山也一度放弃。

"长期抗战，不在于一城一地之得失。南京不都放弃了嘛。"花被面赶紧帮腔。他握着筷子，就像握着匕首。

李绍麟哈哈一笑："幸亏牛皋寨没有放弃，要不今天你们可没地方吃晌饭。"

# 十八

国军方面是三十军军长池峰城派来的。他们带着一挺机枪和一封信，前来换炮。

抬眼一瞧，李绍麟便感觉有些不对，仔细看看，问题出在胸章上。过去标明番号的胸章——俗称符号——比较大，而今不过三余其一。来的是个少校。他规规矩矩地敬礼，闹得李绍麟很不好意思。那份上校的委任状他都想不起来搁哪儿了。上回强求神尾留五郎，纯属故意挑刺，想从气势上压倒对方，不说博取谈判优势，至少也要多一份心理安全。

李绍麟赶紧抱拳还礼。少校笑道："报告大队长！大队长果然观察细致。我们的符号不但小了很多，还是用竹片做的。布匹太贵呀。一九三九年，我们就缩小了符号。一九四〇年宜昌失守之后，就连只有原来三分之一的符号我们都做不起。好在贵乡竹子多，竹片过去当书简，现在当符号。长期抗战嘛。"

正说着话呢，突然叮叮当当一阵响。他带来的四名卫兵中，有一名卫兵的子弹哗哗啦啦从子弹袋里漏出来，砸在脚下的青石板上。原本立正站着的他赶紧蹲下收拾子弹，顺便也理理漏洞。

少校道："军装还是阴丹士林布，勉强凑合，但子弹带就是这样的。你说这仗还怎么打。"

"那要祝贺你们的军需官。"

"三十军是血战台儿庄的标杆部队，二十七师更是首批二十个德械师中唯一一个不属于中央军系统的，可不是浪得虚名。请大队长不要误解。物价你应该清楚。"

"国军抗战也是抗的，空饷也是吃的。谁都不傻。"李绍麟笑着摇摇手，示意话题打住，然后抓起机枪比画两下，"好枪！一扫一大片。是德国产的吧？前些天我们刚从老日手中缴获一挺，跟这个一模一样。"

少校的脸刷地一下通红。德式枪械的来源，只能是三十军。

"报告大队长，国军火力不够，急需炮兵。军长让我报告大队长，现在是战争时期，国府和国军可以临时从民间征用一切物资，包括枪械。战后国府将照价赔偿。这挺机枪不是拿来跟大队长交换的，只是表达军长的谢意。"

李绍麟转脸看看少校："可惜你们来晚了一步。昨天我已经答应跟老日交换，上午新四军那边也来了人要炮，正在旁边休息。"

"怎么，大队长也迈八字步了吗？这时髦，但也危险。国军内部一切都好商量，八字步千万迈不得。"

"有什么办法？他们拿国共合作压我，说他们也是国民革命军。"

"报告大队长。请大队长仔细看看这封信。这是军长的命令。"

李绍麟闻听眼前浮现出池峰城的形象，但不再是方面大耳，而是尖嘴猴腮。"命令？命令就见外了吧？我们李家跟池军长是朋友，有通家之好。要说到命令嘛，那咱们就得说道说道。这些年来，三十军给过牛皋寨一分饷一斤粮吗？要论人情，池军长一九二〇年还跟着冯先生的时候，就欠我们李家的。那时候只怕你还穿开裆裤呢。"

少校不禁语塞。李绍麟哈哈一笑："来的都是客，先吃饭吧。三头六面，饭桌上谈。"

李绍麟派人将项如春请来陪客，免得吃成鸿门宴。简单交换下意见，二人看法竟空前一致：此情此境，国军四哥哪个都不能给。给一个必然得罪另外一个。牛皋寨决不能当风箱中的老鼠。只能三头六面敞开谈。

果然一上桌便是唇枪舌剑。少校满脸坏笑："游击游击，游而不击，贵军要火炮有何用处？反正你们也拉不上四望山。鬼子的炮车要是能拖上去，你们还不定跑到哪儿去了呢。不如给我们血战台儿庄的部队。"

新四军的代表道："游而不击？请问武汉会战之后我们收复了多少国土，国军又丢失了多少城镇？"

"那有什么奇怪。鬼子根本不把你们当主要对手，压力都在国军头上。长期抗战，国军以空间换时间，不也是贵党毛先生提倡的吗？"

　　代表一时语塞，花被面立即抢过话头："国军的装备兵力样样都超过我们，多干点不应该？国府包办你们的粮饷，可这两年给过我们分毫吗？区区一门炮，你们也好意思争？"

　　眼看火花四溅，李绍麟赶紧出面灭火："一个闺女待字，三个媒婆上门，个个我都得罪不起，怎么办？辕门射戟你们肯定都知道。我没有吕布的本事，只会喝酒打牌。这两样你们任选一样，谁赢了我炮就归谁，我啥都不要。如何？"

　　"我不会打牌，也没有钱。我们新四军上上下下，绝对清白廉洁，都没有闲钱赌博。"

　　"我不能喝酒。我胃病很重。不只新四军吃不饱，我们三十军也一样。从去年开始，我们也是每天两顿饭，上午九点，下午四点。正餐本来是三菜一汤，现在只有一锅炖菜。虽说军官的伙食标准高些，但也差不多。军长也不比我好到哪儿去，轻易都见不到荤腥。"

　　李绍麟坏笑道："那只好这样。你们双方各出一人比武。比枪法比刀术比拳脚，或者赛诗论文写字，如何？比武我当裁判，论文项小姐裁决，书法嘛，账房李先生评判。"双方领头者看看自己人又看看对方，嗫嚅着都不开口。李绍麟笑着跟项如春、李汝贤对对眼神，自我圆场道，"那还是先吃饭吧，各自都合计合计，明天再说。反正炮在我手里飞不走，晚个一两天也不会烂。"

　　两杯酒下肚，气氛逐渐重归融洽。大家各怀心事，都小心翼翼地回避那个可能败坏丰盛晚餐的话题。虽然只是白菜、豆腐、韭菜、鸡蛋，但在那个年月，已是无上美味。饭后李绍麟安顿好双方代表，又跟项如春合计了老半天。项如春道："请神容易送神难。两个对头齐聚山寨，不是啥好事。事不宜迟，我看还是尽快解决的好。"

李绍麟连连点头："我也是这个意思。明天就是约定还炮的日子。我打谱一早就走。"

"日本矮子真能说到做到？你可别忘了南京大屠杀。"项如春自言自语一般微微摇头。

"我想没事。上回我跟神尾留五郎见面，约定都不带卫士，他并未爽约。"

"不一码事。我总感觉有些悬。我担心你的安全。"

李绍麟顿时豪气冲天："有四小姐这句话，我就是上刀山下油锅，又有何妨！"

灯火下的项如春满脸绯红。她噌地一下站起身来："你别想多了。我是怕你不但丢了炮，还丢了人！人丢不丢是你自己的事，但项家寨的弟兄们还需要扫地平。告辞！"

天寒路远，马滑霜浓，李绍麟留项如春住下，但她略一犹豫，便坚决拒绝。说是回去还有要事。等她和随身侍卫走远，李绍麟忽听后面有人说话："项家的人还没过门，怎么会在李家过夜？你晕了吧。"

不消说，是李汝贤。

李绍麟竟也感觉双颊发热。他使劲挥手，似乎要推开包围着他的羞涩的空气："两国四方讨论大炮，算得上军国大事吧？谁还有闲工夫儿女情长！"

# 十九

回到家里，李绍麟心绪不宁。穿好衣服躺进棺材，很久还是无法找到感觉。冬天冷，寿衣薄，躺不住。他呼唤老婆，老婆抱来还不会说话的儿子:"你不是要他替你躺吧?你可千万别吓着他。你不怕,我还怕呢。这黑灯瞎火的。"

李绍麟坐起来接过儿子,小家伙嘎嘎笑着吐出两个清晰的叠音字:"爸爸……"

这是儿子第一次开口说话。李绍麟大为惊喜,哈哈笑着搂住他亲了又亲。

起身换好衣服,在灯前凝思。眼前放着的还是福新烟公司的产品,但不再是宣传抗战的题材,而是上海滩上的美人。抽出一根衔在嘴边试图点燃,可半盒洋火几乎用尽,烟还没点着;点着之后,烟灰全部落在胸前,又一口未吸。

子时前后,李绍麟终于下定决心。洋火洋烟洋油洋布洋皂,五洋杂货如今都贵得要命。他想,这个成本也要神尾留五郎承担才对。

次日一早,李绍麟没打招呼,便带几个人前去还炮。昨夜在棺材里都不能找回宁静,他总觉得心内不安稳。等进入钟灵寺见到神尾留五郎,这才约略平和了些。炮在外面过于打眼,彼此都有心事,也就不便细谈。但正要交割握别,便听遥遥一阵枪响。

两个人不约而同地后退一步,同时掏出手枪:"你不讲信誉。你派了伏兵!"

争执中外面传来熟悉的笑声:"你们还是都别冤枉对方了吧。"随即有人掀开门帘不请自进。

来人就是先前下书牛皋寨要求和平共处的信使,泷川有信少佐。日军驻信阳特务机关三〇七部队的部队长。看见是他,神尾留五郎握枪的手慢慢垂下,脸色煞白,片刻之后又冲泷川有信一碰脚跟,点头致敬,同时抬起枪再度对准李绍麟:"少佐阁下,我已经设计拿住抗日敌对分子的头目李绍麟。"

几个日军过来下了李绍麟的枪。泷川有信用马鞭敲着左手，手套雪白，如针一般扎眼。他盯着神尾留五郎，浅笑不语。神尾留五郎也笑着试图调侃："我想赏格对我应该也有效吧。到时候我请您喝滩酒。"

泷川有信逐渐收敛表情，片刻后又摇头大笑，仿佛终于辨认出一个垂垂老矣的陌生人，竟是旧雨："神尾君，你真是大和民族少有的败类。这么多年来，皇军军官中的通敌分子，我还是第一次遇见。近卫文麿①首相的密友尾崎秀实②虽然也被共产分子佐尔格③收买，但他毕竟不是皇军，尤其不是陆军军官。"

神尾留五郎的手枪慢慢垂下。两个士兵过来下掉他的王八盒子，同时撕去他的军官领章与袖章。李绍麟一听动静，果然是针线缝上去的。

枪声一直持续着，一度还比较激烈，能听见日军机枪有规则的嗒嗒声。李绍麟百思不得其解。除了四头骡子拖炮驮子弹，他统共就带了八个人，怎能抵抗如此之久？等见到被俘的项如春，他方才明白原委。原来她带着人马悄悄尾随在后，不只是保护李绍麟，还准备相机打老日的埋伏。

泷川有信对李绍麟和项如春非常客气。李家寨现在日本人手里，李家的祖屋成了兵站。泷川有信将酒宴设在李家祖屋的堂上，那块

---

① 近卫文麿（1891—1945），出身于日本仅次于皇族的豪族家庭、五摄家之首的近卫氏，公爵。三次出任内阁首相。1945年战败后服毒自杀。

② 尾崎秀实（1901—1944），曾任《朝日新闻》上海特派员四年，与左翼文化人士交往密切，鲁迅先生对其印象甚佳。任近卫文麿的嘱托（顾问）兼私人秘书期间，与佐尔格合作向中苏提供情报。1944年十月革命纪念日被杀害。

③ 理查德佐尔格（1895—1944），德国人，苏联英雄，富有传奇色彩的红色间谍，获取过大量极有价值的情报。1944年十月革命纪念日被绞死于巢鸭监狱。

延福堂的牌匾还在，但两边的对联不知去向。先前摆对联的地方，如今一边悬着军旗，一边挂着地图。那份地图上有详细的敌我双方战略态势，本来应当保密的。

枪声响起的那一刻，李绍麟清楚地听见自己内心深处有堤坝崩塌的声音。奇怪的是，他的第一反应不是懊悔或者惊慌，而是预感验证的得意。棺材确实未曾背弃他，自从一九一一年的那个冬夜开始。他被包围的惊慌持续时间不长，很快就一派轻松。仿佛这个结果他早有预感。或者说他等待经年，早已疲乏。如今来到眼前，正好。他突然感觉，这才真正理解爷爷那晚的举动。

那天晚上李绍麟胃口不错，酒兴大作。美中不足的是滩酒不够烈。他没想到泷川有信的酒量如此之大，不觉有些刮目相看。

鸿门宴就是鸿门宴，更何况这比鸿门宴还等而下之。古话说茶为花博士、酒是色媒人，泷川有信的寄托更深。他的目的，自然是劝降。用他的话说，是为合作。效忠于南京小朝廷。汪主席是中山先生的遗嘱执行人，是政治家，而重庆的蒋，不过是个军阀。

李绍麟和项如春当然嗤之以鼻。泷川有信也不着急。饭后他将二人带到李绍麟曾经的卧室，那里竟已布置成新房，充满喜庆色彩。

泷川有信冲他们一点头："二位都是英雄，不是一般的夜猫子。而我们大和民族素来敬重英雄。我知道项四小姐过去有个不良的丈夫，现在大悟带兵。他耽误了您的终身。我也知道你们二人互相敬慕。英雄爱美人，美人爱英雄。你们自己谈吧。告辞！"

在老日口中，我们的游击队与民间武装跟土匪一样，都叫夜猫子。

# 二十

新房么，自然是红色基调。它一下子把李绍麟拽回到一九一一年的那个冬夜。那天夜里，他跟随母亲回姥姥家，喝小舅的喜酒。这样的喜事，宴席至少要摆三天。普通宾朋四邻只是随份子、吃顿流水席，但真正亲近的人都要一直陪下去，直到大礼完毕。那天是最后一天，本来都该回家，但他母亲觉得有点累，又想多陪陪自己的母亲，就没有走。反正李家寨也不远。

结果就在那天夜里，北洋陆军第五镇的乱兵破门而入。

女人们全都躲了起来。李绍麟被母亲抱着，躲进了为他姥爷预备的棺材。棺材做好不久，平常敞着口，好走湿气。就是那道缝隙，向李绍麟泄露了一个原本应该对孩子严格保守的秘密。

乱兵的目标明确，就是一个字，钱。如果不是在李家寨项家寨先后碰壁，他们未必会来此穷乡僻壤。那时他们已经到手许多，但还不满足，总觉得他姥爷身上还有油水。他们不相信这户高楼大院的人家只有银子银圆与墨西哥鹰洋，却没有一条黄鱼（即金条）。没有十两的大黄鱼，至少也应该有一两的小黄鱼。

姥爷被他们绑着，上身赤裸，只穿一条内裤，在几把刀子跟前瑟瑟发抖。那刀子真是白呀，像外面的雪一般，故而那红也就越发突出，麦芒般刺眼。

李绍麟闭紧双眼，却依旧能看见。奇怪的是，他看见的都是声音。像狗扯骨头，也像初春河冰坼裂。姥爷本已昏死过去，却又尖叫起来。暗夜之中，李绍麟清楚地看见自己尿了裤子，温暖的水流让他想起姥爷的鲜血。他试图大声惊叫，但却发不出声音。仿佛刀子挡住了嗓子眼。他缩紧身子，恐惧像钉子钉壁虎那样把他牢牢钉在棺材板上。他张口瞪眼，却又无声无息，一动不动。

姥爷的心肝儿被挖了出来。他们家确实没有黄鱼。因为云土太贵，而他们也不肯抽红土。这与爱国与否没有关系，主要是嫌红土不好。

李绍麟醒来时，已经是在李家寨。

# 二十一

被恶狼长期追逐的感觉，只有李绍麟自己清楚其中的斤两。他坐在那里，安静地倾诉，眼泪一颗接一颗地掉下，扑簌有声。不高，但是真切，结实，足可穿石。他不知道那条芬芳的手绢是如何伸到他的面庞之上的。然后就是项如春的躯体。虽是冬夜，虽然隔着厚厚的衣服，他依然感觉项如春确实人如其名。

李绍麟将项如春紧紧抱起。不像男人拥抱心爱的女人，倒像惊吓过度的孩子抱住母亲。项如春拍拍他的背："其实我早就知道。你有个贵相知得了梅毒，是传教士给治好的。后来她皈依基督，丹尼尔介绍到我们家当下人。"

项如春的声音，不再像柳体那样刀刀带锋。嘴唇彼此贴近时，她耳语一般迷蒙地说道："我还是更喜欢没有嗜好不带鸦片味儿的男人……"

李绍麟简直受宠若惊："真是对不住。连累了你……"

"你又为了谁呢？唉，红娘子本来应该打开杞县监狱救出李信的。可惜我带的人不够。我算到了开始，没算到结局。"

李绍麟温柔然而有力地吮吸着项如春的唇与舌。他一遍又一遍地体验感受着她洁白的白石一般有乐感的牙齿。

次日一早，李绍麟果然看见床单上有一团梅花。他使劲搂搂项如春，言语完全停顿，但柔情蜜意从所有的动作举止上流过，最终注满溢出。项如春用手指给他梳头，良久不语，好像要享受这难得的宁静。

"知道吗？是你把我逼成的红娘子，而不是什么少将旅长。"

"真的？"李绍麟的眼睛瞪得溜圆。

"那回长老们一说，我就知道是你的鬼主意。我想告诉你我不是什么寡妇未亡人。我还是希望跟英雄并排站立。"

李绍麟羞愧地一笑："我本不是什么英雄，但从今日起，希望可以做个真正的英雄。"

# 二十二

对于二人的再度拒绝，泷川有信似乎有点意外，好像什么都落了空。李绍麟道："你打算如何处置我们与神尾中尉？"泷川有信道："如果愿意合作，你将是皇卫军第四路独立旅旅长，项四小姐是副旅长。如果不能合作，你们将会被枪决，但不会砍头，也不会被狼狗分尸。在我们眼里，你们都是英雄，所以我给你们军人的待遇。至于神尾，他也将同时枪决，但记录为切腹。否则他家里得不到抚恤，还终身蒙羞。"

"我的弟兄们呢？"

"如果肯合作，都是皇卫军的士兵，可以视情提拔为军官。如果不肯合作，他们将会被送到日本。劳动赎罪。"

"事至今日，一切都是因我而起，项四小姐与之毫无关系。你若是个男人，就不该为难女人。"

泷川有信笑而不言。项如春满含期待地看看泷川有信，忽又决绝地踢了李绍麟一脚："你这么说，真是辜负了我……"

李绍麟侧身捏捏项如春的手："四妹，愚兄我没看错你。"

泷川有信的目光黯淡下去："李先生，我崇敬英雄。您可以提一个要求。只要不太过分，我都会答应。当然收殓遗体这些你不必提。我会安排好的。"

李绍麟脱口而出："那好。我要自己下开枪命令。"

泷川有信双眼瞪圆但不说话。片刻之后点头叹道："你如此年轻，就没有遗憾吗？"

"当然有遗憾，而且还很强烈。岳武穆郑成功的寿命都是三十九岁，而我刚刚三十七，怎能不遗憾？"

项如春轻声道："二哥不必遗憾。霍去病虚岁也就二十四嘛。"

日军要蒙上眼，李绍麟拒绝。泷川有信道："李先生，皇军军官执行枪决的案例极少。对于神尾君，这是必要的礼节，对于你们二位不止是礼节。皇军士兵不想看见英雄最后的眼神。你可以理解为他们胆怯。"

神尾留五郎教会李绍麟开枪的日语。李绍麟跟项如春微笑道别，忽然又有眼泪涌出。他清清嗓子："四妹，来生再见！日本矮子，说到底还是得听咱中国人的指挥！"说完立即用刚刚学会的日语喊道，"开枪！"

三声枪响。在那个瞬间，李绍麟还是下意识地闭了闭泪眼。片刻之后，他突然意识到不对。他完好无损，毫无痛感。他朗声喝道："陇川，你搞的什么鬼？要死要活痛快点！"

李绍麟看不见，但可以想象泷川有信的表情。他哈哈笑道："李先生，咱们有些话还没有谈完呢。让神尾君先走一步吧。"

几天之后，李绍麟与项如春的尸体在李家寨悬梁示众。尸身完整，但遍体鳞伤。


# 二十三


泷川有信突然出现的原因，直到三个月后鬼子在平汉线发动大规模的闪击战，大家方才明白。河南国军三十万，三十七天丢了三十八县。随后他们继续南进，一直打到贵州的独山。

那时两个寨子的民团余部，已被新四军第五师改编为一个连，由花被面带领。一九四六年中原突围时，该连担任越过平汉线的先头部队，在李家寨附近遭受重大损失，花被面阵亡。

示众三天后，日军允许收尸。李绍麟和项如春都被埋在牛皋寨西北方向的冯家庄。因祠堂上还有那样的对联，他们俩都不肯进入家族墓地。后来整治淮河修水库，整个冯家庄都被淹没，他们的坟墓无人前来动迁，只能埋入水下。早在一九四六年，李绍麟的妻子便带着儿子改嫁给三十军的一个上校，后来去了荷兰。

只有李绍麟墓前的石碑被人挖走，作为基础砌在墙里。那间房子一直是董家河乡政府的办公室，直到前段时间镇政府搬迁改造，那块石碑被我看见。在乡里，人们有时候把他看成民族英雄，有时候则视为草莽枭雄，所以有好事者想把他和项如春的故事编排成第二个刑场上的婚礼，但终未能成就。

# 卖 鬼 子

## 一

这事儿的开头，还是得说新中国伟大。只有新中国，才能把如此遥远、如此隐秘的山村，从地球的缝隙中给抠出来。它隐居于此，宏观而论类乎埋伏在地球背面，微观来说就像藏在衣褶之中的跳蚤，不是想找就能找到的。必须得有机缘。

主持村务的族长身体硬朗，中气十足，但须发皆白，说明年龄不小。他向我们拱拱手，威严十足地问道："蒋委员长他老人家还好吧？他把鬼子赶跑了吧？"

这问题可没有让我们哑然失笑。事实上我们谁都没有笑出来。谢天谢地，他问的时机刚刚好，再早一点或者再晚一点，他恐怕都脱不了干系，掉脑袋也不是没有可能。幸亏这问题也掉在时间的缝隙中，而我们只是一群找矿的人。说得直白点，就是地质队的。

把我们径直吸引到这里的是指南针。我们发现这一带地磁异常，指南针完全失灵。这往往是神秘矿藏的存在暗示。在大干快上的年代里，人人胸中都燃烧着熊熊烈火，这个信息自然不能漠视。因而尽管没有现成的道路，尽管翻山越岭，尽管荒无人烟，尽管没找到矿藏，但我们依旧发现了这个村庄。将更多的人纳入新社会新国家，也算一功。

翻翻日记，这就是我当时的想法。

"鬼子？鬼子早就赶跑了。不但鬼子赶跑了，蒋光头也赶跑了！"

"谁把鬼子赶跑的？你们？"

"当然！蒋光头不抗日，等抗战胜利，就想从峨眉山上下来摘桃子，所以毛主席领导我们，把他赶跑了。"

"蒋光头，蒋光头是谁？"

"他就是蒋委员长！你所谓的蒋委员长！"

"哦，又改朝换代了？大清国没了，中华民国也没了？"

"啥叫改朝换代！这叫开天辟地！"

"能把蒋委员长和鬼子都赶跑，你们了不起。蒋委员长我们不知道，鬼子我们可是知道。狠啊！坏啊！"

"怎么，鬼子也来村里祸害过？"

"是啊。要不是他们，我们怎么会连赶走鬼子又赶走蒋委员长这样的大事儿都不知道？你别看我们村子偏僻，当年我们村里可也有过文化人呢。要搁在大清国，我看可以点翰林！"


# 二


村子叫葛家岭，人家近百户，全部姓葛，据说是神仙葛洪的后裔。鬼子到来是哪一年，族长已经说不好。不是一九四二年就是一九四三年，反正是初秋。那一天，祠堂跟前巨大的铜钟忽然鸣响，声音还格外急促，村民们不觉莫名其妙：秀才不是刚刚讲过古吗，怎么又敲了钟？

秀才姓吴，是全村唯一的外姓，也是族长之外唯一的识文断字者。多年前他孤身一人流落至此，娶了本村一个老姑娘，算是招赘入户。村里的男人都得打猎种地，唯独秀才不必。他有三项闲差：管理祠堂；教育孩子；定期带人到最近的镇上，用村里的土产以及毛皮，换取盐巴火柴布匹等日用品。

秀才半月带人下山一次。每逢朔望之日，老人闲得无聊，便吱吱啦啦地抽着水烟说："秀才又该下山了吧？他怎么还不讲古？"

秀才其实并不讲古。所谓讲古，只是顺手贩卖山下来的新闻。每到一处他必找旧报，拿回来念给大家听。很多报纸破损不全，念不下去，他便信口现编。编到热闹处，大家哈哈一笑，随即散场。人人都知道其中的把戏，他也心知肚明，但彼此都不揭穿。就像一场魔术，执意要看门道不道德，也不合乎逻辑。也像唱戏，台上流泪台下也得跟着流泪，而不能指着人家蟒袍戏服下面的破麻鞋不放。那不好玩儿。秀才把这称为读报、传达天下大事，村民尤其是以族长为代表的老辈人，则都视为讲古。

那天的钟声可谓突然，简直令大家惶惑。秀才前日刚刚回村，已经讲过古。此时钟声突响，恐有凶丧。比方打猎的遭遇猛兽，或者跌下山崖。这种事情很少，但不是没有。

霉运又落到了谁的头上？大家急急忙忙地朝祠堂奔去。有人像救火，有人像赶集，有人像看戏，有人像过年。群山深处的葛家岭，被密不透风的浓绿包围。那背景简直不像真的，而像是画家在调色盘上调出来的；空气如此醇厚，似乎流动都有阻力，显得很是缓慢。人们不像生活在自己家中，倒像置身于酒厂的酒库；浓稠，绵密，回味无穷。

当然，这样的感觉并非来自村民。它出自导致铜钟响起的陌生人之口。

陌生人总共五名，穿着村民无法辨认的军服，身上带着伤，享受着国军弟兄英雄般的簇拥与欢呼。领他们进村的，就是打猎的村民。

## 三

最先看见他们的是翘嘴。翘嘴的嘴唇上翘，几乎能挂住油葫芦。喜欢他的人说那是嘴巧的标志，讨厌他的人则视之为话把儿。他也确实能白活儿。整个葛家岭，除了秀才，就属他能说。一山不容二虎，他们俩碰到一起往往无话。秀才瞧不起翘嘴，懒得开口；翘嘴呢，也不敢随便引起事端。秀才那张嘴，上下五千年纵横八万里，把人说死说活只看他的意思，一般人哪能招架得住。

那时这五个不速之客深一脚浅一脚地朝前走，眼看就要掉进捕兽的陷阱。翘嘴揭掉头上的伪装正要起身，却被旁边的白眼拦住："慢着！你看他们浑身是血，只怕是土匪呢。"

白眼是葛家岭最好的猎手，弩箭都很精准。虽不识字，水浒三国却也烂熟于胸，每每以梁山好汉小李广花荣自命。他的眼睛其实完全正常，之所以得此雅号，是因为刚开始打猎时，曾经独自射死一只狼，而且射了眼对穿，毛皮完整没有洞。从此以后，高兴不高兴便翻起白眼目露鄙夷，骂人白眼狼。一来二去，大家群起而攻，都管他叫白眼。满村同姓，不易区分，正好需要外号。虽是诨名，却也近乎荣誉称号。只有那些有用处或者有特点的村民，才能享此待遇。

"土匪，还日本鬼子呢！这二十年来，你见过土匪吗？那一准是国军弟兄，吃了败仗！"

村里人从未见过国军，但却经常听说。秀才每次讲古，都要说到国军作战顽强，打了不少胜仗。在台儿庄击溃鬼子两个师团，在万家岭歼灭鬼子一个师团；上高会战和三次长沙会战，都取得大捷。某日秀才正不住地夸耀国军的战绩，翘嘴忽然唱了反调："国军的确勇敢。大半个中国都丢了，能不勇敢？"

翘嘴的音调并不高，但却震得秀才的耳朵嗡嗡响。冷箭嘛。他略一愣怔，很快就有了应对之辞："楚汉相争，刘邦一直吃败仗，父亲都被俘虏，逃亡时连儿子都顾不上，可最终怎么样？出腿再看两脚泥！"

一提起古书和历史，翘嘴便只有哑火，更何况旁边还有人给秀才帮腔，好让他继续白活儿。事虽过眼，但犹存于心，翘嘴并未忘怀。他当机立断，迎上前去："国军弟兄们，辛苦辛苦！你们刚跟鬼子接火了吧？鬼子在哪儿，要不要我们助阵？"

大家纷纷跟上。虽只是疯子给瞎子领路，却也像羊群跟着头羊。那五个人全都带着伤。最前面的那个只是擦伤，两个伤重的几乎不能行走，完全靠同伴连扶带拖。见到这群披着伪装的猎人，他们不约而同地抬起枪口。

翘嘴赶紧取下身上的枝叶："别误会！我们在打猎！"

领头的年纪最大，胡子拉碴，面容憔悴。若无戎装在身，就是活脱脱的花子。他环视周围，忽然转身摁下同伴的枪口，对翘嘴露出笑容："我还以为是土匪呢，原来是一家人。"

# 四

五位战功赫赫的国军弟兄从天而降，自然是全村的节日。翘嘴兴高采烈，完全忘记了身份，当下就要给各户派饭派药。受到委派的各家各户满口答应，但却没有行动。大家围着国军弟兄，七嘴八舌，问长问短：

蒋委员长他老人家长什么样？他计划多久赶走鬼子？鬼子有多厉害，三头六臂？飞机是啥样的，真比鸟飞得还高？大炮又是啥样的，一门炮顶几杆钢枪？

问题虽多得令人招架不住，但只有领头的那个作答，其余四人一言不发，看起来很有规矩。翘嘴喊道："行了行了，别问了，先领回去叫弟兄们歇歇吧。"

大家还是没有行动。把客人各自领回去生火做饭招待，这没问题。问题在于翘嘴只是翘嘴，不是秀才更非大清国。葛家岭是大清国说了算，可不是翘嘴。无论他立了多大的功，请来多少国军弟兄。

大清国是谁？大清国就是族长。他还没掌握全村时，便有了这个外号。因他动不动就爱说你们中华民国这个不行那个不行，我们大清国怎么怎么样。尽管后来荣升族长，当面人人都得敬他三分，但背地里他依旧是大清国。

大清国对秀才不大感冒。这家伙实在太能说。每当他站在铜钟旁边的大榕树下口若悬河，众人都仰脸看着，他便感觉如鲠在喉。秀才能带来好消息，也会带来坏消息。比如皇帝被逼出宫。秀才言之凿凿地说，虽然宣统的年号在紫禁城中又延续了十二载，但还是被一个叫冯玉祥的将军彻底掐断。从那以后，葛家岭的男人在秀才的影响下，慢慢剪掉了辫子。

那天秀才来得很晚。尽管他离现场最近。尽管这本是大清国的做派。翘嘴敲钟，在秀才眼里形同僭越挑衅。所谓黄钟大吕，是谁都能随随便便敲的吗？这些白丁，大字不识一个，可曾懂得周礼孔说？钟声响起时，他本想冲出去教训一通，但从窗户里看看来人的装束打扮，立即改变主意。

秀才不动声色地挤进人群，依次端详他们的服装。五人之中，有一个身穿白色军服，帽徽是个船锚。他伤势较重，缠着绷带，落花般的血污格外醒目。另外四人的军服样式基本一致，都是绿色，戴着头盔，帽徽是五角星。热情的村民将他们分开簇拥着，并已善意地接过三个人的背包、一个人的枪支。负担嘛。

秀才在他们中间来回走了两趟，不断审视他们的装束，然后转身离开，直奔榕树而去。现场热烈而且混乱，他自以为无人注意，但白色军服显然没有忽略这一点。等秀才离开，他立即掏出一样东西，悄悄塞进绷带。

等大清国来到现场，秀才已经挤上榕树下的土堆。很显然，翘嘴制造的这起热闹突如其来，早已让大家暂时忘却秀才。这让他很是不忿。他一直没有明确的表示。等大清国发了话，各家各户热闹已毕，打算将人分头领走，他方才开口。对他来说，这阵忍耐空前而且伟大。他简直有点被自己的涵养感动。

大清国没有完全按照翘嘴的计划安排，小有调整。族长嘛。秀才还在等待。等到最后没有等来大清国询问的目光，酝酿已久的激情立即将忍耐的堤坝冲破：

"慢着！"

"什么意思？眼下可不是讲古的时机。国军弟兄又累又饿还有伤，没工夫听你白活儿。"

"什么国军弟兄！他们就是鬼子，日——本——鬼——子！割占台澎金马的是他们，毁你北洋水师的是他们；九一八侵占东北的是他们，一·二八挑衅上海的是他们；炮制七七事变的是他们，导演南京大屠杀的，还是他们！"秀才起初嘴角微带冷笑，像刀把儿现于刀鞘之外，但越说越激动，越说越畅快，飞流直下三千尺中，竟然当面调侃了大清国，特意强调北洋水师是他的。

一阵惊惶之声。有妇女本能地掩口，似乎是要挡住惊叫，免得惊醒猛兽一般的鬼子。"嘴上拴个笼头，别随便瞎白活儿！你见过鬼子吗？你咋知道他们是鬼子？他们怎么会跑到葛家岭来？"翘嘴很不服气。

"我是没见过鬼子，但我见过国军！他们的帽徽，是青天白日！"

秀才言之凿凿，村民顿时无话可说。片刻之后，闯入者的辩解打破沉默。还是那个胡子拉碴的家伙。他极力辩称他们的确穿了鬼子的军服，但那只是为了伪装作战。秀才冷笑一声，慢悠悠地说道："伪装？那很好啊。为避免误会，咱们还是先小人后君子，现场验明正身。听说鬼子都不穿裤衩，下面只缠着兜裆布。女人们退后，把他们的裤子全都扒掉看看。"

现场一片骚动。有女人放肆的笑声。秀才倒是满面严霜，如在课堂。胡子回头看看自己的同伴，跟白色军服叽里咕噜交流几句，终于招认："没错，他们几个都是鬼子。但我是中国人，是被他们抓来当翻译的。"

招认免除了光屁股的羞辱，但也在葛家岭埋下了定时炸弹。因为胡子也是鬼子。而且还是个少尉军官。中国人啊翻译啊，全是扯淡。不过作为早期移民，他出生在中国，因而说话甚至还能带点东北味儿。

# 五

虽已招认，但鬼子依旧不肯轻易就范。然而有一点他们想象不到：葛家岭的村民不像外面的百姓。他们丝毫不怕鬼子。在大山外面，公路铁路沿线，几个鬼子就能统治一个镇。因为那些老百姓既顺服又胆小。刺刀的亮光一闪，皮靴的声音一响，他们便宁可听天由命。只要还能活命，缴税就缴税吧，纳粮就纳粮吧。

可这个逻辑，葛家岭不认。

胡子手持短枪，威胁百姓退后，但几个女人笑嘻嘻地站在跟前，一动不动。她们的表情就像明明只是看戏，却突然入了戏：因为临时缺乏龙套演员，主角儿无奈只得屈身下场，到观众中间寻求配合。这等白给的乐趣，谁能拒绝。

女人不肯后退，打猎的男人又岂能示弱。翘嘴用铁叉对准胡子，怒目圆睁。好像眼睛的直径越大，他开门揖盗的责任就越小；白眼已经张好弩箭，对准白色军服。此时铜钟又响，众人的目光立即转向声源所在。他们突然发现土堆上的秀才无比高大，比往常讲古更加高大。

秀才环顾四周，在钟声将落时一声断喝：

"拿下！"

守卫四行仓库的英雄团长谢晋元将军怒斥鬼子时，必定是这样的声调神情；黑脸包公审问花心陈世美时，或许也是这样的声调神情；高俅面对误入白虎节堂的林冲时，差不多也是这样的声调神情。那一刻，平日动辄侃侃而谈的秀才，突然变得惜言如金。这两个字出口之后，便再无下文。

大家都没有动弹。不知道是等待秀才的口才，还是等待大清国的确认。翘嘴不翘，白眼不白，全都愣着。片刻之后，大清国朗声道："都愣着干吗？动手！"

鬼子起初试图反抗。但胡子跟白色军服交流几句鸟语后，随即喊道："不劳你们动手！我们愿意放下武器！我们是军人，你们是平民，咱们本来就不是交战对手。"

这是明智的态度。识时务者为俊杰。就凭他们少皮没毛的狼狈样，再来十个站在人群里，也只能被淹没。村民们三下五除二将他们捆绑起来，但却不知道关在哪里。葛家岭从来没有演过这一出啊。

说来说去，决定占用秀才的地方：他教孩子们的课堂。那是祠堂内的一间偏房。秀才本来不同意，如此鸠占鹊巢，他还不得失业。

然而大家一致赞同。在葛家岭，读书声一直是有的，但认字的成人却一个都没见过。孩子不喜欢念书可以想象，问题是家长也不在意。在他们眼里，认识字词远不如认识动植物有用。秀才的角色其实根本不是塾师，更像个保姆；他办的不是学校，而是托儿所。

当然，这话不能明说。读书人，好面子。

秀才转念一想，关在这里也好。彼此朝夕相处，他能随时随地训斥他们。若在平常，想找个合适的听众并不容易。读报虽能聚拢人群，可离村子最近的小镇也并不繁华，哪有那么多的旧报？近来讲古时常卡壳，雷同矛盾现象时有发生。每当此时，翘嘴的嘴更翘，白眼的眼更白，就差没有开口堵他。

要想继续混下去，必须得下点功夫。这几个鬼子身上肯定有故事，岂能浪费。

# 六

已经上绑羁押，暂可了却眼前，却不能解决长远。究竟应该怎么对待他们？给不给吃喝？给不给治伤？

这等大事，自然得由族长召集各房头的老人商议。以往秀才从无参加资格，但眼下不同。只有他知道外面的世界，也只有他对外面的世界有兴趣。

争议难免，可以想见。本来么，葛家岭与世无争，靠天吃饭，而老天也向来眷顾，村民虽然谈不上富裕，但也不必为吃穿发愁。招待几个陌生人完全有能力，也有心意。若是普通人迷路，远来为客，招待是必然的。问题在于他们不是普通人，而是日本人。

秀才力主提供吃喝，也给疗伤："他们是俘虏，对待战俘国府有律令，须当尽人道主义的责任。"

"照理说呢，也不能看着人家渴死饿死。日人都是中国种，猖狂一时，只因不通大义，终究还是要顺服。咱们怀柔四方，才能万邦来朝，蔚然帝国风范。"大清国的话，慢条斯理。

人道主义是个新字眼。有人想问，但又没有开口。他想知道答案，但不想看见秀才解惑之后的自得。他说："那人家会不会说咱是汉奸？"

"我不是说过嘛，国府有律令！交战是交战，人家放下武器，那就应该享受战俘待遇。天朝大国，能跟蕞尔小邦相提并论吗？咱们要以德报怨！关归关，管归管！"

大清国随即定了调子：给吃给喝，也给疗伤。屋外派人看守，由翘嘴负责；屋内的一切，则由秀才主持。换句话说，翘嘴要听秀才的指挥。

祠堂前面有一方大塘，清可鉴人。池塘是圆的，中间用石头砌出一条曲线，两边的水似断非断，种着不同的水生花卉。近看不明显，从山头俯视，就是个完整的八卦双鱼图案。不过近水也不能解近渴。这只是洗衣洗菜池，村民喝的都是泉水。这几个鬼子的待遇也是一样。很快就有人送来水。至于饭，当然得等一阵子。

秀才首先要做的，是给他们命名。翻译很好解决，就叫胡子。尽管他不喜欢这个称号："我是翻译，翻译也相当于文化人，跟秀才差不多，可不是土匪。"

"跟我差不多？你可真够狂妄的。我给鬼子当过翻译吗？我认贼作父过吗？我叫人俘虏过吗？你能背出四书吗？我走到哪儿，哪儿不把我当盘菜？"

秀才的激情简直令胡子崩溃。他只得投降："行行行，胡子就胡子吧，我认了！"

这个态度在秀才的意料之外。他好像被风闪了舌头。但片刻之后，劲头又连本带利地发起反攻："行就是行，不行就是不行，哪有你这样的男人？我瞧不起你！大丈夫宁折不弯！你就说张作霖，人家倒是胡子出身，可他对日本人低过头吗？人家总是虚与委蛇，要害权利丝毫不让，日本人收买不动，只好把他炸死！你看看你，叫你胡子你都能应承，怪不得你能给鬼子当翻译！告诉你，我这是给你们面子！在葛家岭，不是人人都能有外号的！那都得是人物才行！"

四个鬼子中，白色军服大概伤在气管上，偶尔说话都是齁齁喽喽的，像含着一口痰，令人厌恶，他叫风箱；一个脸上有道伤疤，虽不至于面目狰狞，但也只能叫夜叉；一个个头矮小，裤腿比腿长，枪比人高，一看就是个半大小子，他叫小辈。最后一个多少有点费神。翻译说，他是大学教授，博学多才，能拉小提琴会吹箫。

教授这个字眼，暂时关闭了秀才演说的闸门。他不觉想起昔日县学里那些整日板着脸的教授。他们的脸色会决定生员的心情。他虽然号称秀才，但其实并未进学入泮。他父亲的生员身份也是拿银子捐来的所谓附生，亦即附学生员。增广生员和附学生员都有点来路不正，不如廪膳生员正大光明。还好，大清国倒台之前已经停考，他没考取功名还有个推脱。

此人就叫没用吧。梁山好汉吴用不就是教授嘛。取其谐音，叫无用正好，但自己也姓吴，得避自己的讳。他既当了俘虏，足见不中用，如此称呼，实至名归。


# 七


鬼子的到来成为葛家岭的节日。人们纷纷陷入亢奋，尤其是孩子。不用上课念书，还有热闹可看，正所谓老鼠掉进米缸里。受此感染，家庭主妇们竟然像待客那样招待鬼子。当然，每户只做一份，负责其中的一个。

热情越高涨就越不能持久。比起熊熊大火，肯定是灰烬更能持续保温。次日主妇们就回过神来，开始反向攀比各自送去的饭菜。不是攀比人家的好，而是攀比人家的差。道理很简单，谁家的饭菜差，谁就占了便宜。这是村里派的公差，招待的又是鬼子，不可能有回报的。

主妇暗地牢骚，鬼子明着抱怨。本来呢，大家的饭菜各不相同，送到的时间也不一样。有人吃得满口香，有人饿得咕咕叫。更兼各户贫富不一，秉性有异，口味更是千差万别，因而每顿饭都带着不满。有人嫌饭晚，有人嫌菜凉；有人说淡，有人说咸。

发生在鬼子身上，这可不是众口难调的问题。大清国和翘嘴白眼等人都很生气。慢说俘虏，就是正经客人，也没有埋怨饭菜的礼节。你以为你是孟尝君家的冯谖？秀才闻听倒是胸有成竹。他觉得有把握凭借自己的三寸不烂之舌，说服鬼子道歉，端正态度。

秀才凭借的不只是口才，还有雄厚的论据。镇上驻有一支国军，他每次下山换东西，都要去军营看看。一来采访新闻，二来寻找旧报。军营里的旧报最多。去的次数一多，跟营长成了朋友，慢慢也摸清了部队的底细。那是七十四军的下属部队。七十四军是蒋委员长正经的嫡系。淞沪会战、徐州会战、长沙会战、常德会战中都立有战功。兰封战役中重创土肥原贤二的十四师团，万家岭大捷中几乎全歼松浦淳六郎的一〇六师团，上高会战中击毙日军少将旅团长岩永，常德会战中更以一师孤军独守孤城十二天，素有"抗日铁军"之称。日军对该军颇为敬畏，因该军所辖五十一师、五十七师、五十八师这三个师的番号均以五开头，故而称之为"三个五部队"。

因为能打，七十四军很快换上了苏联援助的装备。这样全部换装的军，整个国军序列只有四个：江北的第一军、第二军，江南的第五军和七十四军，都是嫡系中的嫡系。尽管如此，七十四军却一直穿着草鞋。部队一天只吃两顿饭，一顿三两米，几乎没有副食，蔬菜很少很少，很难见到荤腥。营长说，机械化部队一天可以吃三顿饭，那还是蒋委员长下手谕特批的。他们不是机械化部队，只有一日两餐的命。

怪不得都说好男不当兵呢。那些兵的生活，秀才无法想象。老辈人说过，只有灾年才会那样狼狈，但葛家岭依山靠水，远离战火，已多年不知灾害为何物。谢天谢地。

秀才以此为据批评鬼子不识抬举。上来还是引经据典一大通，然后质问道："就这伙食你们还不满足，你们平常能吃什么？就算比国军强点，还能强到哪儿去？知足吧你！"

秀才没有想到，胡子的反驳劈头盖脸，势头更猛："你知道大日本皇军，哦不日军基本伙食的定量标准吗？我告诉你，平时定量是精米六百六十克、精麦二百一十克、鲜肉二百一十克、蔬菜六百克、泽庵六十克、酱油八十毫升、味增七十五克、盐五克、砂糖二十克、茶叶三克、清酒四百升或者甜食一百二十克。除此之外，还有香烟和卫生纸！"

简直就是单口相声，说得无比利落，彻底将秀才震蒙。日军的伙食供给如此丰富，完全超乎他的想象。有些东西他闻所未闻，比如泽庵与味增。但是又不能询问。正迟疑着呢，又受到第二波打击：

"那是平时定量。战时执行特殊定量，精米五百八十克、饼干或者压缩干粮二百三十克、罐头肉一百五十克或者干肉六十克、干菜一百二十克，梅干或福神渍四十五克、酱油粉三十克或者浓缩酱油四十克、味增粉三十克、营养食品四十五克，盐、砂糖、茶叶、清酒、甜食和香烟，跟平时定量一样。"

真是要命，又来了秀才闹不明白的梅干与福神渍。克这样的单位，也让他头晕。反驳都来自风箱，胡子只是翻译。当然，中间是否有私自夹带，秀才并不清楚。无论是谁的话，都让秀才愤怒、痛恨，更兼失落。他不能原谅自己的张口结舌。

"吃得再多再好，还不是掳掠中国的？就你们那巴掌大点儿的地方，能出产多少？你们处心积虑，侵略中国，还不就是为了抢劫？你混蛋，你无耻，你叫人恶心，你臭不要脸！"

怒气在鬼子和秀才之间，像乒乓球那样来回反弹。胡子表情复杂，但那四个鬼子全都怒目相向。好话歹话骂人话都不需要翻译，人人都懂。

秀才从不生气，从不失态。无论孩子们如何调皮，无论村里人如何看他的笑话。他深信事理通达心气平和，不必怒形于色。威不足则多怒，无故发怒只会自贬身价。因而他很为自己的生气而生气。生自己的气，更生鬼子的气。

无论如何，一定要挽回颜面。秀才挽回颜面的办法，是给鬼子上课。同时，还要缩减鬼子的饭食供应。要明确，他们是俘虏，而非客人。

# 八

如果不给鬼子上课，秀才简直要失业。

孩子们本来就不愿意受拘束，此刻教室被占，更如野马脱缰，四散无影。只有大头还按时前来。大头是最听话最认真的学生，秀才很想将他树为楷模，也给自己增光添彩，可惜不行。这位高足智商有问题。他的个子跟小辈差不多，但脑袋明显比人家大一号。因为身子瘦，那种反差就更加强烈。他脸上总是带着笑，眼神习惯于注视一个方向。若无呆笑，那表情就近乎老僧入定，而被呆笑的背景一衬托，立即成痴。秀才多次想将他赶走，但他每天都是风雨无阻地前来，很守纪律。让读书就读书，让写大仿就写大仿，从不讲价钱。很多时候，教室里只有他一个人，因别的孩子均已上天入地，四处撒野。秀才无可奈何，也只有接受这样的现实，面对明明知道他不懂的学生，高声诵读《礼记》或者《论语》。

如今虽然关了鬼子，可大头依旧前来。秀才给鬼子上课的灵感，其实有一多半来自大头浑浊的双眼。那时秀才气哼哼地质问他还来干吗，结果得到两个怯生生的字："念书。"

大头的双眼虽然无神，却也让秀才心里一激灵。他转身就将鬼子轰起来，包括病恹恹的风箱，以及伤势次重的夜叉。既然是上课，那就不能躺着，至少也得斜倚着。

风箱虽然可恶，但却有一样让秀才服气：非常注重仪表。即便斜倚起来，也要梳理头发，端端正正地戴好军帽。

四个鬼子，一个翻译，外加大头。秀才很满意自己的学生配置。这帮鬼子，也只配跟大头同学。送完一茬又一茬学生，大头好歹总算念过了《三字经》《百家姓》和《幼学琼林》，开始读《礼记》《论语》。虽然成绩不济，但却是葛家岭除了大清国和秀才之外，识字最多的人。因他先前的那些同窗，慢慢都将学会的字词重新交还给老师和山野。秀才哭笑不得，秀才无可奈何，秀才默然接受。眼下可好。这唯一的高足，终于派上用场。

胡子跟同伴们尤其是风箱叽咕一阵，随即提出抗议：上课可以，但不能跟大头一起。

秀才当然不予理睬。他看看没用，入目的除了鄙夷，更多的是无奈。没用满脸不快，秀才则满怀高兴。他要教训提醒鬼子的，主要是中日关系的历史渊源。一批批的遣唐使。鉴真东渡传播的文化。日本和尚来唐求法，圆仁回去才开创的真言宗；空海将中国茶叶带给天皇；等等。一句话，大化革新完全是我盛世大唐的盗版。

所谓授课，类乎呵斥，依靠翻译。起初胡子还挺配合，但很快就拒绝工作。秀才一拍戒尺："迄今为止，我们对你一直比较客气，因为你虽然一时犯错，有亏大节，但终究血脉相通！如若继续执迷不悟，我们首先就要代替国府，清理门户！"

胡子满脸苦笑。犹豫片刻，也只有从命。按下葫芦浮起瓢。胡子顺从了，没用又要抗拒。他叽里咕噜的鸟语秀才不懂，但能猜到。见他试图起身，秀才再度拍下戒尺："大胆！坐下！这是课堂，再不老实，打你板子！"

大头满脸惊慌，转身盯着没用，嘴张开成为空空的黑洞。负责守望的白眼和翘嘴立即带人进来，将没用摁了下去。

门窗跟前渐渐被挤满。大家不时会心一笑。他们发现，秀才发挥得比往常任何一次都要好，都更有状态。就像演员，今天真正入戏，捅破了最薄但是最紧要的那层窗户纸儿。因而无论谁笑出声，都会有人制止。

谁都不想破坏这台大戏。谁都无权破坏这台大戏。

课堂结束前十分钟，专门用于提问。而鬼子的反驳或曰讨论，秀才早已胸有成竹。他的目光扫射着胡子和没用，答案气势恢宏："你们的文字从哪儿来的？和尚吉备真备来唐求法，用汉字偏旁创造的平假名，是不是？吉备真备创造片假名，用的是不是汉字的行书体？你们推崇茶道，可是从茶种到茶叶，哪一样不源自中国？卢仝在中国唐代诗群中根本算不得什么，《七碗茶歌》也仅仅有点小技巧，竟然被你们捧上了天。少见多怪！下课！"

# 九

首次上课效果近乎完美。秀才感觉自己打了大胜仗。他根本没给鬼子辩解的机会。这倒不是耍赖，而是他确信鬼子就是中国种。微弱杂种长大之后不仅不反哺，反倒欺主。就是那句话，小人得志，犹如癞狗长毛，理当教训。再说学生就是学生，先生就是先生。先生不允许，哪有学生开口的道理。

观众尤其满意。他们仿佛是刚刚发现秀才的口才。过去只说他能穷白活儿，如今方才明白人家肚子里的确有货。日本鬼子厉害不厉害？秀才照样能对付；教授本事大不大？秀才一样能拿下。

观众开心，秀才高兴。很多人跟他打招呼，但都没有获得回应。他仰脸向天，恨不得鼻孔朝上喷气。上马击狂胡，下马草军书，无非如此嘛。

秀才谁都没理睬，甚至跟大清国都没打招呼，唯独把翘嘴喊到了一边。以往翘嘴不服气，可那天也只有屁颠屁颠地听令。秀才悄悄吩咐道："他们的晚饭全部减半。你们要小心看守。我琢磨着，头天夜里他们累，还没缓过劲儿。今天夜里肯定不会老实，十有八九要逃跑。"

翘嘴抬头看看天边："你放心，我有办法。你就等着看戏吧。"

秀才估计得没错。那天夜里，鬼子果然没有消停。葛家岭因而又看了一场大戏。

那是个无月之夜。翘嘴他们在祠堂门口几乎没做任何防备。虽留有人手，但个个蒙头大睡，鼾声如雷。出了祠堂，走过那棵巨大的榕树，再往前就是池塘。他们悄悄在道路上铺满新鲜的树枝，用黑乎乎的颜色遮蔽道路，同时将几条竹梯放入池塘，上覆干草。黑暗中搭眼一瞧，完全就是道路。

结果可以想见。鬼子扑通扑通掉进池塘，家家户户亮起灯光，众犬齐吠。旋即翘嘴他们提着马灯赶来，池塘周围灯火通明，就像上元节。热闹哄笑够了，方才将他们打捞上来。

经此耽搁，次日的上课时间有所推迟。对于鬼子昨夜的不老实，秀才一点都不生气，反倒颇为愉快。因它印证了自己的先见之明。在这种情绪的笼罩下，课堂上的他不那么剑拔弩张，结果大意失荆州。

交锋当然还在最后的提问。这一次鬼子持续纠缠，不肯立即放过，他呢，随口答应胡子，允许没用辩论。

辩论的焦点在于，日本究竟是不是中国的藩属国。

"日本不仅曾是中国的藩属国，连日本人都是中国种，都是徐福东渡带去的三千童男童女的后裔。至少三成人有中国血统。"

"哪有史实可以佐证？传说而已。时至今日，东渡的地点你们不是也没有确认吗？不是到处都在争论吗？"

"《史记》白纸黑字地记着呢，不容抵赖。"

"《史记》也并非信史，传说充斥其间！三皇五帝不说，宫廷阴谋私房话，司马迁怎么知道的？"

这话多少有点分量，秀才不觉一愣。因为心情好，他愿意再让三尺："《史记》的确有传说成分，但遣唐使的事实，你怎么说？平假名片假名，京都的建筑形制，你又怎么说？"

"我们的确派人来贵国学习过。但第二批使者的国书开头，是日出处天子致日没处天子；第三批使者的国书称谓，又是东天皇敬白西皇帝。我们跟贵国从来都是平等关系。忽必烈倒想把我们纳入朝贡系统，结果呢？两次进兵前夕，都遭遇神奇的大风，战舰全部沉没！"

"你们臣服于中国的历史，远在大唐之前。东汉时期你们来朝，光武帝刘秀赐予你们汉倭奴国的名分，同时颁赐金印一枚，《后汉书东夷传》上记载得清清楚楚明明白白。你只读过《新唐书》，没读过《后汉书》吧？"

"一七八四年出土于福冈的金印上，刻的是汉委奴国王，不是倭奴！"没用的音调低了许多。

"委字与倭字通假。通假字，懂吗？"

"日本学界对此并不认可。一七八四年，伪造这样一枚金印毫无困难。"

"一七八四年是我大清国乾隆四十九年，正值盛世，皇上南巡，会对你们感兴趣吗？若有伪造，那也一定是你们干的，你们想要攀附天朝！你仔细读读金印上的字。倭奴国！奴！"

秀才到底是秀才，伶牙俐齿刀子嘴，逐渐将没用击溃。没用气急败坏，只得使出撒手锏："奴仆家里出了宰相是荣耀，宰相家里出了奴仆则是耻辱。我国若的确曾是贵国的藩属国，如今几乎将贵国灭掉，这究竟是贵国的荣耀，还是贵国的耻辱？"

秀才愣了。面红耳赤，吭吭哧哧，却也说不出个究竟。旁边看热闹的你一言我一语地给秀才打气，但均非帮忙，而是添乱。秀才到底也没能将没用辩倒。这突如其来的打击本已足够沉重，更兼旁观者如此之多，其中还有大清国。

秀才决定，继续降低俘虏们的待遇。

## 十

起初把鬼子们关起来时，只是下了枪支弹药，未动个人物品。这也是秀才的意见。天朝大国嘛，礼仪之邦嘛，优待俘虏嘛。但如今他改变了想法。既然是倭奴国，奴，就应该执行奴的标准。

奴是什么标准？葛家岭虽然没有切身经验，但古书上画本上戏台上都有。无非吃不饱穿不暖，动辄得咎，非打即骂。别的且不说，吃不饱这一点，村民全面支持。照风箱这样式，八成活不了多久。

也就是说，村里人不可能轮一遍。张家供过饭，李家未供，凭什么？你说可以等待下次，那样可保彻底公平，可葛家岭几十年来，这事儿碰上过几回？

秀才很高兴村民的一呼百应。大家站在榕树下眼巴巴地看着他，连连点头。过去即便上课，也很难见到这种场面。那帮孩子不故意捣乱，就算是客气。大头倒是经常点头，可惜点的不是地方。

"那就各自回去嘛。今天的课已经上完。"秀才满怀自得。其实他很希望继续被村民簇拥，可惜刚才跟鬼子斗嘴已经耗尽心力。尤其是最后，他感觉自己吃了亏，没有赚回颜面。

"回去就该做饭。怎么个做法，你得领着大家伙，跟族长说说。"

秀才闻听心里一怔。多年以来，他几乎从未向族长提过建议。因为无此资历。说到底，他不姓葛。可是大清国呢？刚才明明也在窗外嘛。

大清国早已走掉。他很不喜欢那种感觉：秀才居高临下指点江山，他和众人仰承教诲马首是瞻。人群虽能淹没族长的身体，但却无法淹没族长的心思。他不断琢磨着秀才刚才的话。秀才屡次提到"大清国"。虽然挑不出毛病，但他总感觉那是嘲讽自己，而非嘲讽鬼子。

"你们觉得该请示族长，那是你们的事情。上回不是说过，可以不给吃饱，免得逃跑吗？"

村民们慢慢散去。现场只留下几个守卫。这固然是职责，但吸引他们的，还是职责之外的东西。秀才说过要搜鬼子的身，得叫他们配合，也是见证。虽然鬼子已经交给秀才负责，秀才有处分的权利，但搜出来的东西可不是他的。当兵的都穷，不大可能有什么金银财宝，但万一有呢？

翘嘴和白眼尤其积极。抓住鬼子的头功，他们早已安在自己头上，有好处自然要占个大头。除了腰间的水壶，鬼子还有个小背包，打开一看，里面的东西基本一样，外面写着日本字儿，谁都不认识。上次搜过，但不仔细。他们说是个人物品。秀才打开一个，确认不是武器，也就没再为难。那时大家都被他们随身携带的照片所吸引。日本女人还是挺漂亮的，像个好老婆好妈妈的样子。秀才看了沉吟不已。他老婆早已难产而死，延续香火无望。尽管生了儿子也只能姓葛，但终究是他的血脉。可惜。唯将终夜长开眼，以报平生未展眉。唉。

鬼子腰间还挂有佛像一般的东西，布制品。胡子说那叫千人缝，很多女人合作缝制的，挂在出征将士的腰间，可保平安。

相片千人缝之外，个人物品如今也要收缴。除了没用和风箱的手表，主要就是这种每人都有两袋的东西。一看就是配发的。手表大家都不在意。对他们来说，能吃进肚子穿在身上的，才有意义。葛家岭没有时间，只有日月。因而秀才忽略个性，只追究共性，逼问胡子此为何物。胡子跟风箱对对眼神，说是应急口粮，亦即食物。

秀才根本不信。他们刚进村子时个个都像饿狼，怎么可能带着口粮？胡子解释说，碰上战斗行动，日军都要随身携带六天的正常口粮，两天的应急口粮。应急口粮只用于应急。没有命令，饿死也不能动。

闻听是吃的，大家纷纷双眼闪光。前面不是说过，鬼子吃得很好吗？各种各样的东西，秀才都眼花缭乱，弄不明白吗？他们吃了村里好几天白饭，难道不该适当回报回报？

他们叽叽喳喳，秀才自顾不暇。他从风箱裹伤的绷带中搜出一样奇怪的东西，没用口袋里也有。黑色的，细长型。胡子说那是钢笔，写字的东西。秀才问道："笔为雅物，文房之宝，为啥藏着？"胡子道："不是藏，是要用它撑在那里，免得伤着骨头。"

绷带那里的确还有木棍儿，秀才也就没再发问。他握着钢笔，反复端详。风箱嘟囔几句，胡子便道："没见过吧？要是没见过，他说可以送给你，见识见识。"

秀才大怒，猛地掷还过去："我堂堂中国，什么没见过？要说写字，那还得用我们的毛笔！蒙恬发明的，你懂吗？法书名帖，只能用毛笔书写！"

其实那并非简单的钢笔，而是手枪。没用带着的才是真正的钢笔。可惜村民们都没见过，包括秀才。

原来风箱是这帮鬼子的头目。海军少尉。怪不得他在如此境地，还不忘仪表。头目嘛，配备必定不同。他身上还有个小东西，圆形，铁制品，有盖。打开盖子，下面是玻璃的东西，刻满一圈又一圈的数目字，秀才看不懂。胡子告诉他是指南针，可以指示方向。秀才想都没想，便随手扔下。对于他们来说，这东西半点用处都没有。山里人天生都会辨别方向。

"还不是我国的四大发明。你们也好意思用！"

大家争来抢去，秀才兴味索然。这帮伧夫，只知吃喝，不通大义。秀才对应急口粮并非毫无兴趣。但众人越猴急，他便只能越冷淡以对。他很喜欢那种萧疏篱畔科头坐、冷眼看他世上人的感觉。若无那种感觉支撑，这几十年可怎么过。他嘲笑地看着翘嘴道："你这嘴不仅能说，看来还能吃啊。"翘嘴抬眼看看秀才的表情，不好意思地递过一块饼干："你辛苦，尝尝吧。"

秀才傲然摇头，用白眼盯着吃得手忙脚乱的白眼，一言不发。

## 十一

担心有毒，先叫鬼子吃过。既然无碍，大家便都要尝尝。统共只有十袋，东一尝西一尝，全部拆了封，恨不得立即消灭。胡子没用他们在旁边看着，满脸奸笑，两眼鄙视。

秀才的眼白，令白眼如鲠在喉。他吃着吃着，突然回过神来：谁都能撇下，族长不能。万一叫他知道，那还有个好？他立即制止众人，然后带着压缩饼干前去交差领罪。大清国起初很是生气。后来尝尝味道，并不是什么了不起的佳肴，这才息怒。沉吟片刻，他徐徐说道："留下一份用于祭祖。剩余的，你们几个，连同供饭的分分。就这么点，也不是啥金贵东西，全村也分不过来。"

分配下去的不只是饼干，还有祸患。次日全村舆论突然转向。人人都嚷嚷着要杀掉鬼子。分到饼干的那几个主张尤其强烈。因为他们都吃了苦头：有些人连夜拉稀，有些人吃后不断喝水，险些撑死。

谁知道压缩饼干是这等德行？大家一致认为，那是鬼子设下的毒计，是成心陷害。

大清国有苦难言。他的宝贝孙子也未能幸免。

吃到的生气，没吃到的更加生气。以往村里可没有过这种事。大家同宗同族，和和气气，公平合理。如今他们几个一来，立即生出这等事端，不是祸水是什么？供过饭的毕竟只有几户，因而主张杀掉鬼子的占据压倒性多数：这种祸害留下干啥？吃得再少，终究也是浪费。靠神仙保佑列祖列宗庇护，葛家岭虽然不必挨饿，但也不能坐吃山空。

族长也有此意。他无法忘记昨日。秀才借机嘲讽他是大清国，这倒在其次。关键的是，村民们簇拥秀才的劲头，完全超过偶尔簇拥他这个族长。昨天没经过他，这几个人竟然就敢先动饼干。长此以往，葛家岭还是葛家岭吗？大清国还是大清国吗？中华民国，还就是没规矩。而说一千道一万，都是鬼子生的事。没有鬼子时，秀才只是秀才，类乎玩物；如今有了鬼子，他不再是玩物，突然成了人物。这还了得。

秀才有异议，大清国便直指他的命门："南京大屠杀，不都是你说的吗？他残杀我们三十万，我们杀他五个，有何不可！"

那就杀吧。

行刑自然不能指望秀才。翘嘴、白眼很高兴当了主角儿。还有大头的父亲。他是村里的兼职屠夫，绰号叫条子。在他眼中，所有的猪羊牛，无论胖瘦，都是成条的。无非胖条还是瘦条。他经常点点头，或者微微摇头：啊，那条子……相同的字句，因为表情语气的不同，而分出赞赏或者不满。似乎它们不是横站着的牲畜，而是竖立着待劈开的竹竿。

杀猪有报酬，杀人当然也得有报酬。这报酬就是他们的武器。那些快枪村民们其实并未看在眼里。没有用。在葛家岭，它们丝毫派不上用场。比起饼干，它们更是等而下之。因饼干虽不好吃，吃了不是胀肚子就是拉肚子，终归还能尝尝鲜。而那些强盗棍棒，连个烧火棍都不如。

勉强有点用处的，只能在翘嘴和白眼手里。他们担心别人拿去这玩意，真能像秀才吹得那样百发百中，那就没了他们的地位。对条子来说，也能派点用场。不是有刺刀嘛。那东西也许能用于杀猪？他不确定。枪管很长，铁是好铁。重新锻化，肯定能打把好刀。

杀猪在葛家岭都是节日。虽有条子主持，但把猪抓住并且抬上案板，至少需要四个壮劳力。经常追得人倒猪跳，孩子尖叫。杀猪尚且如此，何况杀人？大家都满怀憧憬，就像孩子憧憬过年。

不时有人这样询问他们：

"翘嘴，杀鬼子，你行吗？"

"我是干啥的，你不知道？"每当这时，翘嘴把嘴一撇，显得更加峭拔，上面挂满不以为然。

"白眼，你可别手软。这回你杀的，可都是真正的白眼狼！"

"手软？哼！"白眼鄙夷地翻翻眼白。

"条子，那几个，哪个好杀？"

"胡子和没用的条子最好。风箱和小辈，我是不要的。不成条子，不经刀——"

# 十二

杀人不是小事，当然要挑个黄道吉日。这些禁忌讲究，秀才最有发言权。他看看皇历，掐指算算："算日子不如撞日子。明天正好。"

最后的晚餐肯定不能马虎，总得叫人家吃饱。这一点大家没有异议，轮到谁都不敢怠慢。断头饭嘛。大家虽未经历过，但是听说过。戏台上传说里，无不如此。要是叫饿死鬼缠上，那可不是好玩的。

胡子连声告饶，声称都是中国人，他不是一时糊涂，而是被逼无奈。他要是不穿这身黄皮，那他的七十老母和七岁幼儿，都得遭殃。这话可谓恳切，奈何秀才已经无法掌控局面。再精彩的书，也赶不上最蹩脚的戏。说到底那是杀人。秀才嘴皮子再好，大家只是不听。

时辰已到，押赴刑场。小辈突然一声大叫，把大家吓了一跳。这叫声来得太过突然。一来还没到刑场，二来也没轮到他升天。秀才问道："他喊的啥，天皇万岁？"胡子苦笑道："什么天皇万岁。他喊的是，山城次郎十七岁！"

原来小辈名叫山城次郎。其兄山城一郎已经战死在菲律宾，十七岁的他眼看也要完蛋。秀才转身对大清国道："看来报上说得不错。太平洋战争之后，鬼子兵员质量急剧降低。你看，大学教授和学生，都来当了兵。"

大清国若有若无地唔了一下，聊为回应。啰唆！他心里说道。

已经说好，翘嘴先来，目标是没用。他端起鬼子的钢枪："凡动刀的，必死于刀下。我就用他们的武器，结果他们的性命。"

翘嘴的眼睛在众鬼子中扫来扫去。跟小辈一对视，小辈立即闭目，又喊了一嗓子。还是刚才那话。这声音似乎惹恼了翘嘴，并替他作出了选择。他端起枪，瞄准，大家立即屏住呼吸，现场一片寂静。翘嘴扣动扳机的声音旁边人听得清清楚楚，但却没见子弹射出；再试，还是如此。

枪竟然不响。

虽然未被射中，但小辈依旧反应强烈，像案板上的猪那样挣扎喧闹，不住地叫喊。这次叫喊的内容明显跟先前不同。见秀才听不明白，又用眼神提醒他敦促胡子翻译。

几经逼问，胡子终于译出实话：小辈是在向大家透露他们此来的真实目的。几天之前，一架日军飞机被国军击落，那上面有位海军大将。他们奉派前来，是要搜寻飞机残骸，找到大将的尸体。

鬼子因何会来到国军、共军和长毛都未曾来过的葛家岭，此前大家一直想不通。问来问去也没问出个所以然。如今终于真相大白。

大将是啥意思，村民们不懂，但秀才约略知道。大将嘛，大将军，卫青、霍去病那个档次的，绝对的要人。然而这个发现，依旧未能帮他夺回注意力与话语权。村民们更加关注的是，日军的钢枪因何不响。是枪不好，还是小辈命大？

都不是。

真实原因是翘嘴不会用。他根本没有打开保险。他胡乱地尝试着，枪突然开了火儿。子弹击落几片树叶，随即听见不远处有猪的惨叫。是大头家的。条子闻听立即脸色苍白。这头猪计划是过年杀的，眼下还不到时候。猪早死晚死两个月都好说，问题是这一枪下去，猪血可就算是祭奠了土地爷，这浪费了不得。

条子立即飞奔回去，身后拖着长长的尾巴。临走之前，他喊道：

"我的亲猪啊！翘嘴，真要打死了我的猪，你得连皮带毛地赔我！"片刻之后，他又跑回来，手中拎条猪尾巴，满脸庆幸的笑容："翘嘴，你真是好枪法，不瞄准就能一枪打断猪尾巴！猪不用你赔，但要赔我条野猪尾巴！"

翘嘴扫兴地将枪随手一丢："奶奶的，什么破烂玩意儿，好险坏掉我的一世英名！我只打野猪，可不杀猪！我是猎人，又不是屠夫。"

翘嘴决定还是用自己的家伙。弩。那样得心应手。他没再瞄准小辈，而是选择了风箱。这家伙的军帽和军服依旧洁白，除了绷带周围。天知道他是如何保持的。他离死最近，先杀掉他最合适不过。但是瞄来瞄去，大家并未看见预期之中的击发。他突然放下弩直起身子，决定退出。说一千道一万，鬼子是人，不是野猪。这种事还是交给屠夫比较合适。他不愿意再逞这个能。

大家不由自主地啊了一声。声音虽小，却也能汇成巨流。冲击着自己，也冲击着白眼。大清国问道："翘嘴不中用，你行不行？"

白眼深吸一口气："我行不行？哼！"

白眼没敢对大清国翻白眼。他的白眼盯着小辈，小辈又是一阵哀号。有人喊道："你别怕！白眼越盯着你，你越不用怕！他只翻白眼，不来真的！"

人群里一阵哄笑。

白眼的确没有瞄准小辈。他的目标是风箱。这家伙虽然仪表堂堂，但总有股傲气。那种傲气跟他小李广花荣的傲气，正好针尖对麦芒。先杀他，顺理成章。然而那种远非凶神恶煞的面目，在他眯起的眼睛中逐渐柔和，不断柔和，傲气慢慢幻化至无。他感觉手心开始出汗。汗水如泉，不断冲刷着他的自信。他似乎不敢确认弩会如期射中风箱，而不伤及其余。尽管村民们完全不在一个方向。

白眼无法继续，也决定放弃："猎人当然杀生。可我们从不选择，从不预定，碰上哪条野猪哪只狍子，只看天意，不看我们。我不干。我还是打猎去。"

在此之前，条子的刀一直在大拇指上刮来刮去，一副磨刀霍霍、跃跃欲试的架势。当白眼离开大清国的目光转来时，他停下了手中的动作。

"条子，就看你的了。我就知道他们两个是嘴把式。要说一刀见血，那还是得你。"

条子点点头不说话，捏着刀一闪一闪地朝鬼子走去。他像检阅猪群那样检阅着鬼子。离得最近的风箱，让他只有摇头。

"条子，动手啊。他官儿最大！"

"不经刀的东西，我可不碰。"条子的嘟囔似乎满怀自信，但后背已经出汗。

条子选来选去，最终却无法下手。仿佛在花丛之中挑花了眼。又仿佛这是群猪仔，都不到宰杀的季节。春生秋杀，四时之理，屠夫也是有讲究的呀。不到年关，不随便杀猪。

条子不再选择，转而眼巴巴地看着秀才。

"秀才，我这一刀要是下去，不就是刽子手了嘛。你从前讲过，刽子手要腰缠红布辟邪，头天夜里还要封刀祭奠；他们的鞋也要脱去，扔得远远的，免得鬼魂追人，对吧？"

刽子手的问题，具有强大的带入能力。村民们似乎全都陷入那种特定的氛围。刀斧手刽子手，可不是一般人能干得了的。讲究多一点，没错。

"早呢？你早干吗去了？"条子眼看着秀才，大清国很生气。

"我哪知道翘嘴和白眼下不了手？他们杀的生可比我多得多。我一年到头，能杀几口猪？再说，那两个还不成条，我不杀的。"

大清国瞪着条子，气得说不出话来。

"要不这样吧，明天叫人打把鬼头刀，夜里祭奠祭奠，我再下手。"

"何苦杀生！干吗不送给军队领赏？他们对国军有用啊。"胡子急急火火地对秀才喊道。

秀才看着胡子，大家看着秀才。秀才可没有深思熟虑。他以早已成竹在胸的语气，干脆地对条子一摆手："不！今天不杀，明天也不杀。"

# 十三

"为什么不杀？"大清国音调冰冷。

"他们能派更好的用场。卖给国军。"

国军早有赏格。击毙鬼子一人，赏洋多少；抓获鬼子一人，赏洋又是多少。告示不断。秀才不止一次地在村里说过，但大家都没在意。不但大家没在意，就连秀才自己也没放在心上。葛家岭也许能碰到鬼，但肯定碰不到鬼子。天知道眼前这是何等的机缘。

卖鬼子这个主意，秀才也是灵光一现。上次下山找报纸时，国军那个营长就跟他说过，部队大概要开战，不知攻击哪里，也难以预料战果。因为弟兄们实在太苦。肚子都填不饱，如何上阵杀敌？战后必须找俘虏报战果。有了战果，委员长才会派赏。他的赏不是大洋也不是官帽，而是军粮。他知道部队最缺什么。

翘嘴、白眼和条子受到的挫折，提醒了秀才。连同小辈的哀告。当然，最直接的灵感还是来自胡子。胡子说得对，翻译也算文化人。关键时刻，是比白丁脑子转得快。

"对国军有用，送给他们就是，卖啥卖？国难当头，还能跟国军做买卖？"

"别的东西都能送给国军，唯独鬼子不能。为啥？日本在汉朝就是倭奴国嘛。奴，想卖就卖，必须得卖！"秀才冷冷地看看胡子，又看看鬼子们。

杀鬼子还是卖鬼子，对于大清国而言一般大。只要鬼子能迅速从葛家岭消失就好。他们就像火把，将秀才照得格外亮堂。而那种热度，也有点让秀才忘乎所以。这哪儿能行。

毫无疑问，此事只能由秀才具体负责。条子长出一口气。他认为自己没有临阵退缩。他只是要求缓期，并未拒绝。这不应该影响自己的职业生涯。他悄悄道："秀才，过年我送你一条猪腿。"秀才说："路上你得小心点。远着呢。"

那时风箱已经无法走路，必须搭个担架，由鬼子抬着。夜叉也有伤，但能勉强行走，不会构成威胁。剩余一个正好轮流换手。当然，抬担架的要绑在担架上，不抬时手得上绑。到镇上至少要走两天，没几个人愿意受这份苦，因而帮手并不好找。翘嘴、白眼和条子要不是先前感觉亏欠了村民，肯定也不情愿。

鬼子的钢枪一条都没带。大清国下令，一把火烧掉。那是凶器，葛家岭用不着。本来秀才建议也带着，卖给国军，多少的也值两个钱，能多换点东西，但大清国不肯。

可不能事事都顺着秀才。绝对不能。再说天佑葛家岭，也不缺那三把韭菜两棵葱。

单论人数，咱们这边还少一个。但秀才并不这么看。在他眼里，胡子是中国人。同根同源，一时糊涂，只要能像周处那样痛改前非，可以原谅。至于那四个鬼子，风箱能不能顶到最后，本身就成问题。夜叉虽然相貌凶点，但也有伤；小辈只是个孩子，就他那熊样，根本不是盘菜。有点威胁的，也就是没用。秀才始终对他充满敌意。但敌意是一方面，动手能力是另一方面。教授的长处可不在于动手。梁山上的军师，何曾动过手？就说他秀才，不也向来秉承君子动口不动手的原则吗？而且包括胡子在内，这几个家伙全都疲惫不堪，非常虚弱。对他们，不用怕。只要把空余的那个绑好，必定万无一失。

# 十四

山路高高低低，崎岖难行。虽然牵有一匹小马，此时空着，但也没法骑乘。秀才跟鬼子一样，只能步行。上路之后，胡子便表现出十足的热情与友善，这让秀才很满意。这家伙还知道好歹，认活命之恩这壶酒钱，看来留着他没有留错。

他们上路很早，天刚刚亮。但一进入树林，立即从清晨回到傍晚。秀才当然不会消停，边走边跟胡子唠叨。胡子告诉他，也难怪国军打得不好。他们吃得实在太差。毫不夸张地说，日军中狗的伙食都比国军好。尽管秀才对此并不否认，但"狗"这个字眼依旧令他皱眉。胡子不等他开口，便补充道："军犬，军犬。日军正常服役的成年军犬，每天的食物标准，就有米一百五十克、麦二百五十克、白菜二百克、牛肉三百五十克、盐十克。有好几种不同的口粮搭配，但无论哪种口粮，不是牛肉三百五十克，就是沙丁鱼四百克。"

克这样的字眼依旧令秀才迷糊。胡子知道他的心思，诏笑道："咱们一斤十六两，他们是一斤五百克。三百五十克，十一两二钱。"

十一两二钱，差不多就一斤了嘛。还是牛肉！秀才越发生气，又数落胡子一通："这有什么了不起？你觉得这就是好事？我告诉你，忧劳可以兴国，逸豫可以亡身！天降大任于斯人，必先苦其心志，劳其筋骨，饿其体肤！国军再没饭吃，最后还是能把鬼子赶跑！河县清一，寰区大定，指日可待！"胡子笑着连连点头："那是那是。中国地大物博，幅员辽阔，日本当然打不过。哪边是东？"

胡子边说边看指南针。进入密林之中，看不见太阳，他们只能依靠这玩意儿。山里人辨别方向，自然要简单很多。比如看树叶的浓疏，年轮的圈数，等等。都行。

"你不是有指南针吗？何必问我？"

"这玩意儿一到这里便彻底失灵，要不然咱们也碰不见。"胡子一边说，一边看着担架里的风箱，眼神不乏怨望。

"你们用中国发明的东西侵略中国，能不失灵吗？中国风水硬，葛家岭风水更硬！你们趁早别瞎打主意！"

秀才本想随口告诉胡子方向，但转念一想又没有："有我们在，你不需要知道方向，老老实实跟着就行。你告诉他们，万一迷失方向，他们肯定是死路一条。进入深山老林，就你们几个，还不够狼虫虎豹塞牙缝儿的。"

幸亏秀才没告诉鬼子方向。他们要是校准了指南针，不再需要向导，事情必然会更坏。

抬着人，自然走得慢，不时得停下休息一会儿。第二次休息时，没用突然看着草丛，瞪起双眼。秀才顺着他们的目光看去，只见前面的树根旁边，有条蛇缓缓爬过。是毒蛇，剧毒，俗称烙铁头，比五步蛇还要毒，并不多见。秀才立即让胡子告诉鬼子们，不要乱动。毒蛇总是这样，越毒越不会主动攻击人。只要别惹它，它会自己走开。

然而没用不肯。他也不请示秀才，兀自解开手上连着担架的绑绳，眼睛闪着亮光，叽里咕噜着鸟语。

经过胡子传译，是这样的：

"真美呀！这么美的蛇，我走遍日本列岛，也从未见过。这必然是个未被发现的新品种。要是能把它带回去，等战争结束后深入研究，也不枉我受的这些苦。"

原来没用在大学里，就是专门研究爬行动物的。

没用起身找条树棍，缓缓朝蛇的方向摸去："不要紧，我有对付毒蛇的经验。"他一边说着,一边活动没拿树棍的左手,然后将树棍交到左手,再活动右手,跟了过去。看来他对此的确颇有心得。

报上说过,鬼子无论到了哪里,都要先开展资源调查。穷极中国物力,为其所用。不过呢,蛇这玩意儿,对秀才他们来说无所谓。天朝大国,赏他们一点两点,不值个啥。就像大海,给你一碗两碗你就能饱足,而我依旧是海量。

没用抓住了蛇,但也被蛇咬了手。他满怀遗憾地苦笑道:"太累,手脖子不够灵敏——真是遗憾,我不能为大日本帝国完成动物学上的这个发现——"

白眼张开弩,没用摇摇头:"让它走吧。打死它,也于事无补。"

蛇飞快地消失在树丛之中。翘嘴赶紧过来,用小刀在没用的伤口处画个深深的十字,使劲朝外挤血;白眼从身上撕下一道布条,紧紧缠住没用的肘关节。血刚开始流得很多,但带子一扎上,血量便明显降低。翘嘴俯身吸一口,飞快地吐掉,然后再飞快地吸一口吐掉。

这都不解决根本问题。没用的胳膊慢慢发青,像是刚从染缸里捞出来的。翘嘴这个荣誉称号则越发名副其实,嘴明显肿胀。他趴在泉水跟前反复漱口,半天才躺下:"幸亏我嘴里没有破口。要不然——他奶奶的,我这是干啥,他们是鬼子!谁付我报酬?"

没用很快便开始发烧,浑身哆嗦抽搐。若是撇在这里,只有死路一条。怎么办?秀才决定赶紧回去。村里的土医生,或许有办法。毕竟他要做的是卖鬼子,并非杀鬼子。

翘嘴随身带有一只信鸽,可以先行报信,让村里提前准备。他在鸽子腿上缠道小布条,上面画好蛇的图样,随即将鸽子放飞。

鸽子可以扑棱棱地飞翔,他们却只能一步步地行走,而回头路尤其累人。没走多远,没用便不能坚持。他详细记下蛇的特征,画好图像，然后计算时间和自己的心跳，说是要请胡子把这份资料留下，将来带回日本，用于科学研究。

他晃晃钢笔和手表，对秀才连连点头："谢谢你们，还给我留下了这个。"

没用肯定是不能再走。喘气越猛，毒素传导得越快。只能让他骑马。但是受地形限制，走着走着又得下来。最便捷的办法，只能是扎个担架，让人抬着。

谁抬？夜叉自顾不暇，小辈和胡子抬着风箱，只能劳动押送者。翘嘴首先拒绝："凭什么？我嘴上挂条绳子，差不多就能把他吊住。我可不出那力。"

白眼看着翘嘴："抬，可以。但他得给我工钱。手表和钢笔在山下能值俩钱吗？"

"值钱，很值钱！你就抬吧。钢笔和手表，你们两个抓阄分！"

遗物是不能随便要的。这些东西只能让没用活着时亲口分配。他同意将钢笔和手表分赠二人。翘嘴道："那我呢？我的嘴还肿着呀。"没用说："我浑身上下还有什么你喜欢的，尽管开口。"翘嘴摇摇头叹口气："你这浑身上下还有个啥呢？我看你这军鞋不错，大小也合适。穿着爬山打猎，正好。"没用点点头，立即叫人脱下，让翘嘴吊在肩上，然后大家上路。

快到村子时，没用彻底断气。脸上一片乌青，无比瘆人。右胳膊黢黑一团，像过火的木棍。死人当然不能进村，何况鬼子。风箱征得秀才同意，在村外的下风口将他焚化，以便带回骨灰。

# 十五

经此耽搁，风箱和夜叉的伤势越发严重。因而次日一早，他们便再度上路。翘嘴不肯继续同行，理由是受了蛇毒，仅同意将他从不离身的信鸽交给大家使用，作为安全措施。秀才掂量掂量局面，也就点了头。把没用抬回来的白眼和条子，分得了钢笔和手表，无法推辞这次出行。这玩意儿在村里一钱不值，只能下山变卖，换回稀罕物件。

树木遮天，山势入云，羊肠小道仅容一人通行。虽说有路，但还是得经常低头弯腰闪避枝叶。那上面不知道有什么样的虫蛇攀附。教授已去，秀才腰板挺直了许多。他越发感觉胡子忠信可托。因他竟然能谈阳明心学。

"你竟然读过《传习录》！怎么不早说？"

"书我多少读过一些。但最喜欢《韩非子》和《传习录》。这都不是老师在课堂上教的。只是如今失身事贼，哪好意思提及先哲。"

"你能有此认识甚好。然而知行合一，有知还必须行出来，方可豹变。金盆洗手痛改前非，时机就在眼前。鬼子不少，山高林密，你可要帮我留心，免得他们中途逃亡。只要能顺利送到镇上的国军驻地，我一定为你请功。"

秀才的确有点担心鬼子逃亡。他们随便钻进哪个角落，都不好找。但喜欢《韩非子》和《传习录》的胡子给他吃了定心丸。胡子告诉他，绝对不会有那种事。首先大家更愿意下山，战俘身份更有生命保障；其次，风箱无法行动，而他们绝不会抛下长官。没用虽为教授，此时的身份却只是个一等兵。一等兵的骨灰都要带回去，何况受伤的少尉？

秀才彻底放心。鬼子的这种做法，也让他由衷赞赏。他顺势大谈治军之道名将之风。比如李牧，比如吴起。军井未掘，将不言渴；军幕未办，将不言倦；军灶未炊，将不言饥。冬不服裘，夏不操扇，雨不张盖，是谓将礼。等等。

胡子突然对秀才也有了好感。他脱口而出道："日军中就缺少你这样的人才。你要是过去，他们肯定欢迎重用。"

欢迎重用，秀才当然高兴。在葛家岭，他从未体味到被重用的感觉。再说长点，他此生也从未体味到那种被需要的、被人离不开的感觉。虚负凌云万丈才，一生襟抱未曾开，他感觉这诗写的不是李商隐，而是他自己。他很清楚，小镇与葛家岭就像担子的两头，平衡着他的人生。若无山外的世界，在葛家岭他狗屁不是。因而无论何时何地受到欢迎重用，他总是高兴的。

但转念一想，对方是日军，那就完全不同："你啥意思？你替他们招降纳叛？你记住，我绝对不会认贼作父！"胡子满脸尴尬："你别误会。我不是那意思。我想说的只是你的确有一套，博学多才。若在外面，定有大用，可惜远在深山无人识。"

秀才叹口气，但马上又说道："味无味处求吾乐，材不材间过此生。我这样不是挺好的吗？也可以自谓羲皇上人。用舍由时，行藏在我，无拘无束。倒是你，赶紧得找个正经事由，效忠国家。"

胡子的脸色慢慢沉了下来。

# 十六

看起来夜叉的伤势比风箱轻，但谁也想不到，他竟死在风箱前头。

秀才跟胡子聊得正投缘，夜叉的状况忽然急转直下，倒地不起。过去摸摸额头，高烧烫人。没有办法，只好先打尖休息。反正日已近午。

行走半日，大家都累得够呛，横七竖八地躺下，便不想起身。休息片刻，大家开始准备午饭，只有夜叉和风箱依旧躺着。简单吃饱肚子，看看夜叉的惨相，秀才没有忍心立即赶他起来。他准备搭个简易担架。一头悬在马身上，另外一头轮流抬着。担架还没弄好，便听见鬼子们咋咋呼呼。跑过去一看，夜叉正在回光返照。红光满面，双眼有神，指手画脚，口若悬河。胡子与小辈在旁边竭力安抚。没过多久，他逐渐安静下来。

胡子与小辈借用条子的刀，切下夜叉的一根手指，准备择机带回日本归葬。这里没有架火焚化的条件。拾掇好夜叉的遗物，简单将之掩埋，大家继续上路。

夜叉的死似乎并未影响大家的情绪。胡子与小辈抬着风箱，累得像狗熊一般，很难看出表情。对于白眼与条子，当然更是无所谓。这样死在敌国，让人如何同情？秀才倒是有点遗憾。统共四个鬼子，已经去掉一半，怎对得起他的劳累。

当天夜里，依旧栖身于熟悉的山洞。饭食随身带着，也有火种。中午吃得简单，晚上时间充裕，自然要吃点热乎的。相形之下，日军的饭盒比他们的瓦罐要好用得多。结实轻便，加热更快。这玩意儿条子用不着，但白眼有用。他们打猎，经常钻山入林，在山上热饭是少不了的。

米饭煮好，各自开吃。日军携带的味增粉，上次搜身大家都没要，如今煮好饭菜，胡子跟风箱朝里面浇一点，搅拌搅拌，便开始有滋有味地吃，一边吃还一边闲谈，说是像妈妈做的味道。这话引起了秀才他们的注意。白眼更是盯着他们的饭盒不放。

胡子看看白眼："要点味增吗？味道很好的。"白眼翻翻白眼："我不是孩子，也不是乞丐。"胡子笑道："我们在村里也吃了你们不少。"白眼道："你们的饭盒倒是挺方便。"胡子道："等把他们卖给国军，这些可以都给你。"白眼不好意思地搓搓手："这可是你给的啊。不是我要的。"

胡子跟风箱对对眼神，又问条子："来点尝尝？味道确实不错。"

要是在葛家岭，大家未必会对这玩意儿感兴趣。尤其是在应急口粮风波之后。但此时此刻此情此景，饭菜未免潦草。秀才首先点头，胡子立即倒了点儿给他；秀才搅拌搅拌，先尝一小口，感觉不错，便大吃起来。风箱跟小辈咕哝两句，小辈立即过去接过风箱的味增，递到白眼和条子跟前："我的味增已经吃完。太君胃口不好，用不着这么多。"

秀才跟条子吃得热火朝天，但白眼却没有接下。一来饭盒在望，有助于抵御诱惑；二来上回因为吃他们的应急口粮而遭遇秀才的白眼，他一直感觉自尊受伤。能以这样的方式回敬秀才一下，他觉得值。

白眼冲秀才翻翻白眼："嗟来之食，没噎着你吧？"

秀才擦擦额头的汗："食，色，性也。我这是受邀，你们上回那是放抢。"

那天的晚饭格外香。气氛也格外好。仿佛味增不仅仅是饭菜的调味剂，还是感情的催化剂。秀才简直不好意思设防。似乎对手并非鬼子，而是客人。这就是一口锅里搅勺子的力量。秀才边吃边白活儿，吃完还白活儿。不知怎么就扯到了阴阳五行和手相面相。他自称会算命。小辈闻听两眼闪光，立即央求给他算上一卦。秀才瞥他一眼："你呀，麻烦。就是十七岁的阳寿。这不是别人定的，是你自己定的。你不是接连喊过两回吗？"

白眼吃得没滋没味，更需要点东西调剂，也想请秀才给打上一卦，看看有无得儿的命。他现在还没有儿子，一直为此焦心。秀才沉吟片刻："你不会绝后，但你那儿子命硬。你明年能得子，但你今年就有大难。"

"你怎么现世报呢？我不过随口说你一句，值得你这样恶毒地诅咒？"

"兹事体大，能乱说吗？不过我有办法禳解，只要你老老实实听我的。"

"怎么禳解？"

"回去你先给我弄只野鸡尝尝再说。"

大家闻听皆笑。他们高兴，鬼子也放松，小辈甚至唱起了歌。歌声起初欢快无比，但慢慢就变得悲凉起来，如同暮春时节，樱花如雨般飘落。那种悲凉丝丝入肺腑，让人突然感觉到了山洞之中的寒气。

打破这种友善气氛当然需要格外的力量。秀才想来想去，还是按照先前的预想，将鬼子的手脚全部上绑，但没有呵斥他们，只是悄悄交代白眼和条子外紧内松，留个心眼。

# 十七

人间的温度难敌山里的寒气。愉快总是来去匆匆。当天夜里大家都睡得很好，秀才起身之后，发现白眼和条子竟然都在梦中。他浑身一惊，本能地先看鬼子，见他们一切正常，这才吆喝二人。他招呼两声，白眼翻翻白眼打了个呵欠，但条子依旧安如泰山。秀才见了越发来气。说好三人轮班看守，他们两个竟然全都睡去，还要命不要？他起身过去踹了一脚，条子竟然毫无反应。俯身探看，原来他已死去，浑身发凉。

秀才大惊失色。可条子没有外伤，也无中毒迹象。再问白眼，说是四更天跟他交班时还好好的，委实蹊跷。

秀才一边问话，脑子一边飞速地转圈。他很清楚，问题一定出在他们吃的味增上面。只是此刻力量对比已经处于劣势，千里送京娘几乎成了单刀赴会，马前还折了关平，只有周仓伴驾，岂能造次。

秀才带着白眼，分持腰刀弓弩，逼问鬼子原委，而他们全都满脸无辜。胡子道："味增你也吃过，不是没事吗？"秀才道："我吃的是你的，他吃的是风箱的。"胡子翻译过去，风箱面无表情："我的我也吃过。你若不信，早饭时我再吃点给你看看。"

这种逼问当然没有结果。捉贼捉赃，捉奸捉双。没有证据，你能怎么办？秀才把胡子拉到旁边，故作威严地审视道："是不是鬼子做了手脚？你是中国人，要说实话！"

胡子的表情比山里的空气还要纯洁："这我真不知道！我也奇怪呢，没有中毒的症状，也没听见毒性发作的动静，又没有外伤。"

秀才拍拍胡子的肩膀："老弟，这时候你可千万要想好。虽然有两个鬼子，但山下都是国军。他们跑不掉的。知行合一，切勿忘记。"

胡子连连点头："我错过一次，不能再错第二次。他们应该不会轻举妄动。只有找到国军确认战俘身份，大家才能活命。尤其是风箱。我跟你说句实话。他是海军派来的，负责指挥这次行动。他是少尉，这支陆军部队的指挥官也是少尉，年资都超过他，却还要听他的指挥，因而大家都不高兴。此人刚愎自用，只相信指南针。我们提醒他，一〇六师团在万家岭战败，原因之一就是因为地磁影响，指南针失灵。战例已经通报，但他依旧不肯信任陆军。如果不是他，也不会遭遇国军埋伏，死掉那么多人，直到现在。"

胡子口中所谓的陆军少尉，其实就是他自己。他的确讨厌风箱。恨他始终穿着洁白的军服，更恨他的傲慢自负。好像比陆军长一辈儿似的。他的年资全面超过风箱，然而这次秘密行动情况特殊：海军大将随身携带有绝密情报，因而上头非常重视，派出三支小分队在可能的方向上同时展开搜寻，都由海军情报部门的特工负责，陆军分队配属给他。归他指挥倒也无妨，只要帝国和天皇的圣战事业需要；问题在于，这家伙根本不懂军事，完全是瞎指挥。

秀才跟白眼商量了一阵，决定暂不深究情由，先找到国军再说，回头再来驮运条子的尸首。一则这里离镇上更近；二则就此跟鬼子摊牌，他毫无把握。

胡子闻听也松了口气。此时可不能撕破面皮。他需要方向。他赶紧捡来树枝将条子草草遮盖起来，准备做饭。秀才道："突然死了个壮年人，不能这样不明不白。我得通知村里人过来收尸。"

胡子一怔。但略一思忖，并未阻止。秀才兀自用钢笔在纸上画出一匹匹的布，一担担的粮食，然后绑在鸽子腿上，顺手将它放飞："要说只是收尸，翘嘴只怕不愿来。"

要走远路，还是得先吃饭。秀才盯着风箱，风箱若无其事地掺入味增，然后进食。秀才让他多倒点，风箱不肯："我口味淡。"秀才脸色一沉："倒进去！全部！"风箱起初不肯就范。让秀才很感动的是，此时胡子真正表现出深明大义的样子，站在秀才一边，坚决回击，终将风箱的气焰震住。

风箱吃掉了自己全部的味增，但动作沉稳，表情安闲，并无惊慌。

# 十八

饭毕再度上路。风箱的伤势显见得越来越重。走着走着，额头大汗淋漓，看起来比抬担架的还要累。起初秀才怀疑是味增中的毒药发作，但是转念再想，条子身上并无出汗迹象。他上前试试体温，果然也是高烧。

风箱浑身发抖，牙关紧咬，看来是在竭力忍住疼痛，不想叫出声来。

还真是条汉子。能撑到现在。秀才心想。

走了大约一个时辰，还不到午饭时间，风箱突然要求休息。秀才抬头看看太阳，回头看看风箱，没有立即点头。这一带都是高峻的山崖，道路狭窄，不适合停留。又走了几百米，来到一处靠近山泉又相对宽敞的地方，队伍方才停下。

大家喝点泉水，纷纷靠山坐下，偏偏风箱要站起来。他跟胡子不停地嘀咕，虽然音调不高，但从表情上看，是在吵架。当时秀才并不清楚他们争吵的内容，直到最后关头，胡子方才揭秘。争论不为别的，还是风箱盲目相信指南针以及自己的判断，不肯接受胡子的意见。结果三十多人的队伍，如今只剩三个。

"你一味固执，导致如今的结果，难道不羞愧吗？"

"我很遗憾。我会为自己的行为负责。可惜军刀不在身边，我无法切腹，维护海军军官的荣誉。"

"……"

"你放心，我会给你手下的士兵一个交代。"

"很抱歉，我恐怕没法把你的尸骨带回日本。"

"你把我的钢笔带回去吧。还有犯错的指南针。从中途岛到塞班岛，那么多海军将士殉国，几人的尸骨能回到日本？"

胡子接过风箱的钢笔手枪，默默退后。风箱挣扎着起来，掸掸衣裤，戴好军帽。他动作困难，但胡子与小辈只是本能地抬手，并不上前帮忙。

风箱拿出饭盒，冲白眼招招手。

白眼白他一眼，问胡子道："他什么意思？"

"他说请你过去，他要告诉你日军饭盒的一个妙用。你还不知道的。"

"妙用？什么妙用？你们可真是能吹。"

"我哪儿知道？海军都是一帮疯子。要不是他，我们怎么会如此狼狈？"胡子表情困惑，微微摇头。

白眼嘟囔着走了过去。风箱的身子微微发抖，好似风中的树叶。村里人垂垂老矣之后，经常会这样。白眼丝毫没有在意。他刚刚接过饭盒，风箱突然抱住他，高喊天皇万岁，纵身跳下了悬崖。

这动作如此迅速，等秀才跑过去，只有白眼的哀号还拖拉在耳边回旋，他们的身影已像落石般不断缩小，随即三翻两滚，彻底消失。

秀才来不及感慨悲愤，跑回去操起白眼的弩，便对准胡子与小辈。他颇为慌张，左瞄瞄右瞄瞄，却不知道到底应该瞄准谁。正在此时，手中的腰刀又跌落于地，砸在石头上，发出钝响。

还好，胡子与小辈都还绑在担架上。

胡子苦笑道："又不是我们干的，你对准我们有啥用呢？我告诉过你，海军都是一帮疯子。我可不会像他那样。好死不如赖活着。他也是知道自己活不长，临死想拉个垫背的。"

"你为啥不提醒我？你们早就商量好的吧？"

"刚才的表情，是商量还是争论，你看不出来吗？我的确是在责怪他没有切腹自杀谢罪，给死去的士兵们一个交代。但我没想到，他没了军刀还能这样跳崖，并且要拉着白眼。"

"我知道他为啥要害死白眼而留下我。无非因为我是读书人，手无缚鸡之力，好对付。"

"这倒真的不是。他只是特别讨厌白眼。我也是。他老拿白眼翻人，好像高人一等。"

秀才慢慢放下了弩。这话说到了他的心里。说实话，他也不喜欢白眼这一套。阮籍阮步兵文才高妙，以青白眼看人；白眼区区一伧夫，哪有这等资格？

# 十九

秀才的脑子高速运转。他竭力自持，镇定自若地带他们继续前行。此时绝对不能示弱，绝对不能流露出怯懦和恐惧，否则马上就得完蛋。泰山崩于前而色不变，那不是风度，而是自保。胡子究竟跟他是不是一心，他没有把握。他底牌不硬，因而不能摊牌。于是他继续跟胡子白活儿，一个劲地云山雾罩。他牵着马走到前边，鬼子只要愿意，随时可以袭击。是死是活，完全授人以柄。他判断，只要上午半天鬼子不动手，那就可以证明胡子的确已经归正，可以信任。

日头近午，打尖休息。还是生火做饭那一套，最后又是味增。秀才早已想好对策。如果胡子递来，那他一定接住吃下。此时此刻，丝毫不能犹豫。信任是可以相互激励的。希望能以自己的信任博得他的信任。当然，这是个冒险。如果不成，也只好自认倒霉。诸葛亮七擒七纵，玩的不就是这一套吗？希望胡子不仅仅喜欢《传习录》，也真正努力地"致良知"。

还好，味增吃下去，依旧像昨晚一样香，毫无不良反应。秀才慢慢松了口气。

此时他的注意力主要在胡子身上。至于小辈，那还是个孩子。而且翘嘴行刑时竟然不会开保险，这恐怕不是意外事件或者偶然，而是他吉人天相的佐证。这孩子应该不是敌人。也不能视为敌人。既然人家正在走运，贸然为敌，岂不是自讨苦吃？

胡子也在动心思。

他的确希望风箱赶紧死掉。这并非因为海军与陆军的矛盾。大将之间的矛盾，与少尉何干。他的确讨厌风箱身上海军军官的自傲与自负，但那种讨厌不足以扳动杀机。尤其是在敌国的土地上。他宁愿风箱死掉，一来是对阵亡部下的交代，二来是为保密。风箱是情报部门的特工，所以才有钢笔手枪，以及那种让心脏麻痹、悄然死去的毒药。他必定知道很多情报。这样的人若被俘虏，肯定不利于圣战。

眼下秀才还有大用，那就是辨别方向。虽有指南针在手，但是否已经走出不正常的地磁区域，他可不敢确定。地图已被村民收缴，此时应该在秀才身上。即便能要过来看看，也未必有用。秀才说过的那个有驻军的小镇，他记得清清楚楚，地图上没有。这些五万分之一的地图，都是民国初年绘制的。那时日本人活跃于中国，无孔不入，比如给各地军阀当顾问，可以随意刺探军事情报兵要地志。二十多年过去，有点变化，也算正常。

秀才肯吃味增，胡子便也能暂且放心。走到现在，他对秀才不知不觉也有了几分好感。这家伙不仅仅是话痨儿，的确算得上学富五车。只可惜时运不济，屈身山野，被迫沦为隐士。

胡子也让秀才为自己看相。不算别的，只算寿命。秀才沉吟良久，方才说话："从面相上看，你能活到六十。但你这一辈子不能成事。因你是个美人肩，能惹事，可不能担事，自然也就成不了事。"

"何谓美人肩？"

"铁肩担道义你难道不懂？肩膀如铁平直厚实，才能担事。你肩膀下溜，百事无成。"

"哈哈，兵荒马乱的，还要成啥事？能保住命就好！"

# 二十

抬着人走得当然更慢。原本两天的行程，现在看来恐怕不行，至少得多走一天。山路丝毫不能摸黑。慢说他们没法打灯笼举火把，即便能，就他们三个残兵败将，也不敢。

先前抬风箱时，两人的手都绑在担架上。吃饭时，绳索自然要解开。再度上路之前，胡子建议，他们两个每次只绑一个。如果不放心，就把他绑起来，留下小辈。道理很简单，手上老绑着，血脉流通不畅，难受。

诸葛亮能七擒七纵，吴秀才怎么不能网开一面？准奏！

双手能自由活动的小辈走在后面，刚开始还没什么，但越走秀才越感觉芒刺在背。所谓后顾之忧，他总算明白了这个字眼的深切含义。然而再度上绑是不可能的。他开不了口。没有那种语言环境。也缺乏突然打破平衡的外力。

　　没有别的办法，只有忍耐和等待。

　　秀才慢慢明白过来。他对力量对比有了最终的认识。胡子究竟同心还是异志，这个不能问，更不能指望。以一己之力，对付两个鬼子，无异于找死。眼下最如意的结果，是鬼子自动逃走。当然，这话他不能跟鬼子明说。明说露怯，难免会祸及自身。

　　休息时，秀才借口喂马，悄悄隐去，打算溜走。可他刚走出去不到一箭之地，小辈已经大呼小叫地跟来。秀才跟他言语不通，便打着手势，借口要给马吃点新鲜草，然后又若无其事地回来。

　　秀才虽然还在白活儿，但脑子里一直没有停止过琢磨。他想，事情一定出在马身上。自己的背包也在上面。鬼子的地图和其他物品都在。如果自己净身出走，连马都不牵，他们一定乐得彼此两安。于是安歇之后，他再度悄悄起身，准备开溜，但依旧未能成功。这次跟上来的是胡子。他焦急地说："你是不是打算溜走？你可千万别！虽然只剩下小辈，也得交给国军！飞机上有大将，这消息很重要！"

　　秀才解开裤带，作势欲蹲："我往哪儿跑？这是我们的国家！你赶紧回去，看住小辈。当然，你要是不怕臭，在这儿待着，陪我说说话，更好。"

　　看来溜是溜不掉的。秀才心想，他们一定是担心迷路。故而次日上路之后，他主动问胡子是否懂得如何辨别方向。胡子连连摇头。秀才道："树墩南面的年轮稀疏，北边的茂密；独立的大树南面枝叶茂盛，树皮光滑，北面枝叶稀疏，树皮粗糙，地面相对潮湿，而且多生青苔；庙宇或者房屋一般都面南背北。你是东北人，东北不也有森林吗？"

胡子道："可我不是山里人啊。我也没进过大山。"说着话又抬头看看四周，"你说的那些没用。这里人迹罕至，哪有树墩？哪有独立的大树？要是能找到庙宇房屋，鬼子们肯定也不会迷路。"

秀才好险没闭过气去。

片刻之后，树木稍稀，胡子抬头看天，又问秀才方向。秀才将正确的方向指示给他，并且让他拿出指南针校对。胡子打开一看，方向完全吻合。秀才道："这就对了。咱们很快就要走出树林。"胡子飞快地一笑："那就好。一定要把他们交给国军。击落日军飞机，这里的国军未必知道。即便知道，也未必知道上面有大人物，身边必然带有很多机密资料。"

胡子说话的声音很大，或曰很正常。如果他是附耳上来，故作神秘，秀才或许还会怀疑，但却没有。秀才清清嗓子，暗骂自己没有慎独，险些酿成大错。既然胡子的确是真心归正，那就一定要成全他。

秀才无论如何也想不到，他表现得越坦诚，胡子就越不敢相信。方位问题便是如此。《三国演义》他也看过的。诸葛亮诡计多端，他也是知道的。他很清楚对秀才不能来硬的。首先，葛家岭从未见识过皇军的厉害，所以村民们根本没有怕皇军的意识；其次，秀才多少见过点世面，读了不少书，鬼点子多。不到万不得已，就不能硬来。

"秀才，镇子是在葛家岭北边吧？"胡子决定再放一个试探的气球。

"是啊。"

"咱们现在的方向呢？"

"暂时向南，得绕过这座山。除非你能像邓艾奇袭阴平那样，用毛毡裹着从山上滚下去。"

胡子暗中看看指南针，果然是向北。

"不用偷偷看你的指南针。明人不做暗事，我说向北就是向北。"

胡子心里一震。这家伙，还真是有点道行呢。他感觉有点吃不透秀才。越是这样，越要小心。真真假假，假假真真。假亦为真，真亦为假。

# 二十一

秀才坦诚相告，其实也是情非得已。下面有段路，要过一个山口。那里长着成排的松树，枝叶全朝一个方向生长。自然，那是阳光吸引的结果。一旦走过那里，方向便无法保密。还不如实话实说。

看到这片单向生长的松林，胡子立即起了歹心。

严格地说，歹心是小辈先起的。胡子只是心思活跃，内心犹在矛盾，并未真动杀机。身为军人，滥杀平民有违职业操守，并不荣耀，更何况秀才还跟他谈了一路的历史文化、《传习录》以及知行合一。

杀人需要愤怒，愤怒多数情况下都源于误会隔膜。眼下他跟秀才虽非朋友，但已熟悉。读书人，腐儒，只有知而没有行，的确谈不上多高的境界，但终究还是在传承文化。以前他们总是说中国的道统已断，因为两次被异族统治。现在看来，此说未免绝对。藕断丝连，何况朝夕沉浸其间的文化传统？

然而小辈的感受完全不同。他印象中的秀才只有絮烦。眼下二比一，即将走出丛林，杀掉他再设法归队，天经地义。

胡子跟小辈不断嘀咕。因为听不懂，秀才感觉脊背发凉。他问胡子叽咕什么，胡子笑道："我在跟他讲《传习录》。很多日本人都读过学过阳明心学，这家伙是北海道的农民出身，文化程度低。"

秀才一听来了劲，立即开始演说："中国文化博大精深，他喜欢，说明他还有救！"他演说了一阵子，胡子假意翻译，借机跟小辈商量细节。

如何操作呢？秀才带着条子的腰刀，以及白眼的弩，而胡子跟小辈几乎是手无寸铁。钢笔手枪当然可以发挥作用，但风箱交代过，只有一枚子弹，射程也很有限。这是战略预备队，轻易用不得。

小辈有主意。他决定动用钢盔。南方山中树木茂密，很难找到大片的石头，但小石头还是有的。悄悄收集石块塞满钢盔，再借口热脱下外衣裹住，便是天然的武器。

胡子看看自己绑着的手，沉吟道："我不喜欢背后突袭。尤其是针对平民。"

"请让我来吧。拜托！"

胡子沉着脸点点头，然后冲秀才笑笑。

小辈悄悄准备好武器，正要动手，又被胡子阻止："先不要着急。等会儿再说。"

# 二十二

胡子在准备，秀才也在准备。秀才准备的还是心理战、空城计。

出山的最后是一段古栈道，汉唐以来的驿路。木头铺就的路面可谓平坦，但是狭窄。年久失修，很多地方都开着口。有一段拐弯尤其险峻：几乎只剩下两块木板，晃晃悠悠的。每次走到这里，秀才都要将小马的眼睛蒙住，免得它不敢下蹄。

秀才告诉胡子，这里的险是明面上的险，还不是真险。再朝前有一段，那才是真险。险就险在它表面上坚固无比。而事实上，靠近山体的那几块木板被滚下来的石头砸过多次，已经开裂，但裂缝经过雨雪风霜与尘土，并不明显。下面的横梁也断了一根。

秀才提醒胡子要格外小心。说是先前他曾经走过，一阵晃悠，好险没掉下去。如今又过了几年，只怕更加不堪。说完随即牵着小马，小心翼翼地尽量靠近外边转了过去。

从胡子的角度看，秀才简直就像牵着白龙马的八戒，完全悬在空中。秀才接连说了好几次真话，应该来次假的才对。胡子看看前面，同样的乌黑平整，并无异常。他略一思忖，决定不听秀才的，让小辈先试探试探，若无异常，就靠近里边走，转过这道弯就下手。这事儿只能让小辈完成。成功算是他赎罪，失败他正好当替罪羊。这样的人不但给皇军丢脸，万一交到中国军队手中，也必然是竹筒倒豆子，全部交代。尽管他所知甚少，但飞机上有位大将的消息，他还是宁愿尽量对中国军队保密。

小辈一步一晃悠，走着走着自然就靠在山体之上，将那当成了拐杖。当然，他一直在试探。试探了好几步都没有问题，慢慢就变得自信起来，步子逐渐加快，准备上去行凶。正在此时，木板突然一阵晃悠；他本能地加快脚步想要闯过去，结果未能得手；木板断裂，他从空隙中掉下，只有手还攀在边缘上，鬼哭狼嚎，苦苦挣扎。

秀才听见了后面的动静，但却无法迅速转身。栈道实在太窄，何况他还牵着马。胡子曾经本能地向小辈伸手，但慌乱之下，他双手还绑着，根本无法有效施救。更何况小辈的叫嚷还令他心烦。

这种人，的确不配在太阳旗下当兵。

"我会告诉你家人，你是战死的。你走吧。"

秀才转身回来时，正好看见小辈哀号着跌入深渊。

胡子飞起一脚，将小辈用衣服裹着的钢盔也踢了下去。

# 二十三

秀才很生气。秀才很沮丧。眼看就要到达目的地，鬼子却没了，只剩下个翻译二鬼子。他搭上无数的汗珠子，外带两条人命，换来的就是这结果？回到葛家岭，他如何向村民交代？

来不及啰唆，走过这段栈道，二人坐下休息。胡子要求松开绑绳，好喝点水，秀才顺势点了头。等他喝完水擦擦汗，再一抬头，秀才已经张好弓弩，正对着他。

"把你身上的所有东西都掏出来。慢慢地。然后后退七步。"

"秀才，吴先生，你这是干啥？鬼子都死了，正好呀，只剩下咱们中国人！"

"不要让我重复刚才的话。我虽然话痨，但一句是一句，从不啰唆。"

胡子无可奈何，只得应承。他慢慢掏出所有的东西，准备退后。

"还有一支钢笔。"

胡子苦笑着，又将钢笔手枪掏出来，放在地上。

"我承认，这不是普通钢笔，而是一支手枪。风箱的。我说过他是海军情报部门的特工，负责指挥这次行动。这是他配备的。不过只有一颗子弹。"

"我自己会看。我想知道，白眼和条子是怎么死的，小辈又是怎么死的。"

"小辈信不过你。我竭力劝说，也没有用。他就是不敢靠边走。"

"白眼和条子呢？小辈该死，但白眼和条子不该死。他们有很多小毛病，傲慢、酗酒、爱占小便宜，斤斤计较。有罪，但罪不至死。"

"天地良心，我是真不知道！味增是风箱的。我的确实吃完了，你看见过的。如果味增有毒，有麻痹心脏的药物，那也不是我的错。你想想，我一个中国人，他们无非是利用而已，能真正信任咱吗？至于白眼，你都看见了。与我无关。"

"……"

"我做人向来正大光明，从来不搞偷袭暗杀。我们东北人都是这样，刀对刀枪对枪，绝不背后放冷箭。"

"麻痹心脏，什么意思？"

"我也是刚刚想起来。听说可能有那样的药物。特工用的。但是不是这么回事，我真不知道。你怀疑我干吗呢？如果我不告诉你，你能发现那是支钢笔手枪吗？你要是冒冒失失地打开盖，可能正好射中你！还有，刚才在栈道上，我一直在你身后，要想暗算你，还用等到现在？虽然手绑着，但我还有腿呀。踢你一脚，你不也要跌下去？"

秀才突然放下弩箭，哈哈大笑："你这家伙，还就是学识不够！我演的是打黄盖，你偏要对审潘美！"

天色已晚。休息一阵，继续上路。走着谈着，谈到高兴处，胡子突然停下脚步，恳求秀才放过自己，别把他交给国军。

"国军弟兄们对汉奸二鬼子，比鬼子还恨！交给他们，我能有个好儿吗？不如你放掉我，让我偷偷回去，就说是从日军中逃亡的，算是真正的归正，战后我也好抬头挺胸，重新做人。"

秀才没有立即回答。但他承认，胡子说得有些道理。有鬼子遮着是一回事，如今没有个高的顶着，凡事都得朝胡子头上压。

"刚才你也看见了，我没有伸手去救小辈。尽管伸手也可能救不了他，但不伸手就是我的态度。为什么？别看他年幼，他手上也是有人命的！他杀过七十四军好几个兄弟！对方也都是半大孩子！"

"你对国军，或许有用。"

"我能有啥用？我知道啥？我们只知道飞机上有个大将，大将身边肯定会有机密资料。除此之外，别说我一个翻译，就说风箱，他不过一个少尉，能知道多少？你只要把飞机上有大将的消息，告诉给国军就行。"

秀才没有说话。押着胡子到国军跟前，可怎么说呢？就说鬼子一路上全部死掉，只剩下这么个不成器的汉奸？这话可是好说不好听，无法给他增光添彩。

"我啥都不要。但求你把钢笔手枪给我。兵荒马乱的，我总要个东西防身。这东西虽不如长枪好用，也算聊胜于无。"

反正只有一发子弹，翻不起大浪。秀才点了点头："你别忘了知行合一就好。"

# 二十四

二人握别，互道珍重。

秀才走出十几步，忽听背后传来低沉的断喝：

"站住！慢慢转过身来！"

秀才一震。他慢慢转过身子，只见胡子已用钢笔手枪对准自己。

"把所有的资料都扔在地上，退后五步。"

"七步能成诗。所以我喝令你退后七步；你干吗叫我退后五步？咬死没用的，可不是五步蛇。"

"就你的体格与身材，退后五步，对我便不会构成威胁。"

"唉，说到底还是没文化呀。"

"有没有文化不重要的。有没有命才是你最应该关心的。"

"这是何意？你要回资料，我给你就是，何苦害我性命？"

"你知道得太多，话也太多。实话告诉你，我是天照大神的后裔，大和民族。绝非……按照先前的说法，我该叫你支那猪。但是现在我不这么看。虽说很多日本人认为，崖山之后再无中国。中日之战的确是个悲剧。亚洲确实应该团结起来，联手对抗英美俄。"

"你汉语讲得不错。对中国文化造诣不浅。"

"惭愧。我在东北生活过多年。其实在日本，也有很多人热衷汉学。我说过，我最喜欢《韩非子》与《传习录》。"

秀才突然没了开口的勇气。他行走世上，唯一的凭借便是知识，以口才表现出来的知识；如果开口说话本身只会带来风险，那可如何是好。

胡子慢慢过去，抄起所有的东西，带好。二人僵持着。突然，秀才将身子背转过去："你说过你从不背后突袭，对吧？"

秀才慢慢向前走。那种小心翼翼的程度，甚至超过刚才的险路。胡子吆喝两声站住，秀才并未服从，只是脚步更慢。因他从山势的拐角处，隐隐看见了人影。

胡子疾步超越秀才，然后后退几步，依旧僵持着。

"我的确不想害你的性命。否则你即便有十条命，也已经丢光。"

"你只读《韩非子》和《传习录》，不读《孙子兵法》，只怕也不行呢。"

前面的身影越来越大，越来越熟悉。领头的那个，嘴仿佛肿得更加厉害，翘得更加挺拔。他身后还有好几个帮手。都是猎户。他们已经发现猎物，正借助地形掩护，逐渐接近目标。

"不读《孙子兵法》，我们能打到这儿来吗？不过我其实并不想从军。我跟你一样，只想当个老师，教书育人。所以我对杜牧的兴趣，远远超过孙子。"

"不为良相，便为良医。这是俗语。我的志向，不为良相，便为良师，开启民智。"

"很抱歉，请你相信，我的确不想害你性命。我也很为没用而遗憾。他很有用，本名长谷川志摩。"

钢笔手枪依旧指着秀才。秀才不清楚该不该提醒胡子不要乱来。

他无法估计援兵的距离。正在此时，他听见一记轻微的声音，简直跟夏日的蚊子差不多。随即自己便被蚊子叮了一口。那蚊子一定是有毒的，能麻痹人的神经。他眼睛一黑，慢慢倒下，进入昏睡状态。也难怪，这些日子，他实在是够累的，这种黑甜正是求之不得。

秀才倒下前夕，看见一支弩箭正朝自己射来。

# 二十五

谢天谢地，因为离镇子近，秀才被救了过来。胡子中的是毒箭，没有救。

翘嘴他们费劲巴力地大老远跑来，却没有领到赏金。因为部队已经撤走。钢笔和手表，也没换到什么东西。翘嘴事后不住地唠叨，好像吃了很大的亏，但内心里却不乏沾沾自喜。因为他有了吹牛的资本。因为他成了葛家岭最好的猎手。而从此以后，秀才性情大变，很少开口说话，葛家岭第一嘴的名号，也只能让给翘嘴。在后来的岁月里，翘嘴的外号被人改成了巧嘴。

不到一年，秀才即抑郁而死。他死之后，葛家岭的人便再也没有去过镇子。他们完全能够自给自足，不需要外界帮助。

# 二十六

这故事令我们唏嘘不已。我们无法亲见白眼和条子的横死，但却经历了大清国安静的死。我们进村之后第三天，他无疾而终。头天临睡前，他突然没头没脑地跟家人说道：

"大清国，中华民国，中华人民共和国。好歹我也经历过三朝。我这辈子不亏，够本儿。"

# 逃　兵

## 一

一九四二年，下士张德能惹了大麻烦。他踢了连长的狗，连长下令以侮辱长官罪关禁闭。年前他刚刚从上等兵升为下士，这是士兵的大升，类似上校升少将。可这一脚下去，大升立即告吹，他又被降为上等兵，同时关禁闭。

张德能真是浓眉大眼。左右眉毛完全连在一起，但嘴唇已经不是厚，而是笨重；再端详全局，便会发现五官都没毛病，就是比例与位置略有不合，又生在一张黑脸之上，活生生一副民窑日用瓷器的模样，粗糙但皮实。刚进部队时，班长眉头一皱，说这个兵，脸黑眼大，真是个黑大眼。说完他舒展眉头哈哈一乐，张德能的本名遂被湮没。

黑大眼其实是个逃兵。那年月逃兵很多。老百姓逃兵——看见过兵，赶紧逃避，带走能带走的一切，能躲多远躲多远，也叫跑反；军人也逃兵。没逃过几回，简直不好意思自称老兵。

黑大眼是从十三军里逃来的。十三军这个番号，此前国民革命军曾多次使用，都是杂牌，樊钟秀、陈嘉佑、白崇禧、夏斗寅先后出任军长。但这个十三军是纯正的中央军，一九三二年由八十八师和八十九师组成，军长钱大钧，人称钧大钱。后来钧大钱与八十八师相继调走，第四师划入，八十九师师长汤恩伯接过帅印。南口抗战与台儿庄战役之后，该军一直在湖北河南之间作战，先后配属第五战区与第一战区。部队装备算是好的，有过耳的德军钢盔，每个师配备战防炮与二厘米机关炮各六门，军官和部分老兵穿皮鞋，战斗力很强，鬼子不敢小觑。他们跟第八战区的第一军，是鬼子华北方面军的眼中钉肉中刺，被视为重庆军的代表，一直想要灭掉的。

引导黑大眼走上逃兵之路的，是而且只能是老兵油子。事实上他不只是老兵油子，还是个职业逃兵。没几个人愿意当兵，可抽中了上上签，怎么办？花钱消灾。所谓买兵，或曰买壮丁。这些卖兵或者卖壮丁的中间，便有职业逃兵。有些半路拱营——和平起事不伤人——逃跑，有些人到部队再开溜。至于能不能成，就要看造化了。

敢以逃兵为业的，肯定都不是一般人。有些保长手底下养有一批这样的滚刀肉。他们进军营之前，身上不敢带钱。押送的官兵会仔细搜刮，一要捞油水，二是防逃亡。而顶缸所得，最少也得一千五百元。要么给其家人，要么存在保长手里，回来取现时再加一成利息。一千五听起来是个大数字，因为战前上将的月薪不过八百元，下士十四元；九一八之后实行国难饷章，上将二百四十元，下士十一元；一九四一年，国军粮饷分离，主副食由国家提供——否则士兵都得饿死——月薪随即降低，下士只有九元。这一千五百元名义上相当于下士十多年的薪饷，可惜只是纸洋亦即法币，并非银洋亦即现洋。物价一路飞涨，钱几乎回归为纸。好在农民的主要产品是粮食，粮价随行就市，故而物价压力远远小于军公教。但话说回来，高不高就是这个数，要钱要人你自己选，绝不勉强。

引导黑大眼逃兵的兵油子叫王树森。他随身携带着一枚金戒指，作为逃跑的经费。这东西轻便，可怎么过搜刮关呢？简单。戒指用韭菜细细缠好，囫囵个儿吞进肚子，过关之后再服下随身带的泻药。反正那道如同篦虱子的搜刮只有一次。并非押送的士兵对自己的手段盲目自信，主要是绝大多数人确确实实不名一文。

王树森最喜欢两件事儿。一样是听平剧，可惜二尺半的大头兵，听戏的机会很少，他只好自己哼哼。他喜欢黑头。另外一样，就是摘下金戒指反复端详。在日光下看，在灯光下看；站着看，蹲着看，躺着还看。一边端详一边喃喃自语。至于嘀咕的什么，只有鬼知道。因此缘故，他得了个外号叫小嘀咕。小嘀咕的如意算盘，是到部队领上第一月的薪饷便开小差，不巧这回刚下部队便赶上战事，不能溜。而黑大眼呢，本来已经从十三军逃掉，但几经周折，竟然又逃回到了老部队。

# 二

他们碰上的这场战事，史书上称为豫南会战。驻武汉的日军十一军司令官园部和一郎纠集第三、第十七、第四十师团主力，连同第十三、第三十四、第三十九师团各一到两个大队，利用中国春节的机会，兵分三路北上，突袭豫南的国军，以确保平汉线南段安全。他们的计划是，等解决掉这里的中国军队，后方安定，便将兵力向南集中运用。而其集中运用的目的，一年之后太平洋战争爆发，历史学家与战史爱好者才恍然大悟。

鬼子的主要目标是孙连仲的第二集团军与汤恩伯的三十一集团军。他们三箭齐发，中路主力从信阳北上，迅速占领平汉线东西两侧的舞阳与上蔡，形成合围态势，但国军已经向西转移。撒网的姿势专业而且潇洒，就是没捞到鱼。第五战区司令长官李宗仁令鄂北与皖西的国军同时出动，侧击敌军。桂系的八十四军攻克正阳关，鬼子的补给线受到威胁，不得不匆匆收兵。

我们现在纸上谈兵，对于豫南会战可以用不咸不淡的"匆匆收兵"四个字总结，但对于黑大眼与小嘀咕，可没那么简单。兵油子小嘀咕还好，黑大眼可完全是个新兵蛋子。虽然自打穿上二尺半就没什么好日子，但也从来没有过如此直接的风险。毕竟要真刀真枪地面对鬼子。

师管区团管区只负责征兵。兵员征集齐备，就近送到设在南阳的军政部第一补训处训练。起初是师团管区派人送，后来逃兵太多，师团管区人手不够，补训处只得派兵来接。这个简单的交接，中间大有学问。九十个兵开一百名的收据，那十个缺额的粮饷被服安家费，以及向民间索取的顶替费用，就由双方长官分享。送兵的就此两清，接兵的回去也不必担心。明里每连都有三个缺额的空饷可以公开吃，暗地里呢，还可以将缺额按照逃亡病死饿死而暂缓上报。这事儿上头也知道，军政部每月派人点名发饷，但执行者收到红包，一切都好办。每个补训处下面都有四至六个团，每个团下辖三个营，驻地本来就分散，钦差大臣轮流点名，程序完整；部队士兵游动应卯，以一当十。等训练完成，新兵送到部队，又有这样一番交易。黑大眼小声嘀咕他们如果不想任人宰割，就只好逃亡。

从团管区到补训处，全体新兵成行军纵队，捆着胳膊防止逃跑。新发的绑腿不绑腿，绑胳膊。有些人肩上还得扛着长官从城市购买的百货。补训处司令部在南阳城外卧龙岗旁边的马营，各团分散居住。黑大眼和小嘀咕他们团驻扎于西南方向的邓县，就在范仲淹写《岳阳楼记》的花洲书院附近。训练就是三操两讲，主要有步兵操典、野外勤务、射击刺杀等内容。他们最喜欢射击，但每周只给三颗子弹。

上头特别注重精神教育，中山先生的军人精神讲话是当然的课本，但都是空的。他们亲眼看到，饿死病死的士兵，身上裹的白布被换成白纸，装入薄皮棺材前后拍照留证，然后就丢入坟墓。那口薄皮棺材本身也是道具，得重复利用。因近年来粮价飞涨，薪饷根本不够开支，新兵饿死并不鲜见。而一旦生病，战乱年代本来就缺医少药，有药也买不起，病死全当自然灾害。

最终黑大眼小嘀咕就近分配到了十三军下属的八十九师。师长舒荣，军长张雪中，都在三十一集团军总司令汤恩伯的麾下。这次交接虽然还绑着胳膊，但跟上次还是不一样。上次补训处的团长颐指气使，团管区司令点头哈腰；这回补训处的团长成了孙子，但八十九师的参谋主任不肯当爷爷。最后团长垂头丧气，看来卖空额的买卖没有达成。中央军到底是中央军。

这些曲折黑大眼旁观者清，但没多少兴趣。大头兵，管不着。他的注意力，完全被驻地吸引。他不知道自己哪辈子修来的福分，竟然能住进县城——河南舞阳县。当兵之前，他可只是驻在镇街。镇街不算小，可也就是前后两条，都不到两百米长。

舞阳这个地名历史极为悠久，秦代已经建置。山南水北为阳，县城以北全是平原，没有山，那南边肯定得有条河，名叫舞水。团部设在城隍庙附近，全营都驻在山陕会馆。这都是明代的老建筑，红墙碧瓦，雕梁画栋。但新鲜感还没过去，黑大眼好险就要挨揍。他们镇上一共来了四个兵，其中有个人对分兵的中尉说，长官，请把我们四个分在一起吧，好有个照应。中尉眼睛一瞪：分在一起？好开小差是吧？

啪啪啪，耳光响起，前面三个依次轮过，但黑大眼不干。他到底是街上的人，见的世面多些。他说长官，我们当兵打老日，是来挨揍的吗？都说你们是黄埔系中央军，纪律好，要不我也不敢多嘴。

中尉被噎了一下，但没等发作，旁边一个班长伸手把黑大眼拽了过去：这个兵不打！看你嘴唇厚得像城墙，想不到还这么能说！跟着我吧。说完眉头一皱，又说你这个兵，脸黑眼大，真是个黑大眼。说完他哈哈一笑，中尉也跟着笑。

当时小嘀咕也在旁边。他一声没吭，但却记住了黑大眼。正巧两个人分到了一个排。

分兵时已是腊月底。眼看就要过大年呢，却突然奉命擦枪擦子弹磨刺刀，每人身上都缀个小布条，上面写着姓名籍贯，阵亡安葬时好有个数。看来是要打仗。果然很快就下令开拔。出发之前，团长在城外组织训话。他朝凳子上一站，马靴锃亮，亮开嗓门喊道：

"小鬼子，巴掌大点儿的地方，竟能横行堂堂华夏中国，为什么？只因他们有科学，我们没有科学！什么是科学？有计划有组织有纪律，就是科学！我们马上出发打鬼子，上峰有计划有组织，我们必须有纪律！违抗命令者，杀！投敌叛国者，杀！贻误战机者，杀！"

团长说完，跳下椅子跨上战马。他骗腿上马的过程中，突然亮光一闪，是刺马针的闪光。营长以上便有马骑，团长自然不在话下。看来此前骑马行军不少，他多少有些罗圈腿。

部队从舞阳出发，一路南开。出了县城，地势逐渐增高，慢慢进入山区。虽然不高，但山势连绵，一望不断，都是桐柏山的余脉。山间散布着许多村寨堡垒，队伍挨得稍微近一点儿，有些民团便会鸣枪示警。继续向南，山势减缓，慢慢进入平原地带。除夕那天，部队又进入山区尽头的一座城，气势丝毫不比舞阳弱。原来此地已经属于泌阳县，但这座城池并非泌阳县城，而是该县最北部的象河关。本是楚国设立的古老关隘，连同从方城县延绵而来的楚长城，共同抵御中原。传说伍子胥曾经骑白马守关，故名白马关，但唐末叛乱称帝的军阀李希烈祸乱中原时在南河获得大象，以为祥瑞，遂改名为象河，关城也因此定名至今。

关城扼守着五峰山与关山之间的狭窄通道，东西宽达七里，南北长约十里。城墙高大坚固，四座城门中间的巨大条石上，刻有名字。南门是"象河关"，北门是"北达南通"，东门是"东通西邃"，西门是"西就东成"。字体古拙，有楚国遗风。关中还有内城，驻扎军队与官衙，四座城门分别叫南安门、北平门、东昌门和西宁门。关内东有杨寨，西有樊寨，传说就是巾帼英雄樊梨花刀劈杨凡的战地。

黑大眼他们驻扎在东寨。班长命令他到钟楼上去担任瞭望哨。爬上去看看，寨门之内另外三座宏伟的建筑天主教堂、关帝庙和戏楼，全都跪在脚前。远远看去，北边是他们南下的道路，小径曲折，消失于山间；东西两面都是起伏不平的山地，或黑或白，南方则是白茫茫的平原。他身旁悬有一口巨钟，状若小丘，少说也有千钧之重。

那是一九四一年一月二十六日，阴历大年二十九，除夕。黑大眼孤零零地站在钟楼上，身子几乎冰冻。如果不是内心有两个悬念在紧张地燃烧，他也许早就失去了知觉。那两个悬念，一个关于饺子，一个关于鬼子：大年之夜，到底能不能吃顿热腾腾的饺子？已经粮饷分离了嘛；该天杀的老日，能不能让我们过个安生年？万一饺子刚端上来，他们突然杀到怎么办？这两个问题在脑海里不断缠绕，他不住地抖动喉结，心里满是饺子的热气与香气，但到最后，两个悬念都是无声地破灭。鬼子没来，饺子也没来。那天夜里他还像前几天那样吃的是囫囵饭，还好，都是热乎的。

大年初一终于吃到了饺子。这顿饺子，是黑大眼此生印象最为深刻的年饭。饺子煮好之后，部队集合完毕，但连长却不让马上开动——军中吃饭，也叫开动——而是先要训话。那一刻，黑大眼内心所有的恶毒全部凝聚起来，心里不断咒骂连长。他既怕凉了饺子，又怕来了鬼子，心说你就不能等我们吃完再训话？训一整天都无所谓嘛。对于农民的孩子来说，这些恶毒平常并不多见，然而等连长训话完毕，黑大眼这才发现自己内心的恶毒远远没有释放干净。

抗战前几年，军校毕业生的阵亡率极高，因而虽在中央军，连长也只是行伍出身。他命令新兵出列。黑大眼正好站在连长旁边。连长问道："懂得什么叫军人吗？"黑大眼腿肚子一哆嗦："报告连长，我懂！"连长啪地一个耳光："你懂个屁！看看你们一个二个的，都是农民，扶锄耕地的农民。可我要的是兵，杀人不眨眼的兵！不把你们培养成杀人魔王，我们十三军八十九师，蒋委员长汤总司令栽培的部队，怎么打鬼子？不是我，也不是班长打你们的耳光，是鬼子，鬼子！这个仇要记到鬼子身上，要愤怒，愤怒！这时候你们要有杀我的心，上了战场才能跟鬼子拼命，懂吗？"

连长又转回黑大眼跟前。黑大眼腿肚子又一哆嗦："报告连长，我懂！"连长一跺脚："你懂个屁！没有巴掌，你们就不懂如何吃年饭！"他没再打黑大眼，下令新兵——所有没有上过战场的兵都是新兵——互扇耳光，然后再吃饺子。这下黑大眼又挨了一巴掌。还好，小嘀咕打他的巴掌很轻。黑大眼注意到，对方脸上飞快地闪过一丝诡笑。那笑容令黑大眼无比愤怒。他使出吃奶的劲儿，狠抽了小嘀咕一巴掌。

耳刮子当下饭菜，谁能忘怀？

# 三

饭后突然奉命北上。饺子已经下肚，黑大眼的心情大好，他顺口对班长说，要打鬼子，就在这儿不好吗？你看关城多么坚固。班长心情也不错，说你懂个屁。小鬼子的飞机大炮，就喜欢这样的地形。目标明确，火力集中。一炮炸开，石头乱崩，炸不死也得砸死。

黑大眼他们一路北撤，进入舞阳县境的尚店之后再度停止前进。这是沟通舞阳、泌阳、方城三县的交通要道，西汉时期便有尚氏兄弟在此开店，遂以此为地名。已有部队在这一带构筑防线，但那些工事是他们用的，黑大眼他们还得自己动手。他们在远离镇街的山间占据有利地形，开始挖掘。已是冰天雪地，浮雪铲掉之后，很多地段已经冰冻，步兵锹铲下去只是一个白点儿。他们只好找来柴火，在上面点燃，先化开冰冻再说。

　　那真是个热火朝天的场面。官长带领士兵，一对一地喊口号，激励士气。连长高喊：我不怕敌！士兵齐呼：敌必怕我！连长是上尉，政治指导员是中尉。他接着喊：多挖一锹土！士兵回应：少流一滴血！黑大眼也跟着喊口号，但嘴上喊着这些，脸蛋随即开始发烫，赶紧使劲挥锹挖土。

　　挖出来的黑色浮土在茫茫雪野中格外醒目。雪越发白，土越发黑。连长指挥大家再铲雪覆盖。忙活完这一通，大家暖暖和和，通体舒泰。但没过多久，呼啸的北风就吹走了所有的热量。大家趴在阵地上，几乎冻僵。那一夜，连里冻死了两个兵。发下来的棉裤只有半截，连膝盖都盖不住，下面只好用绑腿裹着。全连士兵一半发大衣一半发被子，只能选一样。所以冻死不奇怪，冻不死算命大。

　　好歹熬过一夜。感受到太阳的那个瞬间，黑大眼打了个喷嚏。好像阳光带来的不是温暖，而是阴冷。雪野显得更加刺目。他眯眯眼，活动活动胳膊腿儿。伙夫送来早饭，他忙不迭地咽下，然后缩紧身子，一动都不动。因为每次活动身子，那些先前贴紧的部位突然松开，便感觉有无边的寒气乘虚而入。此时传来号令，要大家赶紧隐蔽。他闻听立即忘却了寒冷，心里怦怦乱跳，生怕鬼子凌空杀到。可等了许久，并无动静，他心里又焦虑起来，只盼鬼子快点来，要死要活痛快点。这无边的寒冷，恰似钝刀割肉，委实难熬。

雪地上忽然飞来一只雉鸡。它的羽毛如此鲜艳绚烂，简直像元宵节的焰火，令人振奋。战士们窃窃私语，但谁都没敢动弹。人鸟不惊，天地和谐，雉鸡在雪地上随意弹跳着，间或用爪子拨拉地上的野草。原来它跟黑大眼等人一样，也是饿瘪。正在此时，一炮打来，雉鸡立即扑棱着飞走，它先前站立之处，只留下一个黑洞，仿佛它的爪子突然变得无比巨大，一刨便刨出这样大的黑窝，同时将自己掩埋。

泥土四散，砸在黑大眼身上。他感觉裤腿一热，很久之后才知道自己尿了裤子。他啊了一声，班长立即喊道：别慌！鬼子还远着呢。这是火力搜索。他们看不见咱们，都不准动！

连长发令枪响，黑大眼哆哆嗦嗦地开枪。他完全没有瞄准，只是机械地扣扳机，扣扳机。好像只有这样动作不停，他才能获得安全感。班长不停地吆喝着什么，但黑大眼只是听不见，老半天之后才意识到他在提醒自己要瞄准，不要慌。他是班长要来的兵，心里对班长很亲，此刻简直恨不得扑到他怀里去。好像那不是动不动就折磨新兵的兵油子，而是亲妈。他努力镇定下来，想按照操典的要领，仔细瞄准，慢慢击发，但突然发现枪一直毫无反应，听不见响动，也感觉不到后坐力。他极度紧张，转脸对班长喊道班长枪坏了，枪坏了！班长扭脸过来，刚要开口，脑门上突然出现一个红色的小点儿，然后鲜血慢慢流下。班长的嘴巴张开，口型也有，但声音已经遁形，就像那只逝去的雉鸡。

班长慢慢垂下脑袋，扑倒在阵地上，眼睛还一直睁着。黑大眼大为恐慌，好像那就是危险本身，下意识地朝旁边一闪。那边也有战士，黑大眼感觉到背后有身体，转脸一看，也已是尸体。他本能地抱紧步枪，趴好使劲连扣几下扳机，这才感觉到了后坐力。战后请教老兵，才明白是步枪也冻了个半死：撞针冷缩，不能正常击发。这中正式还算是好的，要搁以前的汉阳造，亦即老套筒，也叫湖北条子，更次。

小日本资源匮乏却又要蛇吞大象，因而处处都算经济账。子弹浪费不起，便强调首发命中招招制敌，百发子弹平均六十发用于训练，四十发用于实战；国军穷得叮当响，钱要花在刀刃上，百发子弹八十发用于实战，只有二十发用于训练。各自比例不同，训练结果与作战效能自然也完全不一样。黑大眼新兵训练期间，每周只有三发实弹，因而完全谈不上枪法。眼下可以自由射击，他不知道开了多少枪，但却知道一个鬼子也没有击中。对于他的子弹而言，鬼子都是雉鸡。

此时鬼子的唐克①开了上来。子弹打在车体上，就像用沙子砸人。手榴弹扔过去，也只是个砸个火星而已。全师只有战防炮跟两厘米机关炮各六门，在宽大的正面上根本见不到影子。几组战士跃进突击，爬到唐克跟前，用集束手榴弹炸掉最前面的一辆，鬼子的攻势方才停顿。等第二波攻击开始，我们的战防炮终于发出声音，接连打掉两辆。

第三波攻击，鬼子冲锋，我们反冲锋，贴身肉搏拼刺刀。黑大眼首次单挑便落了下风，枪已经被打掉，眼看就要丧命，此时小嘀咕突然杀到，刺中这个鬼子的肋部。混乱中，又一个鬼子扑来，跟黑大眼进入农民打架的状态。两个人抱在一起胡乱撕扯，鬼子咬住了黑大眼的手。他大叫一声，另外一只手在地上胡乱摸索，突然摸着一件硬物，立即抄起来朝鬼子的脑袋砸去。原来是一颗没有爆炸的木柄手榴弹。看来有人比他还慌张，没拉火就扔了出去。

鬼子的脑袋立即迸出污血。黑大眼被咬住的左手随即得以解放。他继续猛砸鬼子的脑袋，直到脑浆四溅，直到鬼子的脑袋塌陷半边，

_____

① 即坦克。当时尚无坦克的称谓，一般称为唐克或者战车。

他还在不停地抡，不停地砸。他感觉到了前所未有过的愉悦与放松。这时有人试图拉住他的手，他转过脸嗷的一声就要撕咬对方。对方举起胳膊，啪地一巴掌，他这才清醒过来。原来是副班长。

是耳光声，而不是大冬天的巴掌疼痛，将黑大眼拉回到现实世界的。他这才看见身边的战友，带着血迹的雪地，死尸，听到远处杂乱的枪声，以及唐克的熊熊燃烧。副班长疲惫地笑道，还是拳头管用吧？起来吧小子，你已经是老兵，过年再吃饺子，不必用拳头下饭。

副班长伸手要拽黑大眼。黑大眼躺在地上，见有血滴不断从上面滴下，抬头一看来源是副班长胸前，便晕头晕脑喊道副班长，你挂彩了。副班长低头一看，立即丢手，同时惊叫一声，无力地跪倒在地，但片刻后试探试探前胸，又大笑一声猛地站起：他妈的，都是小鬼子的血！幸亏是中正式，要是湖北条子，刺刀不掉也得卷刃！

主力部队要趁着夜色撤退，黑大眼他们这个团担当后卫。还好，当夜战事稀疏，鬼子不敢夜战，那些零星的枪声只是要跟我军保持接触。团长命令轻易不准开枪。黑大眼此时才发觉自己尿了裤子，暗自叫苦不迭。在寒冷的冬夜，只有半截的棉裤又已湿透，那种感觉你尽可想象。他尽量保持身体不动，以避免那些已经被焐热的尿印脱离接触之后，再贴上肌肤时的无边寒冷。

夜色四合，似乎周边都是鬼子。黑大眼此前很怕鬼，夜晚走过坟地，都感觉毛骨悚然。那些由老人在夜晚讲述的鬼故事，几乎构成了他的半个童年。但是今天，在见过那么多尸体之后，他突然不再怕鬼。不是说他已经变成无神论者，不相信世间有鬼魂。而是他很清楚，死人不可怕，活人才可怕。比如那个咬他手指的鬼子。比如先前那个拨掉了他的中正式步枪的鬼子。他们真是吃人的。或者说，唯独他们才是真正能吃人的。此刻，似乎所有的黑暗都是鬼子。

这与尿湿的裤子一起折磨着他的神经。为了转移注意力，他故意制造话题，一个劲地对局势表示乐观，说鬼子既然不来，肯定已经被打怕。连里的一排长随时可能顶替连长，战时也是连长指定的代理人，位次仅在指导员、副连长与连部附员之后，所以他们不叫一排长，而叫大排长。黑大眼的大排长也是老兵出身，跟随汤恩伯从察哈尔、台儿庄打到现在的。台儿庄战役期间，他们在抱犊崮山区利用游击战术既拖住了第五师团从临沂增援台儿庄的鬼子坂本支队，又拖住了第十师团派出接应坂本支队的沂州支队，会同正面防守的友军，一同缔造了台儿庄大捷。大排长当时也是个新兵，侥幸从死人堆里爬出来，如今已经升为军官，可谓久经沙场。他说你懂个屁！此时鬼子攻击不怕，不攻击才可怕。他们肯定已经开始两翼迂回，准备抄我们的后路。要不主力怎么会撤退。

次日上午，他们又跟鬼子恶战一番。那时黑大眼的裤子外面已经结冰，里面的皮肤麻木，他已经感觉不到是否已经暖干。中午时分，团长带领主力先撤，黑大眼他们连又奉命掩护，两小时后撤出阵地，向北到舞阳方向集结。

鬼子大概要调整部署，因而这两个小时并无战事。一个连临时担负一个团的正面防御，人员配置自然很是稀疏，撤退命令需要口头挨个传达。黑大眼从东跑到西，到最东边的阵地上接连喊了好几嗓子，都没有人应答。倒是有个士兵在前边，但趴在地上，一动不动。

此时不动弹，很可能已经战死，或者冻死。黑大眼转身就想朝回跑，但跑了两步又折转回来，跑到那个士兵旁边，伸手推了推。还真是个活人，并未战死冻毙；抬起头来，还是睡眼惺忪的样子。是小嘀咕。黑大眼喊道：起来，快起来，撤了！你可真有大将风度，这时候还能睡得着！小嘀咕迎风打个喷嚏，然后来了句《打渔杀家》：昨夜晚吃酒醉和衣而卧……瞌睡不饶人啊。两个晚上没有睡好。

经过这番折腾，两个人跑到先前连部的位置时，整个阵地已经空无一人。幸亏背后也没见鬼子，偶尔只能听见稀疏的枪声遥遥而来，像吃炒黄豆太多后放的屁。

两个人原路向北追赶，但一直没见连队的影子。小嘀咕道一命抵一命，咱们两不相欠。黑大眼摇摇头道上回我扇你巴掌太重。小嘀咕哈哈笑道够交情。你这朋友，我交下了。

两个人笑着击掌为誓，沿着部队撒下的麦秸方向继续追赶。走了半天，肚子越来越空虚，两腿越来越疲软，正巧前面有个村落，沿街还有饭铺。铺面很小，连个布招都没有，食品自然也很简单，现成的就是稀饭馍馍咸菜。此处耕地稀疏，蔬菜本来就不多，何况遭逢战乱。店家说可以做个白菜烩豆腐，但两个人着急赶路，等不及，也吃不起。

五十多岁的店家上好饭菜，便袖手出门，留下他们俩在里面吃饭。黑大眼吃着吃着，忽见小嘀咕频频抬头朝外观察，眼神机警。侧脸看看，门口不知何时已经聚起许多人，还有人手持武器。钢枪不多，主要是大刀长矛。他立即明白遇到了红枪会，赶紧放下馍馍抬手抓枪。小嘀咕一把摁住黑大眼的手，然后顺势摸出一枚手榴弹，不慌不忙地竖在桌上，继续喝稀饭吃馍。

吃完饭，把算好的饭钱撂在桌上，二人一前一后朝外走。黑大眼端着上好刺刀的步枪，小嘀咕挎着枪，右手握手榴弹，左手拽住拉绳。门口的人群见此情形，慢慢后退，后退。当年南阳专区十三县联防主任别廷芳曾经传檄四方，取缔红绿枪会，社会治安很好，可惜如今别司令已经故去，他儿子虽然接过帅旗，但号召力大大降低。

小嘀咕喊道：老乡们，我们是抗日的国军。请大家行个方便。这手榴弹可厉害，鬼子的唐克都能炸坏。我要是一不小心拉了绳，谁都跑不掉。黑大眼帮腔道鬼子就在背后，你们要赶紧撤退。

领头的此前眉头紧皱，这时舒展表情，将手里的枪口一竖，说道老总不要误会。我们没别的意思，就是想买你们的枪。你们逃兵，带着这根烧火棍也没用。小嘀咕笑道你怎么知道我们是逃兵？领头也笑道地方虽小，却也沟通三县，我们什么样的人没见过。小嘀咕正色道我是逃兵不假，但现在不能逃。作战期间逃亡，叫人看不起。领头的喊道，一杆枪四十！光洋，不是纸洋！随即有人双手捧出几叠银圆。小嘀咕笑道，等我们交出枪，多少银圆还不都是你们的？都是老江湖，别跟我来这套。

两个人走出包围圈后转过身来，慢慢后退。等出了风险距离，赶紧撒腿飞奔。跑了一阵子，两个人停下脚步，相对哈哈大笑。黑大眼道你真要逃兵？小嘀咕盯着他看看，说你别瞎嘀咕。逃兵都是兵油子，他们不敢招惹。

# 四

追了大约四十里，终于赶上连队，得知集结地点已经变更，不是舞阳，而是叶县。到叶县会合之后，很快又奉命南下。抵达舞阳时，鬼子随便放了几枪，便向西南而去。部队并未跟踪追击，而是顺势进城，否则无法报捷请功。那是一九四一年二月一日，农历正月初六。黑大眼他们从北门进城，经过城隍庙抵达老驻地山陕会馆。城隍庙前面的街上，散乱地撒有晶莹的大米，雪白的白面。鬼子是前一天攻进县城的，因为时间紧急，居民撤离不及，很多人想卖掉东西逃难，可卖不上价钱不说，摊子刚刚支好，鬼子已经杀到。

豫南会战之后，黑大眼脑海里经常会想起这个城隍庙。那些明代的红墙碧瓦一闪而过，然后就是一片莹白。他的口腔立即为之滋润，充满津液。他无比挂念那些大米与白面的下落。有人收拾吗？军需至少可以呀。要么还给人家，要么给弟兄们当伙食。当然，这个问题他没法发问。

后来八十九师虽然从舞阳出发，向南阳方向追击鬼子，但并未真正接触，很快双方便各回原防。鬼子没有达成目的，便可算作我们的胜利。持久战嘛。战略相持嘛。安顿好之后，自然要奖励尚店恶战的勋劳，连长将黑大眼直接升为上等兵，薪饷每月多两块钱。黑大眼非常高兴，但很快便发现高兴得太早：头一天祝捷吃肉，次日就从三菜一汤改为一锅炖菜。刚开始他还以为这是要跟前一天超标的伙食打平伙，没想到却是定例。每天没有别的感觉，就是个饿。仿佛胃不是他的器官，而是另外一个敌人，所有的食物都被他巧取豪夺中途劫走。

小嘀咕反复策动黑大眼逃亡。他告诉黑大眼，逃兵并不是怕死要回家。哪里待遇好就奔哪儿去，反正半路上十有八九会被部队截走。不逃亡两次，在连队很没面子。这倒是实情。连里那些逃亡过来的老兵，大排长对他们都很客气。不是别的，主要怕他们再次逃跑。小嘀咕跟黑大眼交了实底，他是职业逃兵，一定还要逃的。不过他逃兵有个原则，作战期间不逃，免得被人看不起。碰上鬼子，该打就打。而今仗已打完，就该上路。他的目标不是到别的部队过好日子，而是回到保长那里，从头再卖。这不是别的，就是生意。黑大眼说我不是老兵，我只是新兵啊，敢逃？小嘀咕诡秘地一笑道不逃亡一次，你永远不会成为老兵。你干嘛那么老实，就说是老兵呗，反正你已经是上等兵，面临大升。黑大眼依旧表情犹豫。小嘀咕见状，收敛表情强化语气道你打死过鬼子，就是老兵。这可来不得虚的。

最终打动黑大眼的并非小嘀咕这番如同保证的话，而是饥饿。他深信从三菜一汤到一锅炖菜不是蒋委员长或者汤总司令的意思，肯定是团长连长贪污喝兵血。他要找个不贪污不喝兵血，还能三菜一汤的部队。反正要他的班长已经战死，良心上他不欠谁的。

# 五

小嘀咕带着黑大眼，成功脱逃。当然没有带枪。按照军法，逃兵抓住一律枪毙，但并非所有的连长都担心逃兵。有时逃兵还会帮他们的忙。如果晚点上报，他们可以多吃一两月的空饷。所以只要不带武器，小命肯定不会有风险，风险只在于屁股。再说孤单单的两个兵带枪在乡间游荡，万一碰到红枪会，难有好下场。兵者凶器，对于逃兵而言，这句古话还真是真理。

等领到当月的薪饷，两个人悄悄离开部队，顺道在村里买身便服。那时节一身棉衣不过五元，他们只要单衣，而且还不要新的，破点儿旧点儿更好，因而两身衣服只花了一块五。脱下二尺半，换上蓝色的旧单衣，二人便向南行。这是老家的方向。关键时刻，人人都会依照本能作出选择。这条道先前走过，此时再走，便觉得驾轻就熟。一路向南，战争的脚印越来越深。废弃的阵地，炸塌的寨墙，炮弹坑，以及子弹啃过的痕迹。尚店与象河关烽火气息尤浓。很多烧毁的房屋，还留着黑黢黢的骨架，散布四周，无声地控诉。鬼子铁蹄过处，必然要放火。一来是打击洗劫，二来也是对空联络，显示到达位置。道路两边的耕地上，遍布深深的车辙，上面散乱地覆盖着从居民房屋中拆卸过来的门板房梁。空罐头瓶与穿坏的牛脚鞋星星点点，散布在刚刚露头的小麦中间。冬日笼罩下，尸臭并不突出，人畜粪便的臊味更加沉重。看来这里曾经是鬼子的临时营地。

此地向南，就是刘汝明所部六十八军的防区，跟十三军八竿子打不着。最终把他们俩截住的，是该军下属的一四三师。师长李曾志的老家离此不远，河南郾城县，算是在家门口抗战。他的跛腿是长城抗战期间在罗文裕所受的旧伤。七七事变之后，时任旅长的他跟随一四三师师长刘汝明，与汤恩伯的十三军在察哈尔并肩抗战，肩部再度受伤。这样的部队，历史光荣，听着叫人畅快，但八十九师比起来并不差。所以班长这番近乎唠叨的慰勉加恐吓，丝毫不能安抚黑大眼的心。他心里只挂念着一件事儿，首先是每餐到底几个菜，其次就是薪饷。这个月到底发全薪，还是半薪。吃粮当兵，当兵吃粮，天经地义。

这些问题，他当然不敢问。但穿上军装他就隐隐感觉不祥。八十九师的胸章——他们都称为符号——是椭圆形的金属片，上面是青天白日旗，中间的两行蓝字印在黄色中国地图轮廓之上，番号"第八十九师"是醒目的大字，"二十九年佩用"字迹小些，最下面的红色序列号更小。一般而言，胸章都是布料，长方形，八十九师已经算是别出心裁，但一四三师也有自己的花样。首先是胸章小，只有常见的三分之一，其次它既非布料也非金属，而是竹片。对于这个问题，班长打个呵欠，甩来一个懒洋洋的反问：你不知道布匹现在多贵吗？不知道就摸摸裤腿有多长。

月底发薪。二人是关了上月的薪饷以后逃的。路上走了三天，到达一四三师时上旬已近尾声。这种情况下当月发半饷还是全饷，全看上头的心情。这事儿还悬着呢，另外一事已无情地水落石出：八十九师是一锅炖菜，一四三师则是炖菜一锅。再一问，也是刚刚削减。到了月底，发的又是半饷。考虑到买那身便服的成本，黑大眼感觉亏了不少。而更亏的是，八十九师主食有米有面，而一四三师的士兵官长以冀察豫北人为主，顿顿吃面，尽管该师师部驻扎在信阳县的明港镇，而作为楚文化的发源地，信阳几乎是河南省唯一的鱼米之乡。黑大眼是湖北枣阳人，喜欢吃米，因而极不习惯，饥饿感更加强烈。

明港镇上有平汉铁路的车站，南部的长台关淮河大桥更是枢纽。再往南四十里就是信阳县城，第三师团二十九旅团的老窝，因而一四三师经常打仗。战事频繁又吃不饱，黑大眼颇为烦恼。小嘀咕呢，烦恼程度有过之而无不及。他本打算直接逃回家，赶紧跟保长结算，因为那笔钱每天都在贬值。他还想从头再卖一次。如今耽搁了半年多，这个损失他不想认。他不但要逃，还得带上枪，只有这样才能弥补损失。

这一回黑大眼没有跟随小嘀咕。尽管后者以回家为诱惑。他跟小嘀咕不同，家里父母兄弟安在。他若逃回去，下回还是跑不脱，不是他就是他哥哥。不仅如此，这回逃到一四三师，虽然确实享受到了老兵的尊敬，但起初那顿杀威棒还是疼的。八十九师是中央军，一四三师是西北军，到底不同。八十九师主要是巴掌，一四三师还是打军棍。军棍三尺长，一寸方，手握的部分是圆形黑色，打人的那段则是红色三棱，下面扁平，中间微曲。行刑时一边打一边飞快地报数：二三四五，七八九十。报得快打得慢，十棍的刑罚实打六棍。打完之后，还要立正敬礼，高喊谢长官管教。

还有个更加直接的原因，那就是路费。从八十九师逃到这里，黑大眼几乎已花掉全部积蓄。

小嘀咕只好独自上路。但是常在河边走哪能不湿鞋。他走出没多远，便被班长发现。人少一个不要紧，枪少一条则要命。班长赶紧带人追赶，很快便将小嘀咕截住。

带枪逃跑是死罪，说啥都是白搭，金戒指也救不了他。那一天，团长下令全团集合，训话宣判，然后吹响军号。执行死刑的不止小嘀咕，还有个汉奸。那个汉奸哆哆嗦嗦，几乎瘫倒，相形之下，小嘀咕简直就是好汉再世。头天晚上黑大眼去看望，也算送行，顺便问他每天对着金戒指嘀咕什么，他哈哈一笑道没啥，我就是算计钱嘛。念叨那个数目，我就欢喜。丝毫没见惧意。此刻他在街上走得很慢，一边走一边豪情四顾，频频大笑。每经过一家店铺，便停下来盘桓片刻。不是高喊老板给我点喜庆，就是大叫拿酒来给好汉送行。第一家老板无奈，只好给他块红布裹身。那时节布匹太贵，所以他身上只披着一块红布，剩下的店铺不肯给红布，只给一碗酒。小嘀咕的双手都捆着，押解的士兵端起碗来，他先微微低头再微微仰头，酒半喝半漏，从他嘴边洋洋洒洒而下，那场面令人难忘。小嘀咕喝完酒，还要大笑几声。要么喊一嗓子二十年后又是一条好汉，要么对黑大眼叫道，保长还欠我两千元，能买一千斤小麦。等打完鬼子，你去要回来，成家过日子。

　　汉奸身上没有红布，也未曾喝酒。他哆哆嗦嗦地请求饶条狗命，嘟囔道快点放我回去，鬼子给我吃了毒药，再晚吃不上解药，我就得死。押解的士兵听得不耐烦，顺势一脚，他立即扑倒在地，等爬起来又喊道：长官饶命！长官饶命！我上有老下有小，不敢不来呀。

　　二人押到刑场，汉奸已经跪下，但小嘀咕不肯，要求先唱段平剧。军法处的上尉闻听睁大眼睛，好像刚认识此人一般，片刻后点头同意。

　　小嘀咕清清嗓子，唱了段《锁五龙》。此时此刻，他竟然还能把自己想象成隋唐好汉单雄信：

　　　　号令一声绑帐外，不由得豪杰笑开怀！

　　　　某单人独一骑我把唐营端，只杀得儿郎叫苦悲哀。

　　　　遍野荒郊血成海，尸骨堆山无处里葬埋。

　　　　小唐童被某胆吓坏，某二次被擒也应该。

　　　　他劝某降唐某不爱，情愿一死赴阳台。

　　　　今生不能把仇解，二十年投胎某再来！

　　唱完这段，小嘀咕自动跪下。上尉点头叹道你要是唱得再好点儿，兴许能保命。师部有剧团，师长喜欢能唱戏的兵。可是你这嗓子……行刑！

　　一四三师源出宋哲元的二十九军，源头则是冯玉祥的第十六混成旅，他们的大刀队赫赫有名，故而行刑也不浪费子弹，而要练刀法。两人的衣领使劲往后撸，头向前伸，露出脖子。两名刽子手举起大刀。

刀锋雪亮，将悬垂在刀把儿下正迎风飘摆的五条红缨映衬得无比醒目。这红缨不仅仅是为了好看，还有实用：搏斗时将它们缠在腕上，以免大刀脱手。

汉奸已经不能说话，小嘀咕却又大喊一声：冤枉啊！

这家伙，戏看得实在太多，可又有何用？他话音未息，刀光已经闪过，随即人头落地。两颗首级最终都悬在高杆上示众。因是从背后猛砍下去的，他们的上牙都凸出在下牙之外。在黑大眼的记忆中，小嘀咕的眼睛下边似乎还带着泪迹。

行刑队整队带回，但也是走走停停。两名刽子手如果愿意，每经过一家店铺，也都可以要碗酒喝。

# 六

让黑大眼等几个逃来的兵组成行刑队，从头到尾观看砍头，最终又悬首示众，上峰的意图再清楚不过。然而黑大眼并没有感觉有多么可怕。不是他不怕死，而是他清楚小嘀咕的死因。虽然无法忘记小嘀咕的脑袋，以及似乎带着泪迹的眼睛，但他内心并无多少同情。带枪逃亡要犯律条，这怪不得人家。

但是没过多久，黑大眼自己也带枪逃亡了一次。

那年夏天，德国进攻苏联，几个月后中国发生日全食。而在他又黑又大的眼睛里，就是天狗吃月亮。他就在那天夜里，事实上沦为带枪逃亡。

日全食的前两天，部队向南进发，主动攻击驻扎信阳的鬼子第三师团第二十九旅团。明港南边的长台关有一处淮河渡口，即信阳十景中的长台古渡。渡口不远，便是平汉铁路大桥。铁桥那边的长台关镇上，如今驻扎着县政府。当然，这是国府下属的县府，共产党的县政府设在西南山区里的黄龙寺。此前国军的防线一直稳定在查山长台关一线，双方都很少逾越，但这次一四三师突然主动出击，兵锋直指信阳。

跟鬼子交火一天。子弹呼啸，炮声隆隆，但战事并不炽烈，远不如尚店那次的强度。打到下午，鬼子反击，部队立即交替掩护，依次后撤。撤退途中出现了日全食。信阳北部都是平原，有一望无际的稻田。稻田刚刚收割过，稻茬儿还很坚硬。走着走着，黑大眼一跤跌入稻田中间用于蓄水的深洼之中，费了半天劲爬出来后，发现部队已经无影无踪。他顺着撤退的方向朝北跑，越跑越觉得身上发凉。好像被黑暗遮蔽的不是月亮，而是太阳。天明时分，终于听到部队的动静，但远远看胸章的样子，就不像一四三师。一问，原来是石觉统领的第四师，隶属于三十一集团军的八十五军。怪不得这回一四三师的干劲十足，原来参加攻击的不止他们，还有中央军第四师。

一个连长要求黑大眼留下，答应他年底升下士。黑大眼闻听伙食有米有面，立即爽快地同意。这个决定让他重新回到了十三军的序列之中。因为不久之后，汤恩伯推荐石觉执掌十三军的帅印，同时下令第四师与十三军的一一〇师对调，第四师归入十三军建制。

黑大眼跟随部队北上临汝县，就是汝窑瓷器的产地。这里北依巍巍嵩山，南靠茫茫伏牛山，北汝河从中穿过，是古都洛阳的门户。师部驻扎在县城，黑大眼他们团则驻在县城西北通往洛阳道路上的临汝镇。镇上有所废弃的基督教堂，是美国人建的，教会早已撤离，正好被他们临时借用。到了年底，黑大眼确实升了下士，薪饷几乎翻番，每月能领到法币九元。但是有米有面的日子没过多久，转过年来，顿顿都是面饭不说，还从一日三餐改为两餐，上午九点，下午四点。

一天两顿的日子，当然越发饥饿。不仅黑大眼，所有的士兵心中都有怨气。吃粮当兵，当兵吃粮。指望当兵的卖命，但又不给他们吃饱，这兵还怎么当，仗还怎么打？

那是一九四二年。鬼子下南洋望风披靡，对我国士气造成了不小的打击，此时又碰上中原大旱。从春天开始，几乎滴雨未下，直到夏天。庄稼全部枯死，未黄的枝叶被漫天蝗虫一扫而空。教堂背后的竹林，只剩下根根铁线。每天都可以见到逃难的人群。当地百姓也不断加入向西逃荒的大军。不是所有的孩子都可以卖掉的。有些父母无法带走所有的孩子，便将年幼的子女用土埋住双腿，或者拴住，免得他们牵衣顿足，苦苦哀求跟随。

此时部队已不再欢迎逃兵。因为几乎没有缺额。想来吃粮的青壮年很多。黑大眼很挂念家里的情况，但战时难通音讯。看看每天都有的流民队伍，他很为自己的选择庆幸，决心好好当兵，守住这份薪饷，不再逃亡。可就在此时，他的大升告吹，忽然又从下士降为上等兵。起因不为别的，只为他踢了连长的狗。

当初跟随部队从明港抵达临汝，还没进入那座教堂，连长忽然大叫一声：汉奸，汉奸！黑大眼内心一凛，眼前立即浮现出小嘀咕上牙凸出下牙之外的脑袋，以及那隐隐的泪迹。惊异之间，突然扑出一条狗，围着连长不住地转圈起跳，摇头摆尾。原来这条母狗的名字就叫汉奸。连长养狗不仅仅是喜欢或者可怜，这条狗简直就是他们的给养来源：他们利用汉奸吸引异性，诱敌深入，关门打狗。那年月，见点荤腥实在太不容易。虽然好肉肯定都给了官长，但连队还是能尝点油水。

第四师的晚饭经常是面疙瘩汤，连菜带饭一齐解决。上头说，要节省军粮支援灾民。是不是真的这样，只有鬼知道，但团长确实根据汤副长官的命令收养了好几个灾童。汤倒还算是稠，一个班一桶，看来不少，但总是不够。刚开始要盛半碗，因为太烫，没法快吃；

然后再盛满满一碗，此时温度已经降低许多，可以加速开动；最后刮刮桶底，还能再捞半碗。这半碗就得细嚼慢咽，能抻多久抻多久——只有抗战期间的士兵才知道，没有饭吃的时间会有多么漫长。

这都是老兵的秘诀，新兵本不知道。然而饥饿之下，大家的悟性很高，很快就能掌握，谁都不再有优势。那天晚上黑大眼没能吃上最后半碗，心里颇为懊恼，而出门一看，汉奸正在啃骨头，估计来自刚刚跟它缠绵过的情人，官长们先啃过的。黑大眼想想自己是打鬼子的国军，手下真正有鬼子的狗命的下士，伙食竟然还不如狗，不由得大为光火，顺势给了汉奸一脚。

汉奸一声惨叫，但并未逃走。它坚决地守护住食物，冲黑大眼发出警告的低沉呜呜。这动静惊动了连长。他出来一看，感觉官威受损，黑大眼就此被降为上等兵，同时关禁闭。

# 七

在禁闭室的黑暗之中，黑大眼没有愤怒，只有后悔。每月白白亏损三块五，何必呢？当官吃香喝辣，天经地义，要不谁还当官？自己吃不饱只能怪自己动作慢，头半碗别怕烫，第二碗吃快点儿，不就结了嘛。故而次日放出来之后，对于连长让他负责养牛养猪的决定，绝对服从，愉快服从。

那时太平洋战争爆发不久，国府刚刚对日宣战。日军大举南下，固然减轻了中国的压力，但滇缅公路中断，外援喉咙被卡。此前一个师每月作战经费二十一万元，还能维持，如今已是捉襟见肘。大家尽可能地把东西塞进肚子。就连炮弹碎片都是好东西，都要收集起来卖掉买肉吃。做出养牛喂猪种菜决定的，不只是他们连长，也不只是他们团。不想方设法自救，恐怕全军都得饿死。富靠读书，穷靠养猪，军民同理。

从前在家就得放牛种地，没想到穿上二尺半，还得干这个。好在黑大眼心里并不排斥。干这个轻松省劲，比训练强。训练时候团长都光着膀子上场，当兵的谁敢偷懒？少出力就等于多吃粮。再说在家放牛可没有工钱。这五元五角的法币虽然买不到多少东西，但毕竟还是笔钱。

黑大眼带着两个新兵，负责养那两头牛四口猪。养牛主要是喝牛奶，猪打算养到年底，每个排一口，连部跟军官一口。军官的给养标准高些，跟士兵的伙食本来就是分开的。他们吃得确实比士兵强，但强得有限。否则指导员没法交代。正逢大旱，土壤干结，田地龟裂，人畜饮水都很困难，菜一时种不上，因而他们三个整天牵着汉奸，养猪放牛。枪支太重，只带着刺刀防身。豫西土匪多，但都不在跟前。把猪与牛赶上山，猪牛啃草与野菜，他们还得再打一些回去，主要是那两个新兵动手，黑大眼已经逃过两回，相对自由些。

他们驻扎的临汝镇在县城西北通往洛阳的道路上。镇上的望族是阎家，以阎曰仁为最。他曾经在吴佩孚手下当过十二军的军长。阎家兄弟六人，分别以仁义礼智信伦六字命名。阎曰仁起来之后，阎家开煤矿买地皮，大发其财。一九二七年，西出潼关的冯玉祥与吴佩孚的部将靳云鹗开战，阎曰仁当时在靳云鹗麾下，因而成为打击目标，冯部二十师师长韩复榘将阎家抄掠一空。但那只是动产，不动产分毫未损。早晨骑驴踩上阎家的土地，走到夜晚，那土地可能还姓阎。这可不是蛋糕，能够一刀切走。

遭逢大灾，阎家有人放粮，也有人作孽。无论如何，放粮的救济终究有限，因而镇上的居民已经逃走大半。附近的村庄，基本也是十室九空。镇子周围肯定没有绿色，黑大眼他们只得起个大早，在太阳升起之前上山，让猪牛都能吃上带着露水的草与野菜。这样才能上膘。沿途的村庄，时有半埋在土里或者拴在门上的孩子，躺在那里一动不动，想是已经饿死。倒毙在途的饿殍，也不稀罕。有些已经发臭，他们得绕着走。镇子周围还有人组织收尸，能放牛养猪之处，自然无人问津。失去主人的狗在空旷的田野与村落间游荡，已经成为野狗，死人吃多了，毛光油亮，根根倒竖，眼神凶恶，见了人都不跑。

牵着汉奸的目的，一是要看着猪，二是要引诱狗。那些野狗白天总围着汉奸转悠，但黑大眼他们小心看着，坚决不给机会。这样到了晚上，才会有上钩者跟踪到驻地，那时节再把汉奸放开。等它们一连体，便插翅难飞。

那天经过一个村庄，发现只剩下两户人家。其中一户刚刚生了儿子，否则恐怕也早已流亡。黑大眼过去想讨碗水喝，但男主人眼神呆滞，表情冷漠，敌意明显。班长说过多次，军人都有三种身份，或曰三个表情：神仙、老虎、狗。有钱是神仙，带枪如老虎，等打了败仗又无粮饷，就成了狗。如今他虽然没背枪，但毕竟还有刺刀。若非如此，主人看来未必会让他进呢。为消除敌意与尴尬，他随口拉家常，问及粮食情况。男主人慢慢摇晃脑袋，好像要刻意保存体力，指指老婆说，粮食？月母子都饿得奶水发蓝，天知道能不能熬过去。黑大眼说怎么会这样？难道一点存粮都没有吗？那人答道还存粮，种子都吃光了，上头还得征军粮。黑大眼道我们去年还是一天三顿饭，午晚三菜一汤，如今一天两顿，只有一锅炖菜。部队都在节粮赈灾，团长以上都要领养灾童。你们……

那人一言不发，但满脸的嘲讽已经足以噎住黑大眼的嗓子。他递回水瓢，随口问道那赶紧逃荒啊。男人忽然满脸愤恨：我不能走。我得等着告状的结果。阎小五欠我们家四条人命。他不但霸占了我们家三十亩水浇地，还勾结土匪害死了我的父母兄弟。

临汝镇上无人不知阎小五。黑大眼也见过，总是带着一队喽啰和一条白狗。虽说不能听信一面之词，但他还是相信阎小五有罪。有口皆碑嘛。可惜的是，他只是个大头兵，大升都屡屡受阻，并非包青天。他苍白地安慰几句，告辞而出，此时那两个新兵已经越过村庄，慢慢朝后山爬。黑大眼心里空落落的。他突然想起了哥哥，不知道嫂子生了没有。哥哥比他大六岁，因为中间的两个姐姐一个哥哥相继夭折。他好不容易娶了妻，但又一直不生养，全家都跟着着急，尤其是老人。这时刻，他们怎么样呢？再想想自己，已经二十大几，还是个上等兵，每月法币五元五角，别说孩子，丈母娘都不知道出生没有。说是长期抗战，已经打了五年，鬼子还牢牢霸占着水旱大码头汉口，何时是个头？

黑大眼在一户人家的门槛前停下来。虽已锁门走人，但廊檐清理得干干净净，过年贴的门画与对联保存完好，丝毫没有起皮脱落，看得出来是一户利索的人家，女主人必然能干。黑大眼闷闷不乐地停下，顺势躺进荫凉里迷糊起来，直到一阵揪心的疼痛将他唤醒。起身一看，一条野狗仅仅后退半步，并未逃窜。它刚刚撕了黑大眼的腿。饥饿之下，它将这个暂时的昏睡者当成了死尸。

黑大眼明白过后，既后怕又愤怒。野狗见了刺刀，这才悻悻而逃。

等爬上山腰，跟那两个兵会合，黑大眼发现那条野狗也在附近转悠。那是条黑狗，毛色因而越发油亮。当晚它跟随到营部，最终上了案板。次日上午，狗肉汤端上来，黑大眼丝毫没有闻到荤腥的激动热切，反倒阵阵反胃。其实肉基本谈不上，好肉仿佛都是土行孙，都会土遁，只有那些狗生前也丝毫引不起自豪感的部位，以及骨头，扔进大锅里煮煮，好歹得让大家伙儿闻闻味道。但即便如此，他还是吃不下。他眼前浮现起的是路边的饿殍，以及被狗撕扯剩下的躯体。

# 八

没喝掉那碗肉汤，还不到晌午黑大眼就深深后悔。他心里痛骂自己，用在尚店把鬼子砸得脑浆迸裂的镜头作为武器。饥饿会强化人们的感觉，驱使他们找到了吃独食充饥的办法。

这是另外一座山。山间本来有一条泉水，最终肯定先汇入北汝河，再相继汇入沙河、颍河直到淮河。如今天旱，泉水已经断流，但巨石中间的那个大水洼只是水位降低，并未干涸，其中竟然有娃娃鱼。

黑大眼立即让新兵找来干柴，点起火堆烧一阵子，把火灰拨到旁边，再去抓鱼。水位降低许多，又没有泉流可以逃命，因而那几条鱼只能束手就擒。黑大眼将它们丢入已经降温的火灰之中，任由它们在其中翻腾扑打，将身上的细鳞顺势脱掉，然后开始加工。它们的生命力真是顽强，除去肚腹之后仍跳动不已，哇哇大叫，声音凄切，如同婴儿。等切成数段，依然微微颤动。

鱼段洗尽之后，放在火上烤熟，味道极其鲜美，美中不足是没有盐。这东西可金贵，都是从沦陷区来的。此时此刻此情此景，自然没有那么多的讲究。事后黑大眼躺在满地的枯叶之上摸摸肚皮，似乎想要寻找并且确认那些鱼肉的位置。他真切地感觉到自己没有收获，只有丧失。这顿额外的鱼肉反倒令他更加饥饿，简直恨不得要跟汉奸争地上的碎骨头。汉奸一直在旁边，起初应和着惨叫，围着娃娃鱼左右扑腾，不时抬起爪子，但从来没敢落下。而今啃完骨头，它也卧倒在黑大眼旁边，意兴阑珊。这是个记吃不记打的角色。看来饥饿是最好的老师，能教导一切动物改变行为规则。

突然，汉奸挺直身子，竖起耳朵，并短促低沉地唔了一声。黑大眼抬头看看，只见一队全副武装的士兵正朝山下的那个村庄开去，看装束都是国军，很可能就是第四师的。奇怪的是，他们进入村庄之后，竟然挨家挨户地劫掠。那个村庄比较大，虽已半数逃亡，但留下的百姓还是不少。他们从山上遥遥俯瞰，一览无遗。衣服被褥粮食，散乱在村街地上，百姓牵衣顿足，士兵刀枪明亮。可以肯定，还有强奸。

黑大眼感觉非常奇怪。无论八十九师、一四三师还是如今的第四师，士兵扰民当然有，但都是个别现象，部队纪律总体确实不错。各级长官抓住犯纪律的，都不会轻饶。尤其是十三军的这两个师，舒荣与石觉总是强调，他们是委员长亲自栽培的部队，是中央军，别的部队都盯着。靠那些老迈肥胖的将军指挥的杂牌军，赶不走鬼子，还得靠他们。这群士兵看样子是一个班的规模，如此有组织地劫掠，完全不可思议，至少他这个前下士闻所未闻。

那伙人刺伤三个试图阻止的村民，背着大包小包，朝黑大眼他们走来。小路就在山脚下。此时汉奸不仅没有跳起来咆哮报警，反倒顺势趴下。黑大眼心里一动，赶紧示意那两个新兵隐蔽。他们越走越近，胸章看得清清楚楚，金属片不时闪光，就是八十九师的，但黑大眼一个都不认识。这不奇怪，虽已调整编制，八十九师也从两旅四团变成下辖三个团，但还是有七八千人，黑大眼一个上等兵，在其中待过没几天，能认识几个。可问题在于，他们的话黑大眼也完全听不懂。起初他还以为是南方口音比如粤语，战乱年代人员流动性大，偶尔有几个老广在八十九师也正常，但是不，他们的对话，黑大眼一个字儿都听不懂。

老日！一定是老日！黑大眼伏在地上，一手摁住汉奸，感觉它的脊梁也在瑟瑟发抖。这家伙本来是条流浪狗，受伤没死，被连长收养的。看来它以前吃的是鬼子的亏。

鬼子离开的方向，当然不会是营部的方向。黑大眼吩咐那两个兵继续照看猪牛，自己带着汉奸，飞跑回去报告。连长请示过营长，随即下令全连集合，围追堵截。

方向已经明确，那就不难抓获。连长带着黑大眼与汉奸，赶往前面的卡口增援，另外两个排分途抄后路。当然，主力隐蔽着，卡口外面留下的士兵并不多，一切都很正常的样子，但沙袋背后的机关枪子弹上膛，手榴弹拧开后盖。那队鬼子稍微停顿一下步伐，便不动声色地继续开进，走到跟前还掏出公文，试图蒙混过关。抢劫来的包袱已经全部扔掉，看来抢劫并非目的，目的主要是离间。

鬼子一共十二个人。交涉期间，连队陆续出来，将他们团团包围。领头的那个鬼子佩戴上尉军衔，并未试图反抗，也毫不慌张，红口白牙地说是奉师部命令，要到十三军军部传递消息。军部驻扎在登封南部的大金店，这个方向并不错。

连长看看公文，看不出破绽，而那个上尉鬼子汉语流利，一口北方官话，连长不由得有点含糊。他看看黑大眼，黑大眼也有点含糊。可回头再看汉奸，它的尾巴一直耷拉着，缩在连长背后，不敢靠前。黑大眼的信心立即回升，凑到连长耳边道，即便他们不是老日，也肯定犯了军纪，劫掠过百姓。这一点我拿人头保证。

连长客客气气地对上尉鬼子说道老兄对不住。战争年代，你我都得谨慎，请委屈一下。

连长吩咐下掉他们的枪，将他们押回营部。辨别公文的真伪，以及人员身份，并不容易。彼此驻地遥远，交通不便，口说无凭。团部才有电话，营以下都靠跑腿。而要辨别究竟是不是鬼子，团长掌握着两个办法。一是扒光衣服，看他们究竟是穿着裤衩，还是扎着兜裆布。二是脱掉他们的鞋子，看他们大脚趾与二脚趾是不是分开的。结果发现，有三个人扎兜裆布，其中二人脚趾分开得不明显，但却能说叽里咕噜的鸟语。

军装是假的，但军衔是真的。领头的鬼子原本嚣张无比，但裤子一脱立即如同针扎气球，重新穿好衣服，脚碰后跟，向团长立正敬礼，自称是三十五师团的上尉情报参谋，司令部就在开封城内的原河南大学校园。另外那两个家伙也报出了日文名字，自称军衔是特务曹长，相当于国军的准尉。团长盯着他们看了几秒钟，微笑道敢问二位府上哪里？若是鬼子假扮国军，就属于间谍，不受国际公约保障，不享受战俘待遇，可以立即枪毙。要是中国人嘛，就得另说。那两位对视一下，立即点头哈腰，承认是东北人。

原来是二鬼子。他们比老日还要凶恶，刚才刺伤人，就是他们的杰作。至于另外九个喽啰，则都是现地招募的汉奸。

团长停顿片刻，依旧和颜悦色：果然是二鬼子。那好，真鬼子连同这九个汉奸立即解送师部审查处理，二鬼子马上拉到刚才作恶的村庄枪决。

二鬼子闻听扑通跪倒，哀求饶命。团长叹道谁让你们承认的呢。你们要是死不招认，部队还能多赚四百元奖金。二鬼子见状，知道死不可免，转而又哀求吃顿饱饭，猪肉炖粉条。团长顿时笑出声来：敢情你出卖祖宗国家，连顿饱饭都没换到？二鬼子道平常倒是还能吃饱，就是他们的饭团不好吃。临死之前，我还是想吃顿猪肉炖粉条。鬼子闻听，立即用日语呵斥二鬼子，二鬼子先是本能地一低头，但很快便梗起脖子用汉语回骂道你们那就是狗食！猪食还得煮煮呢，猪都想吃口热乎的！团长看看鬼子，鬼子立即垂下脑袋，不再作声。团长起身来到二鬼子跟前说猪肉炖粉条，猪肉炖粉条。我轻易都吃不上，不好搞。你还是赶紧到那边去，向阎王爷要吧。立即拉去枪毙！

上头有规定，抓住一个活鬼子，奖励二百元。这种情况下，奖金只能全连分配，买点肉打牙祭，撒撒胡椒面儿，但黑大眼的功劳，还是得奖赏。连长问道：你有什么愿望？黑大眼不懂愿望一词的确切含义，但连长的意思他还是明白的，忙不迭地答道：我想吃顿饱饭。连长笑道你也想吃猪肉炖粉条？黑大眼舔舔嘴唇道不敢不敢。白米饭，炒鸡蛋。没有鸡蛋的话，豆芽儿也行。连长闻听很是失望，本能地抬起手，但下来的并非巴掌。他拍拍黑大眼的肩膀，叹口气道你就不想抗战胜利，你当个连长排长的？黑大眼赶忙答道我当然盼望抗战胜利。连长排长不敢想，我祖坟上就没那根蒿子。我得赶紧回家娶个老婆过日子。连长道就你这么个丑样，鬼都能吓跑，哪个女人敢跟你睡？黑大眼道我娘说过，破锅自有破锅盖，弯刀对着瓢切菜。连长闻听哈哈一笑，捶他一拳道你小子粗中有细，就当个中士吧。上士没有缺。一旦有缺，先提拔你。

上士的月饷比中士高三块，比下士多四元。各个连队除了班长，上士只有文书、军需员、军械员三个编制。军械上士负责枪支管理，登记上报那些需要维修更换的零件编号。军需上士负责登记每个人的服装与鞋子尺码。文书管理全连士兵的三册，即花名册、箕斗册、移动册。花名册是连队编制与实际人员名单，移动册是每个人在本部队的升迁调动履历，箕斗册记录每个人的血型、指纹、籍贯和父祖两代的姓名。这三个职位都需要识字，而黑大眼曾在私塾读过完整的《论语》与《孟子》，《诗经》也学过一半。真要赶鸭子，还是能上架的。

# 九

临汝镇的阎家家大业大。家口一多，自然会出现优劣分化。好人十年的努力，抵不住坏蛋半天的糟践。阎家便是如此。其中确实有人跟土匪勾勾搭搭。这倒不是说他们有多坏，而是土匪实在多。豫西山高林密地少，上溯百年，便是土匪渊薮。当地流传着这样的歌谣：

一等人当老大，银圆尽花；

二等人挎盒子，跟着老大；

三等人扛步枪，南战北杀；

四等人当说客，两边都花；

五等人当底马，暗害民家；

六等人当窝主，担惊受怕；

七等人看肉票，眼睛熬瞎。

窝主负责隐藏赃物人质。底马则是线人。阎家就有人干这个。

豫西土匪不叫土匪，而叫"趟将"。蹚水过河、摸石头过河的意思，走走看看，混一天是一天。占山为王不叫当土匪，而叫拉杆。要当官儿，去拉杆；山上转一圈，出来就是官儿。对于当地百姓而言，土匪跟虱子一样，到处都是，防不胜防，遂形成这个说法，水旱蝗蹚，河南遭殃。

临汝处于嵩山与伏牛山之间，正是土匪的广阔天地。抗战爆发之前，阎家便屡屡传出勾结土匪的丑闻。一九三九年，因不断遭到控诉，阎家比较贤明也比较能干的老三阎曰礼在县城西关出资创办私立豫西中学，以平息民愤重塑形象。饶是如此，争议依旧难息。黑大眼他们抵达之初，本想借住阎家宽敞的祠堂，但未获同意。部队虽不高兴，但也无可奈何。驻军与阎家可谓麻杆儿打狼，两头害怕。部队有枪，阎家有人。

黑大眼无论如何也想象不到，他这个中士会成为部队跟阎家冲突的风暴眼。起因么，还是汉奸。

中原的旱灾蝗灾持续了两年。一九四三年依旧难过。大旱之后，蝗灾再来。蝗虫不仅吃光了庄稼，甚至连百姓房顶上的些许青草都被席卷一空。物价本来便已升天，士兵薪饷的购买力已不足战前的一成，此时伙食标准自然没有提高的可能。养牛喂猪种菜，规模只会扩大，不可能缩小。汉奸为他们改善伙食的任务也就更重。那一天，套子正好下到了恶霸阎小五的头上。确切地说，是他的那条白狗头上。大约周围的野狗已基本被钓到吃光，那条家狗到底还是进了罗网。

阎小五是阎曰仁的子侄辈，号称阎王。这家伙坏到什么程度呢，真是古书上的话，头上长疮脚底冒脓。本来就是全天候地欺男霸女，有了天气助纣为虐，那两年干得更是欢畅。当然，他是前台先锋，幕后黑手是阎老六，即阎曰伦。

阎家的势力，阎王的恶行，部队眼见耳闻，心知肚明，但终究不能干预民政。虽说一战区副司令长官汤恩伯还有鲁苏豫皖战时党政分会主席、鲁苏豫皖边区游击总司令的官帽，可以兼理部分急务，与民政有所牵涉，但仅仅是他而已，慢说第四师，就是驻扎在临汝县城里的三十一集团军总司令王仲廉都没有办法。战时的河南省政府先驻节洛阳，后来迁到鲁山，离临汝都不远，得他们出面。人心都是肉长的。绝大多数士兵都是苦出身，因而大家都很讨厌阎小五。那条白狗本不算恶狗，既不是抽冷子下口的赖货，也不是死追到底的凶神，但主人既是恶人，走狗只能是恶狗。

那还有什么好说的，就是因为看准了主人，所以必须打狗。

驻军钓狗吃肉，当然无法保密。阎小五随即打上门来，带着好几个喽啰，都斜挎着快慢机，也叫自来得，亦即驳壳枪。这在第四师是连排长的装备，要交押金的。起初是每支一百二十元，按月扣还，离开部队时退枪还钱。阎家不仅有人，其实也有枪。他们的民团力量并不比黑大眼这个连弱，缺几挺机枪而已。

阎小五气势汹汹地要求赔狗，营长连长当然不肯答应。狗肉已经经过肠胃排到地里，哪里还有狗赔？要论赔偿，阎家这几年趁着灾害明抢、勾结土匪暗占的土地多了去，他们可曾赔过半分？再者说了，阎小五的一切主张都是凭空推测，并无实据。

事情闹得很大。阎家的民团开过来，拉起架势跟驻军对峙。最终的结果虽然只能是不了了之，虽然狗肉主要是官长的菜，黑大眼只不过喝了碗肉汤，但还是挨了营长一脚。营长骂道：你眼睛那么大，就不知道多看看？打狗还要看主人，何况杀狗！说完意犹未尽，黑大眼以为还有巴掌，赶紧收缩肌肉准备迎接，营长却只在他肩上捶一拳，笑骂道这样的狗，该杀！下回再有，我给你留半条狗腿。

营长那一脚踢得并不疼。因为他们起初配发的德式皮鞋早已穿烂，并没有配发新的，现在大家穿的都是布鞋。有些士兵布鞋穿烂，只能穿草鞋。这样也挺好，碰上阴天作战，比穿皮鞋的老日跑得快。

此事过后，牵狗放牛的黑大眼，在临汝镇几乎成了名人。很多百姓悄悄对他竖大拇指。

十

没过多久，黑大眼突然又从中士降为上等兵。此事无关于汉奸，有关于炮弹。

那天放牛，他偶然发现了一枚炮弹。毫无疑问，是鬼子丢下来的，因落入水田而没有爆炸，几乎全部扎入泥土，只有尾柄露在外面，已经生锈。从军事角度出发，这样的炮弹肯定已经废弃，但从战士伙食的角度来论，却是大有用途。大的炮弹弹片他们都捡起来集中卖掉买肉吃，何况这样囫囵个儿的。

黑大眼颇为兴奋。这么完整的一枚炮弹，至少可以换五斤猪肉吧。他要五花肉，连油带膘的，哪怕斤两上少一点儿。还得要点下货。便宜又有油水。如果不是扎得太深，肯定早已被人发现。这真是上天对他的恩赐。自从一九四一年底日军偷袭珍珠港以来，他们的空军主力大部分南调，平常对国军的轰炸已经极为稀少。苏联援华的空军虽已撤走，但美国飞虎队的支援力度更大。整整半年，黑大眼没有听到过空袭警报。卖弹片买肉，已经成为遥远的记忆。

黑大眼其实很想独吞，可惜炮弹实在太重。别说这两年已经饿瘦，就是参军之前，他也未必能拽出来。没办法，只能跟手下的两个弟兄平分。他们鼓捣着朝外拽，但拽不动。黑大眼转身过去牵牛，准备使用牛力，但两个新兵在遥远的肉香诱惑下，兴奋不已，左推右搡。此时炸弹突然爆炸。黑大眼受了轻伤，两个新兵当场炸死。

镇上没有医院，只有赶紧送进县城，到师野战医院就诊。再度降为上等兵的黑大眼躺在担架上，感觉既霉气又懊悔，而这跟降职无关。并非因为上等兵跟中士薪饷的差别已经毫无意义。他主要是可怜那两个兄弟。虽说当兵的理当心硬，官长老说义不理财慈不掌兵；虽说他曾经提醒过炮弹可能爆炸不能乱动，但那终究是两条命。谁不是爹娘养的呢。

黑大眼在师野战医院待了不到两个月。他感觉自己的伤还没有完全好透，却被医院赶了出来。病号饭总比连队的强些。虽然也是一日两餐，但基本能吃个八分饱。所以伤病员都舍不得离开，而医院则无意留客。不过黑大眼不想走，还有另外的原因。他交了个好朋友：老乡，老兵，提拔不上去，但又机警或曰油滑，因而被选为情报人员，来往于沦陷区搜集情报。做生意本来就是必要的掩护，此时正好夹带私货，公开走私，因而手头活络，黑大眼跟他享了不少口福。过去他相信世上最好吃的东西是猴头燕窝，因为谁都没吃过，可是今天，他认定猴头燕窝完全是鬼扯，最好吃的东西就是饼干。那种酥脆一入口，他立即浑身发软，骨头变轻，只要来一阵风，他就可以腾云驾雾。

老乡从来不戴军帽，以便晒黑头皮，掩护身份。他向黑大眼讲了很多搜集情报的惊险故事。每当那时，黑大眼总是嘴巴张着，眼神里满是水灵灵的敬佩。吃了人家的饼干本来就嘴软，更何况那些故事确实是闻所未闻。老乡告诉他，国军搞鬼子的情报，鬼子也搞国军的情报。鬼子的情报来源，一靠汉奸，二靠俘虏。汉奸且不去说，很多俘虏跟国军的情报人员来自同一支部队，甚至互相认识，因而经常交换情报，内容真真假假，毕竟彼此都需要交差生存。那些俘虏，很少有真心替鬼子卖命的，能敷衍就敷衍。

那一刻，黑大眼脑海里闪现的图像不再是能让他腾云驾雾的饼干，而是小嘀咕与汉奸的头颅。他说啊？跟老日的人交换情报，你不就是汉奸了吗？老乡哈哈一笑，拍拍他的肩膀，连连摇头不语。那种表情比饼干更能让黑大眼自惭形秽。

因此缘故，黑大眼越发舍不得出院。可是谁让他非要偷偷溜出去看那个热闹的呢。

那天一早，便听说城外洗耳河边要杀人。黑大眼的本能反应，是小嘀咕跟那个汉奸上牙凸出在下牙之外的脑袋。本来杀人没啥好稀罕的，但这回要杀的人他很有兴趣。谁呢？阎小五。就在黑大眼离开临汝镇的这段时间内，县长左宗濂将阎小五捉拿归案，今天枪决。此人的下场，黑大眼不能不看。

洗耳河在县城南边。河边的滩地，是临汝县传统的刑场。洗耳河可不是洗耳恭听的意思，含义恰恰相反。传说当年许由觉得尧帝使者劝他出来当官的话有辱清听，便在此洗耳，而在此放牛的巢父也赶紧将牛牵到上游饮水。后来人们就在河边修了许由庙与巢父井，作为纪念。黑大眼不听老乡的劝告，溜出医院，经过许由庙和巢父井，遥望那片河滩已经是人头攒动。挤进去看看，大失所望。阎小五完全崩溃，比那个汉奸更等而下之，连个囫囵话都说不明白。一枪下去，立即瘫倒。想想他先前的嚣张，黑大眼总觉得不够解气。直到此时，他才知道阎小五的大号叫阎阁岑。就这个怂样，手上竟然还有好几条人命。

回到医院，黑大眼跟老乡大大吹嘘了一番自己跟阎小五的斗智斗勇。他不能总是白吃人家的饼干，白听人家的惊险传奇。但牛皮还没吹完，就已经吹破：少校军医让他立即出院。黑大眼感觉很是突然，抗议道可我还没好利索啊。军医头反问道没好利索，能溜到洗耳河边看热闹？

　　走就走吧。这两个月来，他还真有点怀念连队，主要不是牵挂连长，而是汉奸与猪牛。菜一时种不好不要紧，但猪牛一旦掉膘，就未必能补好。秋天已到，草肥菜厚，正是养膘的季节。虽然扛了几年枪，但说到底他还是个农民。更何况还有汉奸。虽说是连长养的狗，但如今汉奸对他要比对连长亲热得多。当然，他也是一样。回到连队，还没进营门，就看见汉奸蹲在门口的石鼓前面，东张西望，若有所待。突然，它猛一抬头，眼睛瞪得溜圆，随即摇头摆尾地扑来。黑大眼口里喊着汉奸，同时蹲下试图将它抱住，结果险些没被冲倒。他毕竟还没好利索。此时几个同班的战友看见，纷纷打趣：当兵满三年，母猪成貂蝉。瞧你那点儿出息，母狗都恋成这样！

　　连续两年没有大的战事。没有战事就没有战功，没有战功就没有升迁。连长还是那个连长，先前收养汉奸的那个。见到黑大眼，他懒洋洋地说你怎么才回来？伤好啦？黑大眼心里一热，答道我觉得不大利落，可医院非要撵我走。连长道你早该回来的。牛跟猪都瘦了不少。你小子当兵不行，养猪喂牛倒是把好手。连里的兵任你挑两个，还是老规矩。

　　猪牛确实消瘦明显。尤其是牛。黑大眼带着两个兵，把猪牛调理得差不多的时候，有天傍晚回连队，只见营里的兵堵了阎家的大门。阎家欺男霸女，强占民田，私藏枪械，勾结土匪，战区执法总监金汉鼎将军命令部队搜索拿办。最终将老六阎曰伦、老二之子阎瑞卿、阎金丹以及阎家掌柜白占魁逮捕。经省府批准，阎瑞卿、阎金丹和白占魁立即枪决，临汝县县长左宗濂办案不力被撤职。

原来杀掉阎小五，只是舍卒保帅。

# 十一

转过年来就是鬼子所说的一号会战。我们称之为豫中会战。冈村宁次指挥将近十五万人马，要打通平汉线，攻占洛阳，消灭重庆军的代表十三军。除了大量的骑兵、完整的战车第三师团之外，步兵基本实现摩托化，全部由汽车输送，其中包括精锐的关东军。这场突如其来的战事，给黑大眼留下的印象只有两个字：狼狈。

那是一九四四年四月下旬的事情。早晨黑大眼还像往常那样放牛喂猪，下午回到驻地，便见菜园已经被拔得一毛不剩。这是要转移的迹象。因为菜没办法带走，战后也不一定回来。连长一看见他，就命令安排杀猪，说是已经接到集结的命令，鬼子已经在郑州中牟一带南渡黄河，肯定要打仗。

无论何时，杀猪总是一件令人高兴的事情。尽管这两口猪还很小，计划是喂到过年的。但是如今军中的伙食实在太差。那一锅炖菜，早已变成丝毫不见油花只有点咸味的菜叶汤。钓狗总不是常事，周围的野狗越来越少。你想想，连阎小五的狗都被他们穿肠而过，还能有多少硕果仅存？

那天晚饭开得比往常晚些。大战在即，士兵们需要尝尝油水。杀猪的时候，汉奸躲到黑大眼背后，等那阵阵惨叫起来，它尾巴紧缩着躲入碾子背后，很有些兔死狐悲的意思。黑大眼哪里还顾得上汉奸。血腥味儿给了他强大的刺激。他已经很久很久没有尝过猪毛血的滋味。他眼前荡漾起阵阵肉香，醒过神来却是腥臭。炊事班在掏猪肠子。猪好拾掇，牛怎么办呢？它们动作更慢，更耽误事儿，可毕竟能拉车。还有，其中一头牛已经怀孕，按照日子最多还有两个月。连长请示营长过后，回来说牛先不杀，明天部队开始转移，黑大眼负责带着几个兵，用牛车驮运行李辎重。

部队奉命向登封集结。八十九师师部曾长期驻扎于此，军部也在县域南部的大金店驻扎经年。而今全军左依嵩山，右靠箕山，在县城以东构筑防线。道路已经破坏，正中间挖出一条深沟，仅能容纳一辆大车单向通行，鬼子的唐克汽车都过不去。每隔五十米横向再挖一条沟，形成十字，用于错车。全团的战斗兵成两路纵队，每个连前面都由军官带队，最后有位军官手执小红旗，上书"执行革命军纪"字样，负责秩序。每个班的第一名士兵都是体格相对健壮的投弹手，身体前后各背十枚手榴弹，不带枪支。全军昂首挺胸，歌声激昂，从《松花江上》《黄河谣》唱到《歌八百壮士》。士气情绪随着歌声升入天空，弥漫于四野。

漫天的尘土逐渐挡住他们的身影，鲜艳的战旗完全消失。黑大眼慢慢腾腾地掉在最后目送一切，满心羡慕。一路上他先后碰到过一个情报参谋和四个侦察兵，其中竟然还有那个病友老乡。他们都穿着蓝色长衫，骑在自行车上，像来往于沦陷区的买卖人的样子，人称大褂子客。此时巧遇，十分惊喜，只是军情紧急，来不及寒暄。老乡向黑大眼探问一下部队的下落，便疾驰而去。走到告成镇时，黑大眼迎头遇见一位将军。他骑在高头大马之上，那匹马浑身上下都是卷毛。后来才知道这是军长石觉跟他的坐骑卷毛兽。石觉看见黑大眼，以为是抢劫了民间的牛，立即命令截住，当场就要将他正法，以肃军纪。

黑大眼吓白了脸，使劲辩解，但石觉总是不信。看来他是南方人，口音不是很好懂。他下令扣住黑大眼与牛车，等待随行参谋跟部队证实。参谋的领章跟其余军官不同，一边是军衔星条，另外一边是交叉的竹枝，特别好认。

石觉用马鞭指点着黑大眼道，大战在即，军令军纪必须严肃执行。即便是部队养的牛，这样拖着牛车带条狗慢慢晃荡，叫老百姓怎么看，叫友军怎么想？我们十三军，丢不起这个人！

告成就是古代赫赫有名的阳城。武则天称帝之后登嵩山封中岳，走到这里心情舒畅，说已经大功告成，从此阳城便成了告成。黑大眼本来以为马上就要跟连队会合，今天大功告成，谁知道好险丢了脑袋。最终他虽然保住了性命，但汉奸与牛却是在劫难逃。

连长下令将两头牛送到附近村庄，跟村民换猪肉。狗呢，他把汉奸招呼过去，抚摸抚摸脑袋，起身对黑大眼道杀了吧。尽快。大战之前，咱们都吃顿饱饭。

连长说完随即起身离去。汉奸追着他跑了一大截，然后再回来，偎在黑大眼身边。这条狗正值壮年，但已不可能再当诱饵。卸磨杀驴，这就是老古话。黑大眼蹲下扶起汉奸的下巴，看它的眼睛。汉奸伸出舌头，试图舔他的手。黑大眼起身，将它的两条前腿抓住扶起，汉奸斜着身子，还是要舔他的手。它的眼睛始终游移左右，没有定睛看着黑大眼的眼睛。狗腥味儿当然亘古不变，腾起的灰尘在日光下若隐若现。

一颗子弹突然从子弹袋里漏了出来。没办法，布匹太贵，子弹带几乎可以当作蚊帐，经常会漏下子弹。军装还是阴丹士林布，勉强凑合，但子弹带不行。此时这颗子弹的漏下，替黑大眼拿了主意。刺刀肯定更痛苦，还是子弹好些。他捡起子弹将枪顶上火，但还是下不了手。他很想把汉奸赶走。如果它真的走失，连长顶多再给他几个巴掌。反正狗是活的，跑得也快，他完全可以找得到借口。但是怎么撵也撵不走。后来他狠狠心踢了汉奸一脚，汉奸本能地惨叫着逃开，但还是不肯走远，一直在旁边游荡。

黑大眼柔声呼唤汉奸。汉奸起初脚步游移，但很快便兴奋地飞奔过来。到了跟前，它似乎表情羞愧，眼神后悔，动作巴结，使劲摇晃尾巴。好像它认为鬼子侵略，责任在己。黑大眼不忍心跟它对眼，赶紧给它抓痒，让它卧倒。等它安顿下来，再从背后用枪对准它的脑袋，扣下扳机。汉奸吭都没吭，瞬间歪了脑袋。

汉奸死去之后很长时间，黑大眼耳边依然回荡着枪声。那一刻他心里既内疚又惊惧。很久之后他才弄明白，那并非因为他枪杀了跟随自己很久的狗，而是鬼子真实的攻击。它们来自遥远的密县方向。

那天晚上的狗肉，黑大眼没有端起来就吃。当然，肉还是很少很少，全连毕竟一百多号人，连部跟军官差不多还要分走三成。如果不是马上要开战，他们恐怕能见到的肉星更少。他内心充满抗拒，但试探着尝尝，味道还是香，便赶紧风卷残云，吃了个精光。那以后的日子里，每当想起汉奸，他脑海里都会浮现出舞阳城隍庙前那些白花花的大米。随即画面一转，又是小嘀咕与汉奸那上牙突出在下牙之外的滴血头颅。

# 十二

大褂子客不断从密县郑州方向过来，穿过防线向军部报告军情。他们骑在车上，来往迅速，表情神气。四月二十四早晨，敌机飞来先轰炸一番，然后步兵开始进攻。阵地依山构筑，采用反斜面战术抗击，黑大眼他们营的任务是控制棱线，位置最高，鬼子的唐克与汽车看得清清楚楚。没有了牛跟猪狗的牵绊，黑大眼已经恢复战斗兵的身份。标准配置是一支步枪外加刺刀、一百发子弹、四枚手榴弹、一把工兵锹。他这辈子从来没见过这么大的阵势。即便在炮轰过后的枪林弹雨之中，唐克的轰鸣依旧摄人心魄。看着准星里面的唐克影像越来越大，他像新兵那样有点慌神。

主力部队以及炮兵都在背敌的斜面上，这样可以避开敌军的炮火，而我们的曲射炮火又可以方便地打击敌人。设想很好，不能控制棱线就是空谈。因而黑大眼他们的压力最大。战斗持续了一天。这是黑大眼到第四师后打的第一仗，他见识了连长的厉害。鬼子一点点地接近阵地，战况日渐炽烈，连长下令都将手榴弹准备好，同时全体大声喊杀，一个排端起上好刺刀的步枪开始反冲锋。鬼子听见后，也嗷嗷叫着跃出简单的掩体，起身准备拼刺刀，他们的目标是中间那块相对平缓的小山顶，在那里拼刺可以缓解冲击。但他们刚刚跑到，那个排突然卧倒射击，同时后面的手榴弹雨点般地砸了过去，鬼子顿时鬼哭狼嚎。

　　下午四点，敌军攻势衰竭，我军开始反击。正前方有处鬼子的核心阵地，挡住去路。营长派一个连从右侧翻山抄后路，让黑大眼他们连正面强攻，约定六点半同时行动。时间过去五分钟，鬼子阵地背后依旧毫无动静。营长咬牙下达了攻击命令，但黑大眼他们没有立即行动。连长表情犹豫。部队损失不小，而正面仰攻又不同于棱线防守。此时炊事班正巧送来晚饭，老班长久经沙场，见人人脸上都有惧色，忽然跳起来放声喊道：向前冲啊！大家一愣，随即跳出战壕开始冲锋，号兵也同时吹号，各种火力全部开火。

　　大约过了十分钟，鬼子阵地背后也传来枪炮声。迂回部队没能按时到达指定位置，战斗刚刚打响。两面夹击，鬼子很快便垮了下去。营长随即来到他们连，没有批评连长，但宣布保举炊事班长晋升准尉。

　　拔掉这个据点，继续追击，直到牛店。国军完全步行，而敌人全面机械化，很快便绝尘而去。黑大眼他们就势止步扎营，次日再攻击前进，直到将鬼子压回密县县城。

　　十三军对密县的攻击不可谓不尽力，但鬼子空中有飞机，地上有唐克，而国军重武器很少，主要依靠掷弹筒，亦即超轻型迫击炮，很难取得实质性进展。饶是如此，这一仗打得也确实解气，确实痛快。黑大眼不断地上膛击发，再上膛击发。他当然不知道，这将是整个豫中会战三十七天以来，唯一的一次局部胜利。此后部队就开始不断地撤，连续地退，最终完全沦落为逃亡。

五月四日，部队连夜行军。具体到哪里，连长没说，他们自然也不能问，只能老老实实地跟着。然而黑暗只能避开鬼子的飞机，却避不开唐克。走着走着战斗打响，混战一场，他们丢下许多尸体，这才杀出重围。黎明时分，黑大眼发现自己站在北汝河旁边，得马上徒步涉水向南。

连长高声问道谁会水？谁会水？无人应答。连长头上裹着纱布，看来伤势压迫着情绪，他的语调越发焦急：谁会水？都不会吗？在家怕鬼，出门怕水。陌生的河流不知其性情，确实不能贸然下去。激流漩涡暗礁流沙，说不清楚什么时候就要给龙王爷当女婿。黑大眼知道很多人不是不会水，只是不敢下。他水性好，能在水面睡觉，于是应答：报告连长，我会。连长随手扔来一个小包：那好，你负责保管这包盐。千万不能掉进河里，打湿都不能。要不全连都得吃淡饭。

那时节盐很金贵，都是经过安徽界首，从敌占区运过来的。这包盐约莫有十斤重，是连队的命根子。黑大眼脱下衣服，将盐包在其中，裸身挎着枪弹，左手托着盐包，右手划水，渡过了北汝河。

此时许昌已经沦陷，暂编十五军下属的新二十九师师长吕公良连同副师长黄永淮以及三位团长全部战死。日军迅速从许昌向西北回旋，目标直指洛阳，临汝首当其冲。黑大眼他们的任务本来是回师救援临汝，但还没到达临汝已经失陷。鬼子的飞机唐克汽车，到底还是比他们那两条因饥饿而瘦弱的腿快。

在北汝河南岸待过白天，再度开始夜行军，增援龙门。但还没赶到，龙门又告失陷，他们再度转道宜阳。走着走着，麦田里发现了深深的车辙，泛黄的麦穗儿直线倒伏，压入泥土，形成令人惊心的深沟，正好与国军的前进方向交叉，可见前面已不安全。随即传下命令，调整方向，隐蔽向北，结果走到石锅镇，最前方的军直属搜索营还是跟老日打了个亲嘴仗。他们还没来得及展开，鬼子已经冲来。这个营里除了骑兵步兵炮兵，还有工兵，关键时刻有开路的任务，因而战斗力会受到影响。

前卫变后卫，搜索营掩护着部队撤退。前面有条水沟，黑大眼一跃而过，但连长毕竟有伤，一下子跌入其中，怎么也爬不上来。此时队伍完全混乱，勤务兵上士都不在身边。虽然不断有士兵越过，但谁也顾不上拉连长一把。黑大眼赶紧回身将连长拖了出来。连长连声道谢，两个人一起朝前跑，但刚跑两步，他忽然问道黑大眼，盐呢？黑大眼伸手一摸：坏了！掉了！

黑大眼停下脚步，满脑子都是那次吃娃娃鱼没有盐的遗憾。他转过身子便朝回跑，同时撂下一句话：连长你先撤，我回去找！

黑大眼刚找到盐，搜索营的残兵已经退了下来。他们告诉黑大眼，部队损失很大，营长已经阵亡。

黑大眼紧赶慢赶，赶上连队，退到了伊河河谷。他找回了盐，又拉了连长一把，因而报到之后立即跃升为上士。这场战事下来，上士已经出缺。连长说等到了驻地安顿下来，再给你发领章符号。薪饷从本月开始执行。

那时已到中旬，惯例应该是从下月开始执行的。

部队原计划是在伊河河谷展开防御。但刚刚击退敌军的先头部队，洛宁又出现鬼影，侧背已不安全。一声令下，从宜阳西部的木栅关穿越敌军控制线西撤。这条道路中间有一段他们先前经过时是破坏过的，此时却又完好无损，令人顿生记忆错乱的惶惑。一问，当地百姓说是怕鬼子报复，故而国军刚刚过去，他们当夜就恢复了原状，而今主事的保长已经逃亡。此时此刻，哪里还顾得上这些。他们紧赶慢赶，累个贼死，刚刚翻越伏牛山抵达南麓，敌军又已超越到后方。没有别的办法，只有继续跑。这一回，终于在嵩县西部穿越敌军封锁，抵达栾川县的庙子镇，暂时可以喘口气。

一路败退。十天之内，黑大眼他们四次越过敌军控制线，翻高山涉大河，没有正儿八经地睡过一觉，也没吃过一顿饱饭，不得不顺手拔竹林里的新鲜竹笋充饥。有人到田地里解手落单，便被土匪缴械，随身物品被洗劫一空。虽然狼狈，但总算冲破了鬼子的包围，甚至还吃到了鬼子的补给：鬼子推进太快，补给需要空投，部分物品正好落到掩护撤退的我军阵地之上。他们的饼干并不比黑大眼老乡的差，咸菜味道也令人难忘，都装在一个又一个的小包里面。可惜数量极少，无法让全军解饿。而他们经过的村庄，保长甲长多数已经逃亡——百姓也要逃兵嘛——仓库的粮食无影无踪。此前补给仓库主要设在叶县到洛阳的公路以东地区，此次日军机械化程度高，推进太快，国军的补给几乎全部落入敌手，这就带来了很严重的问题：在汉奸被杀之后，黑大眼他们全都成了狗。打了败仗又没有粮食，不是狗，还能是什么？而饿狗也就是恶狗。

战事初起，还能见到民众的支援。进入嵩县时，有人在村头提供开水，以示慰问。喝着喝着，忽听哐当一声，一只茶碗碎裂于地。被唐克汽车骑兵追击多日，部队实在疲劳，那个兵在喝完水的瞬间入睡。主人不解，很不高兴，毕竟茶碗也是财产。刚刚晋升为准尉的炊事班长大怒，顺手也砸掉茶碗："我们打鬼子，命都快丢了，摔碎你一只碗，能怎么样？你为什么只给开水，不泡甜柏叶？是不是要留着招待鬼子？"豫西一带有种柏树的叶子可以泡水，味道微甘，类似蜂蜜，当地人称甜柏，先前百姓供水就泡过的。

茶碗清脆地碎裂在地，周围一片骂骂咧咧，大家的态度极其恶劣。黑大眼心里不禁一个忽闪。准尉也是苦出身，平常脾气不坏，此刻怎么会这样？他当然不敢质问准尉，只能悄悄问别的老兵。那个老兵奇怪地剜他一眼道，你到底是上士还是上等兵？打粳米，骂白面，不打不骂高粱饭。你不凶点儿，能吃上饱饭吗？

走着走着下了大雨。很多人强入民宅，先躲雨，再抢夺。黑大眼进入一户人家，抬眼一看营长也在。院子里鸡飞狗跳，准尉正在盘粮食。女人与孩子缩在旁边，主人则苦苦哀求高抬贵手留条活路，但营长并不理会。他自顾地问明鸡鸭与鸡蛋的数量，以及粮食的斤两，吩咐副官在纸上多记一成，然后掏出关防，哈口气使劲朝纸上一砸，递给主人道你把这个收好。来年抵扣军粮。长期抗战，我们卖命，你们也该出点血。要不鬼子来了，一切还不都是人家的？对吧。说完顺手拍了拍主人的肩膀。

营长连长扬长而去，黑大眼呆呆地留在后边，见兵已走光，便向主人敬个礼，软弱地说大爷对不起。我们确实好几天没有吃饱饭了。主人看看黑大眼，本打算掂量风险斟酌言辞，但愤怒终于还是喷薄而出。他摇摇头道水旱蝗趟，河南遭殃。是汤恩伯的部队吧？你们不来还好，你们一来，全都泡汤。得改一个字了。你们几天没吃饱饭，我们几年都没吃饱饭！

黑大眼失魂落魄地出了门，只见许多兵都披着百姓的衣物乃至床单遮雨。进入一处空房，准尉正在里面指挥炊事兵做饭。此前他满面怒容，一副金刚模样，似乎自己的行为天经地义，百姓都欠了他几辈子的狗肉钱没还。但是此刻，他蹲在地上，面容像是满怀愁绪，又像是有着无尽的忧伤。

次日雨过天晴，路边到处都是百姓的衣物以及枪弹。黑大眼终于对古书上的这个字眼有了切身体会：兵过如篦。牛车滚滚，由民夫赶着，已不是第四师的人马。从臂章上看，都是长官部的。车上装载的既非武器弹药补给，也非伤病员，而是大包小包的细软百货或者布匹。那时节布匹比法币更像硬通货。毫无疑问，都是部队长的私财，很可能是走私货，跟他身上背的盐一样，也是通过安徽界首，从沦陷区来的。

这一路下来，黑大眼终于理解了小嘀咕，也理解了逃兵。怪不得逃兵在部队丝毫不以为耻。整个部队，包括第四师这样号称精锐的主力，不全都是逃兵吗？

那一天，他们沿着公路从卢氏向西坪开进。再往前开，向西可通过蓝关入陕，向东就要到他接受新兵训练时的驻地邓县。这里是大后方，公路没有人为破坏，但却被洪水冲毁，散乱在旁的汽车、汽油、枪弹以及银行钞票，还在燃烧。第一战区司令长官部先从洛阳退到卢氏，此刻可能已经进入陕西。人马太多，公路狭窄，很多辎重无法携带，只能抛弃。这都是无比金贵的东西，但此刻谁都没有心疼的感觉。除了饥饿与疲劳，所有的神经都已经麻木。黑大眼眼睛微闭，熊熊火光随即成为摇红烛影。恍惚之中，他忽然与军长石觉重逢。卷毛兽浑身的毛还卷着，但那根根卷毛此刻只有散乱，没有精神，眼见着这几天也是吃了不少苦，勤务兵没机会给它洗刷。石觉显然还没忘记这个牵牛带狗的兵，但一路败退，他也没有力气与兴趣说话，看看黑大眼，若有若无地挥挥马鞭，便吧嗒吧嗒地慢慢超越而去。黑大眼随即坠入梦乡。这一路走来，他实在是太过疲劳了。此刻要是能进入新兵训练团，该有多好。

大约过了半个时辰，转过一个山头，忽然有四架敌机飞来，扫射投弹。道路一览无余，无处躲避，大家纷纷躲入旁边的干沟，但黑大眼跟两个兵纹丝未动。他们睡得正香。此刻虽被惊醒，但却毫无反应。那一刻，他们一点儿都不怕死。他们甚至希望死亡来得快些，尽快结束这漫长的疲劳。飞机消失，只听几声嘶吼，卷毛兽倒地毙命，黑大眼再看旁边的那两个兵，满脸黑色，像刚从煤堆里爬出来的。想是炮弹里面的火药粉末扑面而来的结果。

石觉爬起来，勤务兵给他扑打扑打身子。他看着卷毛兽，皱皱眉头，抬眼再看黑大眼他们立即绽开笑容。他过来拍拍黑大眼的肩膀道，你就是那个牵牛带狗的兵吧？你叫什么？黑大眼稀里糊涂地说我叫黑大眼。旁边立即有人哄笑。黑大眼清醒过来，赶紧立正敬礼：报告军长，我叫张德能，他们都叫我黑大眼。石觉哈哈一笑道，黑大眼，好嘛，你确实够黑的，比黑夜还黑。大难不死必有后福。你小子好好干，将来肯定能当将军。你们三个，全部升为上士！不过再遇到空袭，还是要赶紧隐蔽。黑大眼的右手依旧放在帽沿边上：报告军长！感谢军长，不过我已经是上士，连长说到了驻地就给我发领章符号。

石觉还礼道你已经是上士？这就对了，说明你们连长能识人会带兵。没有关系，我要奖你一枚云麾勋章。说完转身冲部队高喊道都起来！打起精神！整队！看看他们多么勇敢！这才是我十三军和第四师的好兵！长期抗战，必须要有这样的精神！我可以告诉大家，我们在登封打的，是整个会战期间的唯一一次胜仗！所以鬼子视我们十三军如眼中钉肉中刺，围歼我们，就是他们这次作战的目标！他们是痴心妄想！我们全师而退，就等于打了鬼子的脸。当然这远远不够，远远不够！这一路行军的纪律，我很不满意！到达整补地点，必须好好总结，赏罚分明！

石觉喊来副官，当场授予黑大眼九等云麾勋章。将军的气场总是比常人强烈。那一刻黑大眼满怀羞愧。当将军他可从来没有奢望过，但当个好兵还是应该的。不冲别的，就冲这一路对民间的惊扰，如果不好好打老日，将来能安心吗？等戴着勋章回到家，怎么跟家人亲友交代？他抖擞精神，跟随部队继续开进，决心整补过后，一定好好当兵，奋勇作战。勋章和上士已经到手，干得好恐怕还真能混个军官，至少准尉嘛。

转过山头，旁边突然冲出许多民团，明火执仗，抢劫行李马匹。双方都有武装，冲突在所难免。此地的口音接近湖北。想想先前那户主人的表情，黑大眼赶紧冲上前去，大声喊道老乡不要误会，我们是国军！我们是黄埔系的中央军十三军第四师！我们刚在登封打败了老日！一切好商量，千万不要开枪！

电台已经落入百姓手中。黑大眼试图分开人群，夺回电台，但他身上的盐包又成了目标。这东西可丢不得。他东遮西挡，好容易脱离包围，刚要放慢脚步歇口气，忽听啪的一声枪响，随即感觉身上好像被蚊子叮了一口。愣怔片刻，他双腿一软，便跪倒在地，沉沉进入梦乡。最后的瞬间，他感觉无比放松，也无比畅快。

说不清楚究竟是那包盐还是明晃晃的勋章引来的这颗子弹。如果没有这两样东西，黑大眼很难有这样的好运气，被千里挑一选中。这个概率未必高于升为将军。

又是一群手持棍棒刀枪的百姓。他们呐喊着冲出来，仿佛面对的不是鬼子极力想要围歼的十三军，而是侵略者。

# 连 环 劫

## 一

河南最南边的一个市叫信阳。是座历史古城。

远的不说，春秋时信阳就是申国的都城。另外一个小国息国的国都，则在今信阳所辖之息县境内。后来这两个小国都被南边的楚国所灭。楚国灭息还留有一个典故。据《左传》记载，息国夫人息妫亡国后被楚王掳为妾，且育有二子，但始终不与楚王说话。问其何故，她叹道一女嫁二夫，只差一死，夫复何言？多年后清人邓汉仪路过息夫人庙，凭吊古迹感其旧事，写下七绝一首。其中后两句"千古艰难惟一死，伤心岂独息夫人"，又被曹雪芹借用，暗讽《红楼梦》中宝玉出家后袭人另嫁蒋玉菡的不坚。

此为题外话，按下不表。

二十世纪三十年代，因了平汉铁路的关系，信阳不仅是军事重镇，也一跃成为地区经济中心。商贾辐辏，货物云集，好不热闹。当时信阳城内生产布匹的公司有三家。按照占据市场份额的大小，第一是曾繁强的德亨公司生产的"鸡公山"牌，其次是李汝成的利通公司出品的"狮河"牌。最后一种是日本货，老板名叫阪本一雄。

信阳当地本来并没有这么大的市场，可供三种布匹相安无事。主要因为交通方便，辐射能力比较强。沿平汉线北上可到驻马店、漯河；向南过了"车不能方轨、马不能并骑"的天险武胜关，就是湖北地界，由孝感而武汉；公路西通南阳；水路有狮河东流沟通淮水，可达安徽。四面八方都有消费人群，因此几年来三家虽然一直明争暗斗，但都能吃饱饭。所谓猪有猪路，马有马道，各有各的一亩三分地。

二

那日下午，李汝成正在书房欣赏自己收藏的字画，阪本一雄突然登门拜访。一九三三年的信阳，九一八与一·二八的影响几乎看不出来。毕竟地处中原腹地，离东三省和上海都是遥遥千里。再加上当局奉行攘外必先安内，所以跟日本商人还是友好为上。倒是自家弟兄，彼此打得正欢。因为东五县闹红一直剪不断理还乱。徐向前徐海东，没一个善茬儿。当局一心剿共，哪还顾得上拾掇日本人。

同行是冤家。更何况他还是老日。李汝成心里不由得一阵嘀咕。但做生意讲究和气生财，人家登门拜访有礼在先，自己自然也不便失礼。于是吩咐师爷有请，自己随即前往客厅迎候。

落座寒暄看茶。阪本端起茶杯略微一品，说好茶。今年的新茶，正宗明前毛尖。对吧，介台先生？

介台乃李汝成的台甫。

信阳毛尖是全国十大名茶，在绿茶序列中赫赫有名。其中又以清明前采摘的新茶最出味。但真正正宗的信阳毛尖只在云雾山一带出产。产量并不大。那里终年云雾缭绕，特殊的气候成就特殊的品质。信阳当地的上流社会，无不以此为荣。实业家李汝成当然也不例外。

阪本先生不愧是中国通。连明前毛尖都能喝出来。怪不得生产的布匹能打到信阳。李汝成面有得色，语带机锋。

信阳毛尖乃绿茶之极品，以原料细嫩、制工精巧、形美香高味长而闻名。外形细直圆光而多毫；内质香气清高，汤色明净，滋味醇厚，叶底嫩绿；饮后回甘生津，冲泡四五次，尚余熟栗香。不知在下浅见可对？阪本似乎没听出李汝成的弦外之音。

阪本先生今天拨冗光临，不是来跟我论茶经的吧。李汝成收敛笑容，放下茶杯。

不错。敝人今天登门拜访，主要是想跟介台先生手谈一局，讨教两招。

这正好挠到李汝成的痒处。谁都知道，李汝成有两大癖好。一好字画古玩，二好围棋。而且这两项在信阳均无敌手。论收藏，曾繁强手头上虽然也有不少真东西，但比他还差点；至于围棋，则是打遍信阳无敌手。也是，时局动荡兵荒马乱，有几人的心思能在安静的棋盘上呢。

# 三

两个人随即摆开战场。阪本是客，李汝成本想谦让一番，自己执黑先行，结果却被阪本抢去。他说谁不知道介台先生是申城第一高手。在下既要讨教，还是执黑为好。

布局阶段的第一个接触战阪本就显出软弱之势，不敢正面应战，白白让对手便宜了一回。行家一伸手，就知道有没有。像这样的便宜，要具体量化为多少目很难，也不可能。但尽管如此，还是应该拼。

这是棋手的颜面问题。李汝成一见，知道他棋力有亏，于是将中腹一条大龙的生死置之度外，猛捞实地。

四只角白棋已经占据三个。眼见就要呈现四角穿心之势，黑棋的空干不够。就在这时，黑棋突然对中腹的那块孤棋露出杀机，开始全面围剿。

棋长三尺，无眼自活。真要吃棋，还是不易。但此时黑棋已无退路。要么倚天屠龙，要么推秤认输。

李汝成随即开始昏天黑地耍大龙。阪本则一改布局时的软弱，怎么狠怎么来，接连祭出好几个撒手锏，让李汝成一身冷汗。左冲右突，最后好容易才通过连环劫的形式，拣回一条性命。

阪本摇摇头，用母语轻声嘟囔了两句。李汝成知道大局转危为安，心里正要松口气，但没想到中途又被憋住。阪本将最后的希望放在右下的那只白角上，要在那里施展拳脚。那是个松带钩的形状，空间很大，足有八目棋。一般说来，应该是双活，因为若要硬下杀手，得打万年劫。确切地说，是个缓两气劫。也就是说，黑棋要接连打赢三次劫才行。谁都知道，正常情况下实在是路遥归梦难成。不可能有那么多劫材。因此一般都会按照双活的进程下。

但此时的情形已经发生变化。白棋中腹有历史遗留问题。那个连环劫实在是现成的劫材无底洞。只要开劫，肯定是黑棋无条件赢。这可如何是好？

关键就在这一步。阪本右手捏住一颗棋子作势欲落，却又在中途撤回，重新放进棋盒，然后两手撑住膝盖，脑袋凑到棋盘上方，苦苦思索。

阪本终于又拿起棋子。李汝成两眼紧紧盯住他的右手，随着它的移动而移动。直到它彻底落下再拿开，才真正放下心来。

阪本到底棋力不济，忽略了万年劫的变化。

又收了几步官子，阪本自知大势已去，随即投子认输。

赢了棋，李汝成心里很高兴，主动给阪本复盘，摆出那个万年劫的变化。说我刚开始无理手频出，欠债很多。如果你走出这个变化，我必输无疑。可惜你没看出来。

阪本眼角闪出一丝含义复杂的光亮，但很快就寂灭下来。他摆出日本人常见的那种谦恭姿态，说介台先生果然棋高一着。我输得口服心服。贵国文化源远流长，琴棋书画并称四雅。听说介台先生风流儒雅，不仅棋力高强，字画收藏也颇有心得，在信阳城号称双绝。今日可否让我开开眼界，一并领教？

话到这个分上，还能怎么说。李汝成痛快地答应一声，起身将阪本领进书房。

# 四

阪本果然是中国通，对中国古典文化确实不陌生。李汝成的那些藏品，不少他都能说出点道道，引得李汝成刮目相看。藏品不是不能摆出来让人看，那得分谁。若非同道，有对牛弹琴之嫌不说，也不安全。不是都说吗，不怕贼偷，就怕贼惦记。但若碰上同道还不舍得，则未免锦衣夜行，且失于小气。因此李汝成兴致越来越高，几乎把家底都倒腾了出来。

阪本忍不住啧啧赞叹。李汝成的情绪则像灯捻子一般，越拨越亮。正在这时，阪本似乎很不经意地随口问了一句：介台兄藏品确实丰富，可自成一家。但不知有没有郑所南的墨兰？

所南是南宋诗人画家郑思肖的号，字亿翁，福建连江人。宋末曾以太学生应博学鸿词科试，授和靖书院山长。宋亡后隐居苏州，坐卧必向南，誓不与北人交往，因号所南。善画墨兰，兼工墨竹。

因国土沦丧，所画兰花根皆不着土，以寄家国之思，为画坛千古奇绝之士。只是作品存世量不多，无几人能有看到真迹之眼福。

李汝成脱口而出道他的墨兰若能流存至今，必然件件价值连城，都是国宝，我怎么可能有？别说收藏，就是看一眼真迹，也不敢奢望！

阪本连连点头。那是那是。那需要机缘。

李汝成突然意识到点什么，赶紧问道阪本先生怎么会突然提起郑所南？莫不是近日在信阳见过？

阪本自知失言，赶紧搪塞道没有没有。我只是随便说说。打扰多时，承蒙款待，改日再来专程拜谢。告辞！

李汝成赶紧起身拦住。且慢！阪本先生，请把话说完。你近日在信阳见过郑所南的墨兰，对不对？

阪本满脸无奈。介台兄实在叫我为难。我答应保密的，这样我今后如何做人？罢罢罢，告诉你可以，但请你千万别说出我来。说完凑到李汝成耳边嘀咕两句，随即逃一般离去。

李汝成入定一般，老半天才回过神来，冲门的方向一抱拳道送客！恕不远送，阪本先生走好。师爷闻听凑过来说掌柜的，你怎么啦？那小日本都走出二里地了！李汝成毫无反应，直直地坐下然后又忽地一下站起来，干脆地吐出两个字。

备车！

师爷在身后叫道，掌柜的，你去哪儿？该开饭了。吃完饭再去吧！

李汝成头也不回，匆匆出了门。

# 五

门外不远就是古城信阳的西门。城门外有一座大桥，狮河横卧桥下，一刻不停地向东而去。河流汹涌湍急，在这里静听尚隐约有声。不过此刻的李汝成早已听不到这个声音。一脚跨上自家的洋车，说声快，去楚王城！然后靠在车上，闭目沉思。

沿着城门直奔正北而去。不一会儿，就到了楚王城旁曾家的大院门前。孔孟颜曾的辈分排行相同，信阳曾家自然也是传承有序，此时主人是繁字辈，名强。

曾家刚刚开过晚饭。彼此都是熟人，不必过分客套，管家径直将李汝成领进书房。宾主一见略作寒暄，李汝成随即单刀直入。

俊如兄，你未免太不够意思了吧？淘得郑所南的墨兰，竟然金屋藏娇，也不让我饱饱眼福！

曾繁强一怔。消息传得好快。而且这种事情，按照道理如果藏家自己不说，别人是不好主动开口求证的。他若是方便，自然会公之于众，让大家一同把玩；他若不说，显然心有顾虑。怎好如此唐突？

不过曾繁强愣怔的时间很短很短。也就是电光石火般的一瞬。很快就恢复了商海沉浮多年练就的从容与平静。这事不是不准备说，而是没想好该怎么说。尤其是针对李汝成。否则花这么多钱连个响动都听不到，还有何意义？

曾繁强端起茶杯冲李汝成一示意，说介台请用茶。我刚刚拿到手，正想请你过来一同赏玩，还没来得及。你怎么知道的？

郑所南的墨兰这个档次的宝贝，还能没点口风？李汝成也端起茶杯抿一口，气定神闲地笑笑。

曾繁强拿出两副白手套。递给李汝成一副，自己也戴上，然后取出一个精致的黄色小绢筒，打开，一个卷轴随即赫然入目。

李汝成的身子向前凑了半步，手朝前探了半尺，又缩将回来；曾繁强将卷轴搁在书桌上，小心翼翼地徐徐展开。

# 六

　　画面是一丛淡墨写就的幽兰，左边题诗一首，右边有留款，丙午正月十五日作此壹卷。印鉴齐全，前前后后钤有许多收藏印，粗粗一看，总数当在三十款以上。包括乾隆、嘉庆两位帝王。画幅长约一丈二，宽约七尺。中间是大丛兰花，旁边有修竹数株，无水土杂木。花叶充满动感，展卷一读，立时有清风扑面之感。简洁疏朗，萧散清逸，高雅不群，风韵自标。

　　李汝成一下子被画面的古朴风雅所醉倒。老半天之后才随口问道，所南的墨兰流存稀少，俊如兄对品质可有绝对把握？

　　曾繁强沉吟道事关重大，我自然不敢贸然定论。但接连琢磨两天，觉得应该没有问题。你看，纸张明显出自宋代。更明显的还是乾隆与嘉庆的收藏印，市面常见。当是真迹无疑。

　　这些李汝成其实早已了然于胸。以前虽未见过真迹，但凭一个老玩家本能般的直觉，他也认定，是赝品的可能性很小。画法可以模仿，颜色可以做旧，但宋纸无法仿造，乾隆与嘉庆的收藏印款式市面上经常见，特征行家早已掌握，伪造难度甚大。

　　李汝成从画上抬起脑袋，又问道来历可靠吗？

　　曾繁强说上家是东北口音，个头不高。说是宫里流出来的。万岁爷对祖上的恩赏。如今家道中落，只好拿出来换两个钱花。因不是光堂事，再不肯多说，只说不想辱没祖宗颜面。

　　这事也常有。逊帝溥仪被逐出宫以来，皇家宝藏大量流落民间。李汝成手头上就有几件。沉吟片刻，他比画了一个手势。曾繁强见状微微一笑，伸出右手巴掌，然后又翻了一面。李汝成道十万？曾繁强脸上的笑容略微收敛了些，徐徐道再加个零。现大洋。李汝成轻微地啊了一声。这可不是小数目。信阳城内的实业家，没几个有这样的财力。家产肯定远不止于此，但多数是固定资产，没这么大的流动资金。

李汝成说哦，值。再贵点也值。说完又拿起画低头端详，老半天后才直起身。他的脸微微一热，说不知俊如兄能否割爱？我再添十万。哦，不。我手头上的东西，你看中哪个哪几个，都请直言。

曾繁强闻听非常得意。他花这么大的价钱，要的不就是这个效果么。在信阳实业界，他一直是响当当的老大；但若论玩儿，跟李汝成就有了差距。围棋不说，古玩字画呢，比对方也差几个档次。围棋无所谓，急切间没法学；但这收藏么，完全可以靠实力说话的。眼前不就是绝好的机会？

曾繁强不看李汝成，端起茶杯自顾地喝两口，呵呵一笑道，介台，岂不闻君子不夺人之爱？你往常可不是这样啊。愚兄的手还没暖热呢。

# 七

不几日，曾繁强发出英雄帖，将信阳收藏界有影响的几个全都请来，一同把酒赏玩。酒酣耳热之际，有人笑着对李汝成说介台，这幅墨兰，当推为信阳的镇城之宝啊。李汝成也笑着连连点头，但表情僵硬。

那一日，李汝成正在书房内为墨兰而闷坐无聊，师爷报告说阪本求见。

阪本这回明显比上次热络，一落座就开门见山，说特为介台先生的心病而来。李汝成说哦？好好的我有什么心病？阪本莫测高深地一笑，说这瞒不过我。你的心病不是别的，正是郑所南的墨兰。

我说得没错吧？

李汝成心里一震，说哦？阪本先生有何良策？汝成愿闻其详。

我要跟你单独谈谈。

没关系，师爷不是外人，你尽可直言。

阪本看看李汝成再看看师爷，沉默。李汝成看看师爷，师爷随即掩门退下。

阪本凑近李汝成跟前，嘟哝了几句。

李汝成一下子坐直身子，凛然道不。这不可能。

为什么？

这还用问？好歹我们都是中国人。你呢？是日本人。

介台先生请勿多心。我只是个商人，绝无其他背景。商人的原则只有两个字，利润。请相信我！说到最后，阪本点头致敬，满脸诚恳。

李汝成不语。

介台先生也是商人，难道就不想击垮对手？豫南市场三分天下还是一分为二，局面大不相同。这一点，想必你很清楚。

李汝成依旧不接下文。

你即便不想获取更大的利润，也要想想郑所南的墨兰。这是你得到它的唯一办法。你帮我击败"鸡公山"牌布，我帮你拿到郑所南的墨兰。这很公平。实际上你赚得更多。因为你的市场份额也将同时增加。

李汝成心里一动。你为什么要帮我？

介台先生想必看过贵国的《三国演义》，知道诸葛亮给关羽制定的外交政策。东和孙权，北拒曹操。为什么呢？因为魏国最强大，吴蜀只能联合，才能与之抗衡。这理由足够充分吧？

李汝成放下茶杯站起来，走几步然后又停下。不行。我不能这么做。帮助日本人对付同胞，信阳人的唾沫还不得把我淹死？！

阪本哈哈一笑。这个介台先生不必在意。你不用出头,如此即可。说着话又凑上来,嘀咕了一阵。

李汝成紧紧盯住阪本的眼睛,说我可不可以理解为,这是个精心策划的阴谋?

阪本满眼无辜。绝对不是。能那么快就搞到墨兰的消息,是我作为商人的职业素养。时时处处留意对对手的一举一动。这绝非人力所成,而是上天赐给我,哦,不,是我们的唯一机会!

李汝成眼前又是一片古色古香的黄。是那幅墨兰的底色。他长叹一声点点头,不看阪本,眼睛冲门大叫一声。

送客!

# 八

次日一早,布匹市场突然风云变幻。满大街都是阪本的广告,宣称即日起半价行销。布匹的纯利润不出三成,也就是说,他要通过倾销的方式争夺市场。

曾繁强立即约请李汝成,商量对策。李汝成说既然如此,只有应战。这样吧,咱们八折。保本经营,放弃利润,看谁能熬得过谁!

受价格战的影响,"鸡公山"牌与"狮河"牌的客户大量流失。尤其是"鸡公山"牌。阪本派人主动出击,上门游说,把它原来的大客户拉走了七八成。

师爷过来请示对策。李汝成干脆地说减产!按订单生产。有多少生产多少,没有就停产。但是工人一个也不开,全部留下。只是减产的事,对外要严格保密!

掌柜的,这恐怕不行吧。笼络客户主要靠老关系。客源一流失,今后咱们怎么办?师爷一脸不解。

李汝成双眉紧锁。我当然知道这是一服毒药。但眼前没有别的办法，只有以毒攻毒。咱们先保存实力，坐山观虎斗。去吧。记住，一定要保密！

支撑不到三个月，德亨公司逐渐陷入困境。产品大量积压，资金周转出现严重困难。甚至工人工资都不能如期兑付。银行闻讯立即派人追讨贷款，上游客户开始上门催原料账。为了减少损失，部分股东也提出了退股要求。

曾繁强顿时焦头烂额。无奈之下，来到西关李汝成府上。李汝成两手一摊，说怎么办？我也毫无办法。不瞒你说，我们利通公司今天的销量跟以前相比，已经百不余一。再这么下去，只有关张一途！不对呀，俊如兄，以你们德亨的实力，不至于如此窘迫吧。即便败，也不该败得这么快呀？

曾繁强懊恼地点点头。介台所言不差。照理我们还能支撑三个月到半年左右。只是那幅墨兰让我花了大价钱。实话跟你说，用的都是柜上的流动资金！

两个人皆无语。只有几声轻轻的叹息，间或打破书房里的沉默。

良久，曾繁强说长此以往，只有出卖股权。可这样坏了祖宗产业不说，兵荒马乱的，又赶上眼前这等困境，即便能卖出去，只怕也要赔上血本！

李汝成哦了一声，说我有一计，不知俊如兄以为如何。

曾繁强眼睛一亮。哦？愿闻其详！

李汝成沉吟片刻，说还是算了吧。此举颇有落井下石之嫌，免得俊如兄怪罪。

曾繁强脸色一紧。怎么，介台想买我德亨的股份？

李汝成眼睛盯着手上的茶杯，低头道不。不是股份，而是墨兰。

曾繁强半天没有应声。李汝成道我本不想开口，但俊如兄非要我说。既然如此，权当我什么都没说，免得伤了和气。

曾繁强长叹一声。说介台不必为意。咱们成交。只是我不明白，竞争到现在，你如何还能拿出那么多现钱？

笑容随即溢出李汝成的嘴角。这个俊如兄不必担心，三日之内，价款必定送到府上。我有办法。要么变卖藏品，要么出让公司股份。对你而言，祖业更加重要；但对我来说，实业可有可无，第一位的是收藏。确切地说，是郑所南的墨兰！

# 九

尽管手头多了一百万现洋，德亨公司依然未能走出困境。做实业关键是要把资金流动起来，尤其重要的是举债经营。所谓的借鸡生蛋。过去他们业绩好口碑佳，银行也好大户也好，都愿意向他们放贷。如今经营困难，大家也就没了信心，纷纷撤资。再加上前期积压的产品，这一百万现洋根本不足以解燃眉之急。

按照协议，阪本停止了价格战，价格逐渐回升到正常水平。这样一来，虽然流失了部分客户，但市场份额还是远远大于以前。不说别的，从利通公司跑过去的，就有许多还没回来。

产量虽然逐渐增长，但远未恢复正常。师爷为此很是着急。照这么下去，秋后算账，公司能否支撑到年底，也是个问题。

师爷噼里啪啦打了半天算盘，然后从柜上赶到西关李府。

李汝成正在书房把玩墨兰。听了师爷报来的一组组数字，连踱几个来回，盘算一通似乎胸有成竹。说不要紧，就这么着吧。你先回柜上，我心里有数。

师爷还要再说什么，李汝成已经低下头去。出了房门，师爷回头看看无暇他顾的老板，心说不务正业的东西。早晚也是败家子！

三个月之后，利通尚在休养生息时，布匹市场突然烽烟再起。阪本宣布再度降价，六折销售。过去德亨在风头上，如今大树已经倒下，压力几乎全照利通公司而来。师爷大惊失色，赶紧找掌柜的请示机宜。

形势确实急迫。上次的竞争利通虽然没大亏本，但并无半点利润进账；现在稍有起色，又被抽去一百万现洋。即便要拼血本，又哪有多少可以朝里填？

师爷说掌柜的，你快点拿个主意吧。我早就说过，那小日本没安好心，可你偏不相信。唇亡齿寒啊。这不就是应验？！

李汝成闻听满脸肃穆。半晌后徐徐道还能怎么办，减产！当然，对外还是要保密。所有销售点分号都要正常营业，货要摆满摆齐，人也一个不辞。咱们静观待变！

师爷一愣。这是干吗，坐以待毙？待要辩解，却见老板眼睛看着书案，坚决地冲他挥了挥手。

# 十

打了一个多月，阪本第三次上门。同行的，还有一个小个子。

李汝成闻报，吩咐一声有请，随即来到书房，命人将棋具摆好，自己端坐等候。

阪本进来刚要开口，却被李汝成止住。

阪本先生，请。李汝成不容置疑地伸手朝棋盘的方向一让。

阪本一怔。跟小个子交换一个眼神，随即点头。也好，上次落败之后又有些心得，正要讨教。

李汝成当仁不让地坐到上手的位置上，顺手抓过白子盒，示意阪本开始。阪本一愣，反应过来后微微摇头。

李汝成沉稳地一笑，向棋子盒里摸了一把，然后看着阪本不动。阪本无奈，只得抓起一把黑子，手掌朝下推到棋盘之上。李汝成拿开手，露出两颗白子。意思是，如果阪本抓的黑子是单数，那么自己执黑；如果是双数，自己就执白。

猜先结果李汝成执黑先行。序盘阶段他下得很沉稳，中规中矩。而白棋则一反常态，攻势咄咄逼人，招招不离后脑勺。战至中盘，李汝成突然发力，对白棋的两条大龙展开缠绕攻击。最终通过连环劫的方式为黑棋宽出气，将其中一块白棋就地正法。

阪本悻悻地认输。

李汝成从棋盘上抬起头，盯着阪本道夜猫子进宅，无事不来。阪本先生大驾光临，想必有事喽？

介台先生果然痛快。围棋么，不过是游戏而已。我今天来，还有正事。我要讨回一样东西。你们赏玩许久，该当完璧归赵。

哦？我手头上有你什么东西？我怎么不知道？李汝成语气愕然而形容讥诮。

# 十一

郑所南的墨兰。阪本嘴角上带着浅浅的奸笑。

李汝成一下子站起来。郑所南的墨兰，怎么会是你的？难道日本是中国的属国？

本来是你们的，后来成了我们的。最终一切都会是我们的。画就是他出面卖给俊如先生的。这得感谢满洲国大臣的慷慨。贵国到底地大物博，人也有气度。此等宝贝都可以等闲视之。也对，日中亲善嘛。阪本指指旁边的小个子。

果然是一场精心设计的骗局。李汝成踱了几步。

介台先生不要说得那么难听嘛。这不是骗局，而是商战妙计。兵无常势，水无常形，这可是贵国的兵圣孙子说的。

我替你总结一下，你看看可对。你先拿这幅画抽去德亨公司的巨额资金，诱使我与你联手，将它逼上绝路；把德亨消灭掉，再用它钓走我的流动资金，将利通公司也彻底挤垮，你好独霸市场。如果我说得没错，这也是个连环劫。对你方有利，你可以各个击破的连环劫。对吧？

介台先生果然聪明过人。话到这里我也不必隐瞒。这画就是帝国的支那经济开发援助基金。帝国无偿提供的。以我目前的实力，本来对付你们其中一个都有困难。有了它，我第一次降价的损失基本上能弥补大半。加上你的袖手旁观，挤垮德亨不成问题。德亨一去，你的利通独木难支，倒闭只是时间问题。这样一来，这幅墨兰早晚还是得回来。

借刀杀人，三十六计之一。对不对？阪本先生果然是中国通。李汝成鼻孔里哼了一声。

没错。怎么样，整个计划算得上天衣无缝吧？如果你舍不得，还有另外一种偿还方式。利通公司的股权。阪本满面春风，连连点头。

这一招三十六计上也有。趁火打劫。

随你怎么说。反正你别无选择。

好像确实是这么回事。这样吧，咱们一起去俊如那里，我劝他也将股权一并出让，你看如何？

哦？本来我想晚几天再去找他。你愿意这样，那更好。只要你能说动他，回头我按照规矩，付你百分之五的佣金。

一行几人又到了楚王城曾家。落座以后得知来意，曾繁强面带微笑，对小个子说好，你中国话说得不错，东北方言都可以乱真。不过。说到这里拿出两样东西，令他和阪本两人目瞪口呆。

一样是郑所南的墨兰，另一样是德亨公司与利通公司合并成为利通德亨公司的章程。

阪本大惊失色。

曾繁强气定神闲地笑笑，说介台，还是你告诉他吧。让他也死个明白。

# 十二

车轮在青石板路面上发出有节奏的辘辘声，空气中弥漫着浓郁的香味。那是沿街盛开的槐花，与路两边店铺里的热干面混合在一起的气味。李汝成对此早已熟稔于心，也分外喜爱。虽说热干面不过是贩夫走卒充饥的东西，但他依然喜欢时不时来一口。

不知不觉，一九三四年的春天已经过去大半，李汝成的心情也如同街上熟透了的春天一般灿烂。墨兰已经到手。刚才只是匆匆看了一眼，他要赶紧回家，仔细把玩。

轻车熟路，车夫跑得飞快。但李汝成还是不住地催促。回到家，天已擦黑。李汝成小心地将画挂在墙上，摆上酒菜，叫来师爷对饮。饮几杯看看画聊聊画，其情甚欢。

在电灯的照耀下，墨兰比白天又是一种格调。挨个查看辨认，总共钤有三十九方收藏鉴赏印，牵扯到三十五个人。主要集中在画面的头尾部分，还有一些散落在画面中间。或兰花丛中，或竹叶之间。红色的印款不时打破画面的古黄，彼此映衬，错落有致。其中名气最大的有五位。元代的倪瓒，明朝的戴进与仇英，另外就是乾隆与嘉庆。"御书房鉴藏宝""嘉庆御览之宝"这两方印，面积最大，也最清楚。另外十几个画史上虽然有过记载，但名头较小；最后八方即便对浸淫古画多年的李汝成来说，也是见所未见闻所未闻。翻遍手头上的所有资料，均无线索。此画过手次数之多，经历之曲折，由此可见一斑。

倪瓒时代与郑思肖差不多，亦有气节。不但留有印鉴，还题有短诗一首，同声相应，以明心志。否则，它何以如此珍贵。

师爷酒已微醺。呆呆地看着这张价值一百万现大洋的旧黄纸，忽然脱口而出。这么大的价钱。这哪是人收藏画，分明是画收藏人嘛！

正在兴头上的李汝成不禁如听梵音。什么？你说什么？

掌柜的，你看看，有多少人收藏过这画。盖了印的就将近四十，那些临时中转的还不知道有多少。敢于留名的不管现在咱们知道不知道，当时都不是一般人，包括帝王将相。可又能怎么样？他们能活过这画吗？不能！到头来，一个个都要灰飞烟灭，不管他是皇帝，还是大画家。流传到后世的，只有这画本身。其余的一切，都是沧海一粟，过眼烟云！

李汝成顿时陷入失语状态。下午取画时，几天不见，就感觉曾繁强忽然苍老了许多，咳嗽时竟然痰中带血。可以想见，这些日子他受的是何种熬煎。也是，这么大的生意、富甲一方的实业家，如今到了日暮途穷四面楚歌的境地，心里如何能顺气！

照这样下去，被这画收藏过的，只怕很快就要再增加一个无名者的名字。曾繁强。儿子对古董字画一窍不通，百年之后还不知道它要流落何地，届时也许还要增加自己的名字。想到这里，李汝成不觉醍醐灌顶。无论再爱再珍贵，藏品终归生不带来死不带去。只要曾经看过，赏玩过，何必苦求一世相守！真正的收藏家没有藏品，方是真境界。

更何况，这还有可能让自己的实业陷入绝境。

李汝成与画朝夕相对，仔细把玩几日，随即原样奉还。其实他开始就有陷阱的预感，只是当时爱画心切，顾不得许多而已。

李汝成向曾繁强和盘托出一切。提议收回墨兰与否，全在他的意愿；但两个人必须联手。度尽劫波兄弟在，相逢一笑泯恩仇。最初的震怒过后，曾繁强原谅了李汝成，同意将计就计，按照现存实力组成股份公司，合力对付强敌。为表明诚意，李汝成将画长期寄存在曾繁强手中，直到他有足够的财力回收为止。

# 十三

阪本满脸通红，张口结舌。

上次下棋，松带钩的变化故意走成双活，我就明白你留有一手。见风驶使舵，也是三十六计之一吧。今天之所以还要跟你下棋，就是想让你明白，即使你不留一手，也赢不了我。怎么样，阪本先生，愿意出让你的股本吗？利通德亨公司会给你一个公道的价钱。至于墨兰嘛，多谢你成全，让它回归祖国。

我说过，围棋不过是游戏，做实业，关键还是要凭实力。据我所知，德亨公司账面已无多少流动资金。至于你的利通，付出百万元之后，也所余有限。买我的股本，说梦话吧？阪本一阵冷笑。

阪本先生，看来我过高估计了你的悟性。告诉你吧，兵贵精而不贵多，那一百万元并非公司的流动资金，是我变卖藏品筹集来的。我给你算笔账吧。这些日子你市场份额不断扩大是事实，但都是赔钱赚吆喝，只有亏损，没有利润。卖画的一百万现洋早已抛洒干净，这次降价，又是白白朝狮河扔钱，买卖越大耗费越多。如果所料不错，你账上的流动资金当不足一月所需。本来按照我们俩的实力，对付你并无绝对把握。没想到你自寻绝路。德亨公司前期虽然经营困难，但积压的产品也是产品，并未丢失。怎么样，还有必要继续拼下去吗？

阪本满脸煞白。结结巴巴地说你胡说！我有的是资金！支那人，狡猾大大的！说完狼狈而去。

阪本先生，这还是连环劫，置你于死地的连环劫。哈哈哈！李汝成冲着阪本的背影，朗声大笑。

次日，利通德亨正式宣布合并。合并庆贺期间两种产品全部让利酬宾，八折销售。

不到一月，阪本就灰溜溜地从信阳消失。此后，信阳生产布匹的公司只有一家，但产品有两种。"鸡公山"牌与"狮河"牌。这种局面，一直保持到信阳沦陷前夕。

## 十四

一九三八年，台儿庄战役胜利之后，李宗仁将军麾下的国军第五战区在徐州会战中失利，战线逐渐南移至大别山北麓。时胡宗南所部十七军团负责信阳地区防务。日军第二军第十师团由安徽西犯信阳，遭到顽强抵抗，久攻不克。第三师团随即向南迂回，十月六日占领平汉线上的柳林车站，对信阳形成合围态势。因直接担任信阳城防任务的胡部团长马载文大敌当前临阵脱逃，十二日夜日军突破城防，次日信阳全城沦陷。这是武汉保卫战外围战役的尾声。

据日本军方公布的资料，是日首先进入信阳的日军，是第十师团步兵第一联队第三大队。指挥官也叫阪本一雄，军衔为陆军少佐。

## 十五

据调查，日本大阪市立博物馆现保存有郑所南的墨兰图一幅。背景资料不详。

曾繁强、李汝成与阪本一雄，后来的活动经历均已无从查考。